HARD CASE CRIME

In der Reihe »Hard Case Crime« bei Rotbuch sind bislang erschienen:

HCC-001 Allan Guthrie: *»Abschied ohne Küsse«*
HCC-002 Lawrence Block: *»Abzocker«*
HCC-003 Ken Bruen & Jason Starr: *»Flop«*
HCC-004 Christa Faust: *»Hardcore Angel«*
HCC-005 Richard Aleas: *»Tod einer Stripperin«*
HCC-006 Donald E. Westlake: *»Mafiatod«*
HCC-007 Mickey Spillane: *»Das Ende der Straße«*
HCC-008 Ed McBain: *»Die Gosse und das Grab«*
HCC-009 Ken Bruen & Jason Starr: *»Crack«*
HCC-010 Lawrence Block: *»Falsches Herz«*
HCC-011 Max Phillips: *»Tödlich blond«*
HCC-012 Richard Aleas: *»Lieder der Unschuld«*
HCC-013 Robert Bloch: *»Shooting Star«*
HCC-014 Max Allan Collins: *»Der letzte Quarry«*
HCC-015 John Farris: *»Baby Moll«*
HCC-016 Max Allan Collins: *»Der erste Quarry«*

John Farris

BABY MOLL

Übersetzt von

Andreas Brunstermann

HARD CASE CRIME

Rotbuch Verlag

ISBN 978-3-86789-099-1

Deutsche Erstveröffentlichung, 1. Auflage

Titel der Originalausgabe: »Baby Moll«

Typografie und Satz: Andreas Fack, Berlin
Druck und Bindung: CPI Moravia Books GmbH

Ein Verlagsverzeichnis schicken wir Ihnen gern:
Rotbuch Verlag GmbH
Neue Grünstraße 18
10179 Berlin
Tel. 01805 / 30 99 99
(0,14 Euro/Min., Mobil abweichend)

www.rotbuch.de

1

Wir hatten Spaß an jenem Tag, dem Tag, an dem Rudy Mask in Orange Bay auftauchte, um an dem Netz weiterzuspinnen, das mich mit der Vergangenheit verband. Am Morgen hatten Elaine und ich das Boot durch die ruhigen Gewässer der Meerenge und dann die Küste entlang Richtung Süden gelenkt, um Snooks zu fischen, und uns danach, als wir genug gefangen hatten, nach einem Strand mit ein paar Bäumen umgesehen, wo wir ausruhen und schwimmen konnten.

Ich entschied mich für eine schmale, geschwungene Insel drei- oder vierhundert Meter vor der Küste und steuerte das Boot auf den Strand zu. Elaine glitt über Bord ins seichte Wasser, um den Kiel über den Sand zu führen.

»Fang mich!«, rief ich, sprang über Bord und spritzte Wasser auf ihren Badeanzug.

»Pete!«, heulte sie.

»Was denn?«, gab ich tadelnd zurück. »Dazu ist er doch gedacht, oder? Um nass zu werden.«

Sie wich zurück und stapfte entrüstet aus dem Wasser. Ich folgte ihr mit Handtüchern und dem Picknickkorb. Sie war eine Augenweide. Ein groß gewachsenes Mädchen mit langen Beinen und einem geschmeidigen, aufrechten Gang. Sie trug einen blauen Badeanzug, der über ihren straffen Schenkeln hoch ausgeschnitten war und die schlanke Linie ihrer Hüften und kleinen Brüste betonte. Sie war wie dazu geschaffen, lachend über Strände zu rennen und in der Sonne zu liegen, die ihre schlanke Vitalität nur zu nähren schien.

Ich war ihr an einem Strand begegnet, und die schmerzliche Sehnsucht, etwas unbedingt zu wollen, hatte die langen Monate des Wartens fast unerträglich gemacht.

Als Elaine eine passende Stelle ausgemacht hatte, breitete ich die Badetücher aus. »Essen wir?«, fragte ich.

Sie wandte mir das Gesicht zu. »Noch nicht.« Sie nahm die Matrosenmütze ab, die einen leuchtend weißen Kontrast zu ihrem glänzenden schwarzen Haar bildete, und strich mit dem Fingerknöchel über ihre Ponyfransen. Sie verzog ihre Lippen zu dem schrägen Grinsen, das ich so sehr mochte. »Sie stinken nach Fisch, Mister. Los, ab ins Wasser!«

»Du kommst mit.«

»Nein. Ich ...«

Ich fasste sie am Handgelenk. »Ach, komm schon.«

»Pete, ich hab keine ...« Sie presste ihr Handgelenk gegen meinen Daumen und löste sich aus meinem Griff. »Spiel nicht den Neandertaler. Ich hab wirklich keine Lust zu schwimmen ...«

Ich trommelte mir tarzanmäßig auf die Brust und grapschte nach Elaine. Sie verschluckte ein Lachen und wand sich aus meinen Armen. Ich trieb sie mit Volldampf aufs Wasser zu. Plötzlich stoppte sie, duckte sich und streckte einen Fuß vor. Ich stolperte kopfüber ins Wasser und kam schnaufend wieder hoch.

»Jetzt hast du Sand im Haar«, stieß sie keuchend hervor und grinste. »Du wäschst ihn besser raus, solange du noch da drin bist.«

Ich lief ins Wasser, stieß mich tief in die Kühle hinunter und tauchte, bis meine Lungen brannten und fast zerbarsten. Dann kam ich wieder an die Oberfläche, holte Luft und kniff die Augen zusammen, um den stechenden Schmerz des Salzwassers zu vertreiben. Die heißen Strahlen der Sonne peitschten mir förmlich ins Gesicht. Der Himmel war ein blauer Schirm, der die Hitze zurückwarf und das grelle Licht milderte. Der leise Hauch einer Brise war zu spüren. Gemächlich schwamm ich zurück zum Strand. Meine Arme bewegten sich langsam und plätschernd durch das sich kräuselnde Wasser. Es war das einzige Geräusch neben dem fernen Lachen des Mädchens, das durch das aufschäumende seichte Wasser rannte und dabei feine, im Sonnenlicht glitzernde Gischt aufwirbelte. Es war ein schöner Morgen. Es schien auch ein schöner Nachmittag zu werden. Dann würde die Sonne hinter den Bäumen herabsinken und größer werden, und es käme die Zeit, nach Hause zu fahren. Ich spürte den altbekannten leichten Angstgeschmack in der Kehle aufsteigen. Es waren zu viele gute Tage gewesen. Vielleicht würde sich das Glück schon bald trüben.

Ich watete auf den Strand zu und nahm Elaine bei der Hand. Sie lief neben mir her, atmete tief, ihre Augen funkelten. Wir aßen zu Mittag und streckten uns dann auf den Strandtüchern aus. Ich nahm Sonnenmilch und rieb ihr damit Schultern und Rücken ein. Sie reckte sich, die langen Muskeln ihrer Beine spannten sich, wurden wieder locker. Nach ein paar Sekunden sah sie mich aus einem Auge an und lächelte wie ein kleines Mädchen, das nicht recht weiß, wie es ein Kätzchen vom Boden aufheben soll. Sie legte mir eine Hand auf den Hinterkopf und zog mein Gesicht an ihres, küsste mich. Es begann sanft, wurde dann leidenschaftlich und fordernd. Ich legte mich neben sie. Ich berührte ein Ohr und ihre Nasenspitze, zeichnete mit dem Finger die feine Linie ihrer Lippen nach, folgte dem verrückten Lächeln, das mir ganz tief im Innern dieses warme Gefühl bescherte, von dem ich einst geglaubt hatte, es sei für immer erstarrt.

»Du bist heute ja nicht sehr gesprächig«, sagte sie träge, mit einem Lächeln in den Augen.

»Manchmal sind Worte einfach nur Lärm.«

Für einen Augenblick schloss sie die Augen. Ihre Hand berührte meine Schulter, strich an meinem Arm herab. Die

Finger schlossen sich um mein Handgelenk und bewegten es sanft hin und her. »Ja«, sagte sie. »Welch ein Mann. Was hab ich mir da bloß für einen großartigen Mann geangelt. Genau richtig für die Liebe. Und wie ich dich liebe, Pete.« Ihre Augen öffneten sich, und sie sah mich betrübt an. »Du bist doch nicht wegen irgendetwas beunruhigt, oder?«

Ich war bemüht, mein Lächeln nicht ersterben zu lassen. »Worüber sollte ich beunruhigt sein? Ich hab mein eigenes Geschäft, und bald werde ich das schönste Mädchen im Staat heiraten. Selbst ihr alter Vater fängt langsam an, mich zu mögen. Ich und beunruhigt?«

»Mach mir nichts vor«, warnte sie, doch ich unterbrach sie mit einem Kuss. Ich übertrieb ein bisschen, weil ich wollte, dass sie alle mich betreffenden Überlegungen einfach abstellte. Sie kannte mich zu gut, um auch nur einer ihrer Vorahnungen zu misstrauen.

Ich spürte, wie sich ihr Körper versteifte. »Hey«, sagte sie, »du ... du führst doch irgendwas im Schilde.«

»Ja.« Ich küsste sie erneut, und sie ging bereitwillig darauf ein.

Dann sagte sie entschieden: »Nein, Pete.«

»Wir heiraten doch bald.«

»Aber noch sind wir nicht verheiratet.«

»Uns fehlt bloß noch diese Zeremonie.«

»Aber wir sollten wirklich nicht ... es ist nur ... du kannst manchmal wirklich furchtbar überzeugend sein.«

»Und ich liebe dich.«

Seufzend streckte sie die Waffen. »Ich schätze, es würde wohl keinen ...«

Ich zog ihr das Oberteil des Badeanzugs von den Brüsten.

»Ach, Pete«, sagte sie wohlig und half mir.

Hinterher schlief sie, und ich saß neben ihr – meine Haut war ganz weiß, da, wo die Badehose sie verdeckt hatte. Ich beobachtete, wie sich die sanften Wellen am Strand brachen, und versuchte, nicht zu denken. Doch ich musste sie anschauen und mich fragen, ob ihre Liebe stark genug war. Wenn es wirklich keine Rolle für sie spielte, dann sollte ich ihr erzählen, wo ich herkam und was ich war. Ich konnte es nicht wissen. Vielleicht liebte sie mich genug, um so einen Schock zu verwinden. Sie war ein hübsches und verlässliches Mädchen, das der Reichtum und das soziale Prestige, mit denen sie und ihre Familie ausgestattet waren, nicht verdorben hatten. Aber sie, die stolzen Arnells, würden nicht drüber wegkommen. Und sie würden sie mir wegnehmen. Auf irgendeine Weise würden sie es fertigbringen.

Nach einer Stunde rührte sie sich hinter mir, und ich sah, wie sich ein Fuß leicht in die Luft hob, als sie sich streckte. Dann setzte sie sich auf, legte ihr Gesicht an meinen Rücken und schloss die Arme um mich.

»Du liebst mich, Pete!« Es war keine Frage.

»Das weißt du doch.«

Sie schwieg. Ihre Arme umschlangen mich enger und lockerten sich wieder. Ich saß ganz ruhig und spürte die Spitzen ihrer kleinen Brüste an meinem Rücken, während sie atmete. Ich fuhr mit dem Handballen über mein dichtes, zu einem Bürstenschnitt frisiertes Haar und wischte ein paar Sandkörner fort.

»Gibt es etwas, das du mir sagen möchtest, Pete?«, fragte sie.

»Nein. Wieso?«

Sie wiegte sich sanft vor und zurück, nahm mich mit in diese Schaukelbewegung.

»Als wir heute Morgen den Laden verlassen haben, kam ein hellbeiger Pontiac die Straße entlanggefahren. Erinnerst du dich? Er fuhr erst langsam, und der Fahrer schaute zu uns herüber. Dann gab er Gas. Du hast meine Hand so fest gedrückt, dass es wehtat. Der Ausdruck in deinen Augen hat mir Angst gemacht, als ich dich für eine oder zwei Sekunden anblickte. Kanntest du den Fahrer, oder was war los?«

Ich sah sie skeptisch an. »Nein. Natürlich nicht. Hast du schlecht geträumt?«

Sie streifte noch einmal kurz mit den Lippen über meinen Rücken, dann stand sie auf, glättete ihren Badeanzug und zog ihn nachdenklich an.

»Nein. Nein, ich hab nicht schlecht geträumt. Du vielleicht?«

Ich hob meine Badehose auf und zwängte mich hinein. Es war ungefähr drei; Zeit für einen baldigen Aufbruch.

Ihre Augenbrauen zogen sich zusammen, als sie das elastische Oberteil über die Brüste zog. Sie hatte einen seltsamen Ausdruck in den Augen, so als ob sie sich daran erinnerte, vor langer Zeit verletzt worden zu sein, und nicht gern daran zurückdachte.

»Pete«, sagte sie mit müder Stimme, »was hast du gemacht, bevor du nach Orange Bay gekommen bist?«

»Och, ich war eine Zeit lang in der Armee. Und dann hab ich unten in Castile für 'ne Versicherungsgesellschaft gearbeitet. Als es mir langweilig wurde, bin ich in den Norden gekommen und hab den Sportladen eröffnet. Ich hatte mehr Lust auf Angeln, als irgendwelche Versicherungsansprüche zu klären. Die Geschichte meines Lebens. Das kennst du doch alles. Und dann hab ich dich kennengelernt. Da hat mein Leben erst richtig angefangen.«

»Hast du mir eigentlich je den Namen der Versicherungsgesellschaft verraten, für die du gearbeitet hast?«

Ich runzelte die Stirn, die ganze Fragerei gefiel mir nicht. »Bay State Mutual. Wieso? Ist das wichtig?«

»Nein, ich schätze, nicht.«

»Sieh mal, Elaine. Mir geht es gut. Ich bin heute vielleicht ein bisschen missmutig. Solche Gefühle kommen und gehen. Mach dir keine Sorgen um mich.«

Sie fuhr mit dem Handrücken über ihre Ponyfransen. Ihr Lächeln kam schnell, aber unsicher. »Tut mir leid, Darling.«

»Ich finde, wir sollten uns auf den Weg machen«, sagte ich.

»Ja.« Sie wandte den Kopf, um nach dem Stand der Sonne zu sehen. »Es war ein schöner Tag«, sagte sie. »Es hat Spaß gemacht.« Sie hielt meine Hand ganz fest. »Ich wünschte ... es gäbe kein Ende.«

»Wir werden noch viele schöne Tage haben«, sagte ich. »Eine Menge schöner Tage.« Ich dachte etwas anderes. Ich dachte, dass die schönen Tage vielleicht für eine Weile vorüber wären. Und ich hatte Angst, dass sie es wusste. Ich drehte mich weg und begann die Strandtücher einzusammeln.

Wir liefen zum Wasser. Ich half Elaine ins Boot, dann schob ich es vom Strand. Als ich am Ruder stand, steuerte ich auf die Sonne zu. Elaine lehnte sich an mich, ihr Kopf ruhte auf meiner Schulter. Ihre Augen waren geschlossen. Das Boot schnitt hart durch das sich verdunkelnde Wasser. Sie summte in sich hinein, und ich konnte das Geräusch inmitten des Lärms des großen Motors kaum ausmachen. Es war eine merkwürdig einsame Melodie, die noch nie jemand zuvor gesummt, doch jeder irgendwann schon einmal ganz deutlich über dem dumpfen Pochen der Angst im Herzen gehört hatte.

2

Als wir bei Elaine zu Hause ankamen, war sie in besserer Stimmung. Ich lud den Wagen aus und trug die Strandtücher und den Picknickkorb auf die große Frontveranda des Arnell-Hauses, von der aus man die Bucht überblicken konnte.

»Vergiss nicht das Konzert heute Abend«, erinnerte sie mich. »Du hast nur eine Stunde, um dich fertig zu machen.«

Ich küsste sie flüchtig auf die Wange. »Dann geh ich jetzt rüber zum Laden und zieh mich um. Die Fische kann ich auch morgen früh ausnehmen.«

Ich verließ das Haus und fuhr quer durch die Stadt. Auf dem Weg kam ich durch das Viertel, wo vor Kurzem unser Haus fertig geworden war. Jetzt lag es im Dunkeln und wartete auf Mrs. Mallory, die Licht und Wärme in seine Räume bringen sollte. Bald. Der Atem stockte mir ein bisschen bei diesem Gedanken. Es hatte ganz schön lange gedauert. Aber sie war das Warten wert.

Mein Laden lag am südlichen Abschnitt des Highways, bequem sowohl für die Angler, die im Süßwasser der Kanäle im Hinterland fischten, als auch für diejenigen, die Gezeiten und offenes Meer bevorzugten.

Ich parkte vor dem kleinen Gebäude und verharrte einen Moment unter der pulsierenden Neonreklame, die den Laden als *The Angler's Shop* identifizierte, um nach dem Schlüssel zu suchen. Es hatte mich fast meine gesamten Ersparnisse gekostet, mich in dieser Gegend niederzulassen, aber innerhalb von zwei Jahren hatte sich die Investition in Form eines neuen Hauses amortisiert.

Als ich darüber nachdachte, schaute ich vorsichtig die Straße runter, aber in der Nähe parkten keine Autos.

Meine Gesellschaft bestand lediglich aus zwei halbwüchsigen Mädchen in Bermudashorts, die einen halben Block entfernt vor einem Kino herumlungerten. Ich verzog das Gesicht über meinen Anfall von Nervosität und schloss die Tür auf. Ich schob ein paar Köder zur Seite, mit denen ich am Morgen herumexperimentiert hatte, und suchte nach einer Kühlbox. Als ich sie aus einem Regal hinter der Theke hervorholen wollte, öffnete sich die Ladentür. Sie fiel nicht gleich wieder ins Schloss, und ich hatte das Gefühl, jemand hielte sie auf und beobachtete mich. Der Schweiß lief mir übers Gesicht. Ohne die Klimaanlage war es heiß im Laden. In einem Holster unter der Kasse steckte ein geladener .38er Revolver, allerdings zehn Schritte entfernt. Ich spürte, wie sich meine Rückenmuskeln spannten. Ich versuchte, nicht an die Waffe zu denken.

»Du warst angeln heute«, sagte er. »Ich konnte dich nicht finden.«

Ich nahm die Kühlbox aus dem Regal, richtete mich auf, drehte mich um und stellte die Box vorsichtig auf den gläsernen Deckel der Theke. Ein Schweißtropfen fiel von meinem Kinn und platschte auf das Glas. Ich merkte, dass mein Herz viel zu schnell schlug.

»Schon mal 'ne Kugel abgekriegt, Rudy?«, fuhr ich ihn grob an.

Er war ein untersetzter Mann, der inzwischen zu viel Gewicht auf den Knochen hatte. Er trug einen zerknitterten hellblauen Cordanzug und einen schlaffen grauen Hut, den er sich in den Nacken geschoben hatte. Sein Haar war grau, fettig, an den Ohren lang und oben ausgedünnt. Durch eine große Brille, deren durchsichtiges Plastikgestell von der Sonne vergilbt war, schaute er mich müde und unverwandt an. In der Ecke des einen Glases war ein Sprung.

Seine Lippen breiteten sich zu einem trockenen Grinsen. »Schon öfter.«

»Dann solltest du dich nicht so an mich ranschleichen. Sonst kriegst du womöglich *noch* eine ab.«

Ein braunes Insekt mit schwirrenden Flügeln kreiste in der Türöffnung, schwebte an seinem Ohr, sauste davon. Er kaute unablässig auf einem Streichholz herum. »Du hattest doch gar keine Kanone in der Nähe«, erwiderte er und fügte dann abwehrend hinzu, als ob ihm diese Möglichkeit gerade erst aufgegangen war: »Und ich brauchte nur nach meiner zu greifen.«

»Nun komm schon rein«, forderte ich ihn auf, »und mach die Tür zu.« Ich lief um die Theke herum und schaltete hinten im Laden die Klimaanlage ein.

Rudy Mask setzte sich auf einen Stuhl und schaute sich neugierig im Laden um. Er seufzte, als ihn die kalte Luft aus dem Gebläse erreichte. »Das hast du dir also von Macys Geld gekauft«, sagte er.

Ich stand da und schaute ihn an. »Geld, das ich verdient habe, Rudy«, erwiderte ich.

Nickend betrachtete er den ausgestopften Segelfisch, die Gestelle mit den schlanken Angelruten. Er hatte keine Ahnung vom Angeln, es interessierte ihn nicht. Er war ein alter Gangster, ein in die Jahre gekommener Haudegen, dessen Körper von Messerstichen vernarbt war und die eine oder andere verheilte Schusswunde aufwies. Nicht vielen. Man fängt sich nicht dauernd Kugeln ein und läuft einfach so weiter durch die Gegend. Sein Gesicht und seine Ohren sahen mitgenommen aus, gezeichnet von stumpfsinnigen Prügeleien in den Spelunken und Hinterhöfen aller möglichen Städte. Seine Augen hatten zu viele Frauen gesehen – in billigen Puffs und stinkenden Absteigen, wenn es schlecht lief, in prachtvollen Apartments, die nach exotischen Blumen, Parfum und dem süßen Fleisch von Hundert-Dollar-Girls dufteten, wenn's mal richtig gut lief. Seine Finger hatten zu viele Whiskygläser gehalten und zitterten.

Es waren sechseinhalb Jahre seit unserer letzten Begegnung vergangen, und er hatte hier nichts zu suchen. Ich wollte ihn jetzt nicht sehen. Ich hatte diese Art von Leben hinter mir gelassen, als mir eines Tages der Gestank auf den Magen geschlagen war und mich nicht mehr schlafen ließ. In den letzten Monaten hatte ich nach und nach vergessen, dass, wo ich auch hinging, immer eine geladene Waffe auf meinen Kopf gerichtet war. Rudy erinnerte mich daran, dass der Abzug jederzeit betätigt werden konnte.

»Was machst du in Orange Bay?«, fragte ich ihn.

»Macy will dich sehen.« Er nahm das zerkaute Streichholz aus dem Mund, blickte es an und warf es auf den Boden. In seiner Manteltasche kramte er nach einem neuen. »Irgendjemand will ihn umlegen«, sagte er und hustete. Dann war es still im Laden, nur die Klimaanlage war zu hören.

»Soll ich deswegen etwa unglücklich sein?«, sagte ich.

»Wow, Jesus!«, rief Rudy erstaunt aus.

»Wer will ihn umlegen, und warum sollte mich das interessieren?«, fragte ich, ungeduldig zu erfahren, worauf er eigentlich hinauswollte.

Er schüttelte den Kopf. »Das weiß Macy nicht. Es hat nichts mit dem Syndikat zu tun.«

»Und *was* weiß er?«

Rudy verlagerte sein Gewicht. »Erinnerst du dich an die alte Gang? Macys erste Truppe, damals in den Dreißigern? Ich hab damals mit Macy angefangen, nachdem's mich aus Kansas City weggetrieben hatte. Außer mir gab's noch vier weitere. Clemente und Porter und Tin Ear und Lundquist. Hat dir Macy je erzählt, was wir damals durchgezogen haben?«

»Krumme Geschäfte. Schutzgelder.«

»Es war richtig klasse. Wir brachten ganze Stadtviertel auf Vordermann. Ab und zu gab es Kunden, die unsere Dienste nicht in Anspruch nehmen wollten. Da war so ’n Schneider. Der hatte ’nen schäbigen kleinen Laden und lebte mit seiner dicken Frau und zwei oder drei Kindern in der Wohnung drüber. So ’n kleiner älterer Typ mit krummem Rücken und ’ner dicken Brille. Ich kann mich ganz gut an ihn erinnern. Er wollte keinen Schutz. Eines Nachts hat’s bei ihm gebrannt. Schlimme Sache. Es ging so schnell, dass er’s nicht geschafft hat, sich selbst und seine dicke Frau und die Kinder in Sicherheit zu bringen. Wir haben ’nen Kunden verloren, aber die andern Ladenbesitzer im Block kamen sofort angerannt.«

»Davon hab ich nie was gehört«, sagte ich grimmig.

»Macy hat in letzter Zeit öfter wieder davon gehört – die letzten drei Jahre über. Jedes Mal, wenn einer aus der alten Gang abgemurkst wurde, hat er Post gekriegt; ’nen alten vergilbten Zeitungsausschnitt über das Feuer, das den Schneider und seine Familie weggerafft hatte. Zusammen mit noch ’nem Artikel, nämlich darüber, wie’s die Jungs erwischt hat. Porter war der Erste. In ’ner Gasse in Hammond, Indiana, vor ungefähr drei Jahren. Aufgeschlitzt mit ’nem großen Messer. War kaum ’ne richtige Meldung im Lokalblatt wert. Niemand hätte was davon mitgekriegt, nur Macy bekam ein paar Tage später ’nen ausgeschnittenen Zeitungsartikel geschickt. Und dazu den ersten Ausschnitt über das Feuer.«

»Wer ist sonst noch tot?«

Rudy strich sein schmutziges Haar zurück und presste eine Hand vor seinen Bauch. »Mein Magen ist in letzter Zeit ’n bisschen verkorkst.« Er holte tief Luft. »Clemente ging nach dem Krieg zurück nach Kuba. Ungefähr sieben Monate nach Porters Tod kriegte Macy die Geschichte über Clemente geschickt. Auf Spanisch allerdings. Seine Frau hatte ihn in irgend’nem Schuppen in Havanna gefunden, an den Füßen aufgehängt und von oben bis unten aufgeschlitzt.«

»Und dazu ein weiterer Zeitungsausschnitt über das Feuer?«

»Exakt ... Mal sehen. Der Nächste war Tin Ear. New Orleans dieses Mal. Kehle durchgeschnitten und Bauch aufgeschlitzt. Ungefähr ein Jahr nach Clemente. Vor drei Wochen ist Lundquist in einem Altersheim außerhalb von Tampa abgestochen worden.«

»Kam irgend'ne Nachricht mit den Zeitungsausschnitten? Irgend'ne Drohung?«

»Natürlich nicht. Ist doch deutlich genug, oder?«

»Klar. Und Macy geht langsam der Arsch auf Grundeis?«

»Nicht besonders. Aber er will die Sache vom Tisch haben. Er hat andere Probleme. Er will, dass du den Typ mit dem Messer findest, der ihm die Zeitungsartikel schickt.«

»Was ist mit dir, Rudy?«, fragte ich. »Kriegst du langsam kalte Füße?«

Er rieb sich mit dem Handrücken über sein schlaffes Kinn. Seine Augen schauten unglücklich drein. Er fing langsam an, wie ein alter Mann auszusehen. »Der Typ scheint am Ball zu bleiben«, sagte er mit kratziger Stimme. »Man braucht 'ne Menge Geduld, um andere so zu jagen, wie der das macht.«

»Und 'ne Menge Hass, wenn man ein Messer auf diese Art benutzt.«

»Und ob«, sagte Rudy. Er rutschte auf seinem Stuhl hin und her.

Ich füllte die Kühlbox mit Eis aus dem Kühlschrank und legte die Fische hinein. Es war Zeit, Elaine abzuholen. Sie würde sich sicher schon fragen, was mich aufhielt. Ich dachte an die drohende Gefahr für Rudy Mask und für Macy Barr, der eigentlich unberührbar hätte sein sollen, doch nun den Druck eines langsamen und geduldigen Killers zu spüren bekam. Ich fragte mich, ob ich ein weiteres Mal Nein sagen könnte zu Macy und damit durchkäme.

Ohne Rudy anzusehen, sagte ich: »Sag Macy, er soll sich

jemand anders suchen. Ich hab ’nen sauberen Schnitt gemacht. Und ich möchte sauber bleiben.«

Rudy war still.

»Und wenn er dir aufgetragen hat, mich auch gegen meinen Willen zu ihm zu bringen, vergiss es einfach«, sagte ich zu ihm.

»Er geht nicht davon aus, dass du aus reiner Liebe zu ihm zurückkommst«, sagte Rudy. »Und deshalb soll ich dich an was erinnern. Daran, mit was für ’nem netten Mädchen du verlobt bist.«

Mit vor Wut zusammengebissenen Zähnen wandte ich mich um. Rudy zeigte kein Anzeichen von Häme. Er schaute mich ganz nüchtern an. »Er würde deiner Kleinen nicht wehtun«, sagte er. »Er würde niemanden vorbeischicken, um ihr wehzutun und sie nackt in irgend’ner Gasse liegen zu lassen, so wie er’s mit anderen gemacht hat. Er hat nur gemeint, er würde ’nen Brief nehmen, den du vor langer Zeit geschrieben hast, ihn in ’nen Umschlag stecken und ihr zuschicken, damit sie ihn lesen kann.« Er sah mich aufmerksam an. Er musste in meinen Augen gelesen haben, denn zufrieden grunzend drehte er sich um und stocherte mit einem Streichholz in seinen schlechten Zähnen herum.

Nein, Macy würde Elaine nicht wehtun. Nicht auf die altmodische Art, mit zerbrochenen Knochen und einem zerschlagenen Gesicht. Manchmal war dies die beste Methode, die einzige Methode, um sicherzustellen, dass eine Warnung verstanden wurde, dass bei einer größeren gesetzeswidrigen Operation der unzuverlässige menschliche Faktor unter Kontrolle blieb. Doch im Laufe der Jahre hatte Macy bessere und sicherere Kontrolltechniken entwickelt: wie man einen Mann durch den sanften Druck seiner eigenen Fehler in die Knie zwang; wie man einen Mann mittels ihm nahestehender Personen weitaus schmerz- und wirkungsvoller als durch jede Abreibung gefügig machte.

Der Brief würde Elaine etwas erzählen, was ich ihr nie erzählt hatte: über eine Frau namens Jean, die fünf Jahre lang in einem Pflegeheim im Staat New York lebte, bis sie sich in einem klaren Moment vor einiger Zeit selbst aufgeschlitzt hatte und elend verblutet war. Es wäre der Anfang vom Ende. Elaine würde es vielleicht verkraften. Doch wenn ihre Eltern es herausfanden ... die waren sich ohnehin nicht sicher, was mich betraf. Und wenn sie erst mal in meiner Vergangenheit herumschnüffelten, war ich geliefert.

Rudy stand am Fenster, betrachtete die vorbeifahrenden Autos und spielte mit dem Kleingeld in seiner Tasche. Ich hörte das Telefon klingeln, und ohne weiter darüber nachzudenken, nahm ich ab.

»Pete?«, sagte Elaine fröhlich. »Hast du dir das Bein gebrochen, oder was ist los?«

»Ich wollte gerade losfahren«, sagte ich mit einem Frosch im Hals. »Bin gleich da.«

»Es ist doch nichts passiert, oder?«

»Nein, alles in Ordnung. Wir sehen uns gleich.«

Ich legte den Hörer auf. Rudy gähnte. »Wir müssen bald los. Macy erwartet uns noch heute.«

»Du Drecksau!«, sagte ich.

»Tut mir leid, Pete«, erwiderte er, und es klang, als meinte er es wirklich so.

3

Elaine öffnete, als ich an der Tür klingelte. Sie trug ein halbwegs feierliches Abendkleid, rosafarben wie der Zuckerguss auf einer Torte, und ihr kurzes dunkles Haar glänzte. Ihr Begrüßungslächeln schwand dahin, als sie mich sah.

»Pete, du hast dich nicht umgezogen!«

Ich ging ins Haus. »Ist sonst noch jemand da?«

Sie runzelte die Stirn, als ob sie langsam böse auf mich würde. »Nein, Vater und Mutter sind vor zehn Minuten gefahren. Wieso …?«

Ich konnte sie nicht ansehen. »Ich fahre für ein paar Tage weg, Elaine. Noch heute Abend.«

Sie begriff nicht gleich. Sie schaute mich schweigend an, als hätte ich den Verstand verloren.

»Wovon redest du, Pete?« Ihre Stimme klang schrill.

Mit jeder Sekunde wurde es schlimmer. Ich versuchte, sie nicht anzuschreien, da ich spürte, wie sehr es sie verletzen würde. »Ich hab gesagt, dass ich wegfahren muss. Das ist alles. Ich bin in ein paar Tagen wieder da.«

»Oh.« Ihre Hände strichen über die steifen Rüschen ihres Kleides. »Kommt das nicht ein bisschen plötzlich? Wo musst du denn bloß so eilig hin?«

»In den Süden. Es ist … geschäftlich. Bis vor ein paar Minuten hab ich selbst nichts davon gewusst.«

Sie legte eine Hand an ihre Wange. Ihre Mundwinkel fielen herab. »Wie nett, dass du vorbeikommst, um es mir mitzuteilen.«

»Verdammt, Elaine, sei nicht ...«

Sie trat schnell auf mich zu und umarmte mich. Ihre Augen waren angsterfüllt. »Pete, was ist los? Du verhältst dich, als ob ... Ich hab dich noch nie so erlebt. Hast du Ärger? Ist das ... Ach, Pete, was ist denn nur passiert?«

»Muss denn unbedingt was passiert sein? Ich fahr nur für ein paar Tage nach Castile.«

»Sag mir, warum«, flüsterte sie. »Du kannst es mir doch erzählen.«

Ich hielt sie fest. »Nein. Ich ... es ist nicht wichtig.«

Sie riss sich von mir los, blickte mich an, die Augen voller Wut und Schmerz. »Anscheinend liebst du mich doch nicht so sehr, oder?«

»Es gibt Dinge, die du besser nicht ...«

»*Was* für Dinge? Wovon redest du überhaupt? Heute Morgen dieses Auto ... und jetzt musst du urplötzlich die Stadt verlassen ...«

Ihre Stimme klang brüchig. »Also schön, dann geh. Geh und verschwinde, Pete. Aber komm nicht zurück. Nie mehr. Nicht, bis ich dir so wichtig bin, dass du meine Hilfe annimmst, wenn du sie brauchst.«

Ich lief zur Tür. Es hatte keinen Sinn, länger zu bleiben.

»Ich liebe dich, Elaine«, sagte ich ruhig. »Ich stecke nicht wirklich in der Klemme. Vor langer Zeit hab ich für einen Mann gearbeitet. Ein wichtiger und bedeutender Mann. Du würdest ihn wahrscheinlich einen Gangster nennen. Ich verdanke ihm mein Leben. Nun muss ich ihm etwas zurückzahlen. Die letzte Rate, hoffe ich.«

Ich öffnete die Tür. Sie versuchte mich aufzuhalten. »Nein, Pete! Was immer es ist, geh nicht!«

Ich lief hinaus zum Wagen. Sie rannte mir nach, hielt mich am Arm fest. »Bitte, Pete. Es ist alles in Ordnung, ich bin nicht böse auf dich. Aber geh nicht fort, bitte, bleib bei mir!«

»Ich komme zurück«, sagte ich.

Jetzt weinte sie. »Was hast du vor?«

»Der Mann, für den ich gearbeitet habe, heißt Macy Barr. Jemand versucht, ihn umzubringen. Ich muss rausfinden, wer. Das ist unsere einzige Chance, Elaine. Dieses Mal werd ich dafür sorgen, dass die Vergangenheit endgültig vorbei ist. Glaub mir.«

Ich hielt sie unvermittelt fest und küsste sie, dann stieg ich schnell in den Wagen. Sie sah mich schweigend an, hielt die Arme über dem Bauch verschränkt, als ob es ihr Schmerzen bereitete, etwas zu sagen. Als ich wegfuhr, sah ich sie im Rückspiegel, dann machte die Straße eine Kurve, und ich sah sie nicht mehr. Für einen Augenblick dachte ich, sie würde mich rufen, doch es war wohl nur ein Geräusch, das ich selbst verursacht hatte.

Wir fuhren schnell südwärts. Ich ermunterte Rudy nicht zu einer Unterhaltung. Ich dachte daran, wie Macy immer wieder seinen Willen bekam, obwohl es eine Zeit lang so ausgesehen hatte, als ob ich damit durchkommen würde, nachdem ich eines Tages zu ihm gegangen war und ihm gesagt hatte, ich würde Schluss machen.

Er hatte mich irritiert angesehen, so als hätte ich versucht, einen Witz zu machen, der ihm nicht gefiel.

»Du machst was?«

Ich sagte es ihm noch einmal. »Ich steig aus.«

Er sah mich an, seine Augen wurden schmaler, doch er sprach ganz ruhig. »Aha. Und wo willst du hin?«

»Ich weiß noch nicht. Irgendwo in den Norden. Wo ich in der Sonne liegen und fischen kann, wenn mir danach ist.«

Er spielte erst mal mit, weil er sich unsicher war, wie ernst ich es meinte. »Und was dann?«

»Mir einen Job suchen. Mit den Händen arbeiten. Auf dem Bau vielleicht. Irgendwas Sinnvolles. Dazu hätte ich Lust.«

Sein Mund klappte auf und zu. Er konnte es nicht sofort

fassen. Niemand hatte je so mit ihm geredet. Ich hätte Angst haben sollen, hatte aber keine. Ich war völlig ruhig. Vielleicht half mir das. Das und die Tatsache, dass er mich gut kannte und mich mochte.

»Was ist denn los? Geb ich dir zu wenig Geld?« Er suchte nach einem Grund, den er verstehen konnte, und war deshalb schon geschlagen.

»Du zahlst mir genug.«

Er nahm einen Kugelschreiber vom Tisch und drehte ihn schnell zwischen seinen großen Fingern. Seine Augen waren hart und kalt, wie Eis auf Marmor. »Hol mich der Teufel«, sagte er sichtlich beeindruckt. »Fünf Jahre, und dann kreuzt du hier einfach frühmorgens auf und erzählst mir, dass es dir reicht?« Seine Lippen verzogen sich zu einem störrischen, gefährlichen Strich. »Du weißt mehr über mich als jeder andere Mann auf diesem Erdboden. Du steigst nicht einfach so aus. Was ist bloß in dich gefahren?«

»Ich mache Schluss«, sagte ich.

Über eine Minute lang starrte er mich unverwandt an, dann konnte ich den Unglauben in seinen Augen sehen, und sein Mund wurde weicher. »Du ... Lümmel«, sagte er. »Du ... kleiner Scheißer. College-Boy. Dein Problem ist, dass du zu viel Bildung abgekriegt hast. Viel zu viele Ideen, die dir im Hirn rumspuken. Genau wie bei deinem Vater.« Er breitete die Hände aus. »Warum? Sag mir einfach, warum. Nenn mir einen vernünftigen Grund. Bist du nicht glücklich?«

»Nein. Ich bin nicht glücklich. Ich weiß nicht, ob ich's je sein werde. Darauf kommt's vielleicht auch gar nicht an. Wahrscheinlich will ich nur 'ne Veränderung. Mein Leben hat sich immer nur im Rinnstein abgespielt. Ich hab die neonfarbenen Sonnenuntergänge satt, und ich hab's satt, nur nachts zu leben. Vielleicht will ich auch nur eine Frau, die noch nicht hundertmal ausgeliehen wurde wie ein Band aus der Leihbücherei.«

Er zündete sich eine Zigarette an und sah zu, wie das Streichholz verbrannte, wie sich das verkohlte Holz langsam krümmte, als wäre es ein sterbendes Wesen. »Du bist verrückt. Ein richtiger Irrer. Das hab ich mir eingehandelt. Ich hab dich mal davon abgehalten, dich zu Tode zu saufen, oder nicht, Kleiner?«

Ich nickte. Er schien fortfahren zu wollen, hielt dann aber inne. »Ach, zum Teufel. Was soll ich dir schon sagen? Meinetwegen kannst du auch gehen. So, wie du drauf bist, könnt ich sowieso nichts mit dir anfangen. Ich hab dich nie verstanden. Du bist der größte Spinner, der mir je untergekommen ist. Manchmal denk ich, du könntest mir sogar das Kotzen noch schmackhaft machen. Du bekommst bestimmt keinen Ärger. Die haben ja nicht mal deine Telefonnummer in der Stadt, so sauber bist du.«

Als ich zögerte, sagte er mir, ich solle verschwinden. Mit einer Bemerkung hielt er mich an der Tür zurück.

»Du kennst doch Lollipop, Pete?«

Eine heftige Woge der Angst erstickte die aufkeimende Hoffnung und Erleichterung. »Ich weiß, was es bedeutet.«

»Ich hab sie nicht alle, dass ich dich lebend laufen lasse«, sagte er tonlos. »Vielleicht kenn ich dich zu gut. Vielleicht bin ich auch wegen deines Alten so nachgiebig, weil ich mich dran erinnere, was für ein guter Anwalt er war ...«

»Komm mir bloß nicht mit diesem Drecksack.«

»Gib mir ja keinen Anlass, jemanden wie Lollipop anzurufen«, schloss er. »Ich kann's nicht ändern, dass du so viel weißt. Aber ich kann was dagegen tun. Vergiss das nie!«

»Ich werd dran denken«, sagte ich.

Ich schnippte meine Zigarettenkippe aus dem Autofenster in den kühlen Fahrtwind, legte das Gesicht in die Hände und versuchte, den Schmerz hinter meinen Augen mit den Fingerspitzen fortzuwischen. Monatelang hatte ich mit einem am Handgelenk festgebundenen Revolver geschlafen, immer auf der Hut vor Fremden in der Nähe, vor den Schatten im Rücken. Nie war etwas passiert. Nach und nach vergaß ich, wie es gewesen war – die angespannten Nächte voller Menschen, immer in Erwartung eines Schreis, die Nerven kurz vor dem Zerreißen, ständig auf der Hut vor einem Blick, dem Geräusch von Schritten, dem im Licht aufblitzenden Metall einer Kanone oder eines Messers; ich vertraute nichts und niemandem, nicht den geheimnisvollen Männern, die mir Informationen zuflüsterten, nicht dem hinter verschlossenen Türen genossenen Whisky, in der vergeblichen Hoffnung auf etwas Entspannung, nicht der seidigen Haut und den langen, heißen Berührungen vieler Frauen.

»Wie läuft's denn da unten jetzt so?«, fragte ich Rudy.

»Es ist ziemlich angespannt«, sagte er und blickte mich an. »Stan Maxine steckt dahinter. Erinnerst du dich an Stan?«

»Ich erinnere mich«, sagte ich trocken.

»Stan ist jetzt ein dicker Fisch. Hat Geschmack am großen Geld gefunden. Er meint, dass Macy zu viel vom Kuchen abbekommen hat. Maxine hat einflussreiche Freunde ganz oben. Leute, die ihre Angelegenheiten gern selbst in die Hände nehmen. Macy hat jahrelang im Süden Floridas geherrscht, aber er ist nun mal kein Spaghettifresser, und das stört einige von den großen Tieren. Sie würden nicht versuchen, einen ihrer eigenen Jungs in Macys Territorium einzuschleusen, doch wenn Maxine sich reindrängen würde, hätten sie nichts dagegen.«

»Warum erledigt Macy ihn nicht?«

Rudy schüttelte langsam den Kopf. »Wer weiß?« Er zögerte, überlegte, wie er mir sagen konnte, was ihm durch den Kopf ging. »Du weißt doch, wie's lief, als du noch bei ihm warst, Pete. Damals hat Macy alles gehört. Er bekam seinen Anteil von jedem Tropfen Schnaps, jedem Schuss Morphium und jeder Tüte Gras, jedem Versicherungswisch. Es gab nicht einen lumpigen Spieler oder Kredithai an der Küste, bei dem Macy den Daumen nicht drauf hatte. Er hat jedem gesagt, was er zu tun hatte. Vom miesesten Puff übers Polizeipräsidium bis hin zu den Gewerkschaften. Macy muss um die tausend Leute in fünf oder sechs Bezirken in der Hand gehabt haben.«

»Versuchst du mir zu erzählen, dass Macy die Fäden nicht mehr in der Hand hält?«

»Nicht wie früher. Ich bin ja nur noch 'n Laufbursche, ich gehör nicht zum inneren Kreis, so wie du damals. Aber ich weiß, dass Macy abrutscht. Ein paar seiner Stützbalken sind unter ihm zusammengekracht. Wenn man ein so großes Gebiet kontrolliert wie Macy, muss man hart arbeiten und ein paar intelligente Jungs haben, die die Organisation am Laufen halten. Aber er hat nie wieder einen gefunden, der so gut war wie du, wenn es drum ging, die Jungs abzuchecken und diejenigen rauszufischen, die mehr als ihren Anteil absahnten und Macy übers Ohr hauen wollten. Und dann gab's 'ne kleine Säuberungsaktion bei den Bullen, und ein paar von Macys Kumpels sind rausgeflogen. Macy hat 'ne lokale Untersuchungskommission über sich ergehen lassen und hier und da 'n paar Spielhöllen zumachen müssen, bis 'n bisschen Gras über die Sache gewachsen war. Die Typen von der Kommission waren nur am Glücksspiel und an 'n paar ungeklärten Morden interessiert, alles andere ließen sie links liegen. Aber es hat Macy aus dem Konzept gebracht, und er scheint sich nie richtig davon erholt zu haben. Manchmal denk ich, es ist ihm egal. Er arbeitet nicht mehr so hart. Gönnt sich Urlaub und hält sich öfter in seinem Haus auf der Insel als in der Stadt auf.«

»Und es hat sich rumgesprochen, dass er nicht mehr so tough ist, und die Jungs haben angefangen, ihn kräftig übers Ohr zu hauen.«

»So hab ich's auf jeden Fall gehört. Die Erträge sind nicht

mehr so fett heutzutage – harte Zeiten, sagen die Jungs. Doch meines Wissens haben weder die Schnapsbrennerei noch der Drogenhandel sonderlich viel eingebüßt. Maxine hat sich das 'ne Zeit lang angesehen und fängt jetzt an, die Muskeln spielen zu lassen.«

»Und Macy tut nichts dagegen?«

»Momentan behalten sie sich nur gegenseitig im Auge. Haben 'ne Knarre in der Tasche und lächeln sich freundlich zu. So sieht's aus.«

»Kalter Krieg, was?«

»So was in der Art.«

Ich lehnte mich zurück und dachte an Macy Barr. Es lief schlecht für ihn. Früher war er ein absoluter und rücksichtsloser Tyrann in einem winzigen, reichen Imperium gewesen und hatte die Ärmel hochgekrempelt und sich persönlich diejenigen vorgeknöpft, bei denen es nötig war, seine Macht zu demonstrieren. Jetzt spürte er langsam sein Alter. Vielleicht würde Maxine ihn kleinkriegen. Vielleicht würden auch die Jungs vom Fiskus ein paar Risse in der ehrenwerten Fassade finden, die über die Jahre mithilfe eines Trupps teurer Anwälte errichtet worden war. Jedenfalls würde ihn irgendjemand kriegen, denn wenn seine Art von Glück erst einmal verblasste, war er am Ende.

Ich lebte jetzt ein anderes Leben. Ich wollte nicht zurück. Ich wollte nicht an seiner Seite sterben. Doch ich hatte keine Wahl. Ich fühlte mich hilflos. Verbitterung brannte mir in der Kehle. Jede Meile, die wir fuhren, zerrte mich tiefer in das Netz hinein, aus dem ich vielleicht nicht mehr entkommen konnte. Nach diesem Auftrag würden andere kommen. Macy würde schon einen Anlass finden, um mich in seiner Nähe zu halten. Verbissen schluckte ich meinen Zorn runter. Eher würde ich mich umbringen, als das geschehen zu lassen.

Rudy scheuchte den großen Pontiac über den breiten Highway, brachte ihn auf mehr als neunzig Meilen und reduzierte die Geschwindigkeit nur minimal, wenn wir die am Straßenrand verteilten Ortschaften passierten, die aus nur wenig mehr als blinkenden Ampeln, dunklen Gebäuden und hell leuchtenden Neonschildern bestanden. Hinter Port Wentworth verbreiterte sich der Highway auf zwei Fahrspuren, gesäumt von schlanken, gebogenen Masten, von deren Spitzen ein grelles bläuliches Licht strahlte. Wir fuhren durch ein Industriegebiet. Hinter Maschendrahtzäunen erstreckten sich enorme Lagerhäuser mit kleinen Fenstern entlang der Fahrbahn. Eine halbe Meile vor uns blinkten rote Warnlichter auf riesigen silbernen und kugelförmigen Vorratsspeichern eines Chemiewerks.

Meine Lider waren schwer, und ich dachte daran, sie zu schließen, um meinen Augen etwas Ruhe zu gönnen. Doch stattdessen langte ich nach einer Zigarette. Hätte ich meine Augen geschlossen, wäre mir in der nächsten Minute das Gesicht weggeballert worden.

Hundert Meter vor uns schoss ein Wagen auf den Highway und blockierte die Fahrspur des schnell fahrenden Pontiacs. In der Sekunde, die Rudy brauchte, um einen Fluch auszustoßen und den Fuß auf die Bremse zu rammen, hatten wir ein Drittel der Strecke zurückgelegt. Ich schaute auf den Tacho. Wir fuhren hundertfünf Meilen pro Stunde. Versuchen Sie mal, einen so schnellen Wagen auf einer Strecke von sechzig Metern zu stoppen! Rudy war sich dessen bewusst, und ich hörte ihn hilflos aufstöhnen, als wir auf den anderen Wagen zubrausten. Es war ein schwarzer Ford, wie ich jetzt erkannte. Ich erkannte noch etwas anderes, während Rudy das Steuer herumriss und versuchte, den Pontiac auf die andere Seite des Highways zu bringen. Die Reifen kreischten. Ich konnte mich gerade noch unter dem Armaturenbrett wegducken, bevor die rechte Seite der Frontscheibe von einem aus dem Ford abgegebenen Schuss zerschmettert wurde.

Rudy schrie, und ich spürte, wie der Wagen über die geriffelte Sicherheitsmarkierung schlitterte. Ich richtete mich kurz auf, hatte aber keine Gelegenheit, das Steuer zu packen, als der schwere Wagen auch schon über eine Böschung hinausschoss. Einen Herzschlag später schlug der Pontiac auf, und ich wurde gegen das Armaturenbrett geschleudert. Ich sah den Betonmast einer Straßenlaterne auf uns zurasen, dann leicht zu einer Seite abdrehen. Wir waren nicht viel langsamer geworden. Ich hörte das hässlich kreischende Geräusch von aufgeschlitztem Metall, als der Pfosten seitlich an uns entlangschrammte. Der Wagen wurde durchgerüttelt, das Heck begann, zur Seite auszubrechen, als wir durch einen Bretterzaun krachten. Irgendwas schlug mir gegen den Kopf. Der Sitz schien abrupt hochzuschnellen und schleuderte mich aus dem Wagen. Ich merkte nicht, wie ich auf dem Pflaster hinter dem Zaun aufschlug.

Durch einen heißen, schwarzen Nebel hörte ich ein unbestimmtes Getöse. Ich bewegte eine Hand und einen Arm, berührte mein Gesicht. Lichter blitzten vor meinen Augen auf, erschienen und verschwanden im Nebel. Mir tat alles weh. Der Gedanke an den Ford und die Schrotflinte brachte mich auf die Beine. Auf meinem Handrücken war Blut. Ich wusste nicht, wo es herkam. Ich kniff die Augen fest zusammen, öffnete sie wieder, versuchte meinen schwankenden Körper zu stabilisieren.

Fünfundzwanzig Meter hinter mir hatte der Pontiac – oder was von ihm noch übrig war – zu Füßen eines Vorratstanks Feuer gefangen. Ich hatte keine Zeit, mir darüber – oder über Rudy – Gedanken zu machen. Droben auf dem Highway am Rand der Böschung, die wir runtergestürzt waren, hatte der Ford angehalten, ein Mann stand neben der geöffneten Tür und hob ein Gewehr an die Schulter. Ich konnte ihn deutlich erkennen. Er trug einen blassblauen Hut mit einem hellen Hutband.

Ich rannte los, fiel aber hin und rollte mich ab, als ein scharfes Krachen zu mir herüberdrang und eine Gewehrkugel pfeifend von der Stelle des Betonuntergrunds abprallte, auf die der Schütze gehalten hatte. Er schoss schnell und gut. Mit dem brennenden Wagen im Rücken war ich besser zu erkennen als jede an der Wand aufgehängte Zielscheibe. Ich rappelte mich auf, lief ein paar Schritte, und er schoss erneut. Er zielte zu tief. Die Kugel traf den Absatz meines Schuhs und riss mich um. Ich wusste, dass er nicht noch einmal vorbeischießen würde. Rudy schrie etwas, doch ich war zu beschäftigt, um zuzuhören.

Ich hatte selbst eine Waffe, doch mit ihrem kurzen Lauf war sie auf diese Entfernung nutzlos. In etwa hundert Metern Entfernung stand ein Güterwagen auf einem Abstellgleis und verhieß Deckung. Verzweifelt begann ich, in seine Richtung zu kriechen, wobei ich mich über die Schulter nach dem Schützen umblickte. Meine Kehle war wie zugeschnürt. Das Einzige, was mir im Kopf herumschwirrte, waren der blassblaue Hut und eine Erinnerung an Elaine, die einen Strand entlangrannte.

Von irgendwoher wurde noch ein Gewehr abgefeuert, zwei Schüsse im Abstand von einer Sekunde, und ein Fenster des Fords zersplitterte. Der Mann mit dem Gewehr blickte verwirrt von mir weg und sah zum Wagen, das Gewehr auf den Unterarm gelegt, den Kolben in die Seite gepresst.

Ein dritter Schuss ließ ihn lang ausgestreckt in seinen Wagen hechten. Noch bevor er die Tür schließen konnte, rollte das Auto schon, und der Fahrer wendete den Ford mit quietschenden Reifen scharf mitten auf dem Highway. In der Ferne waren Sirenen zu hören.

Ich drehte mich um und sah Rudy, der sich hinter den brennenden Wagen gekauert hatte und einen Karabiner in den Händen hielt. »Mach, dass du da wegkommst, Rudy!«, schrie ich ihm zu.

Er wich von dem Pontiac zurück, doch ein Bein knickte ihm weg. Hätte der Wagen in die Luft fliegen sollen, wäre es sicher schon vorher passiert, doch die Hitze der Flammen konnte jederzeit den darüberliegenden Vorratstank entzünden. Ich hinkte auf ihn zu, spürte die Hitze auf meinem Gesicht. Er saß auf dem Betonboden, den Karabiner zwischen seinen Knien, das Gesicht schmerzverzerrt. Ich packte ihn unter den Armen, hob ihn hoch und zerrte ihn in Richtung Güterwagen.

»Danke«, röchelte Rudy hustend. »Irgendwas mit meinem Bein. Schätze, das wird schon wieder.«

Große rote Feuerwehrautos kamen heulend durch ein Tor in der Nähe hereingerast, schlaffe Schläuche wurden herumgezerrt. Ich schnappte mir das Gewehr und meinen Revolver und warf sie in den Güterwagen. Ich lief zurück zu dem Autowrack. Rudy hielt mich kurz zurück. Sein Gesicht war mit Dreck, Schweiß und Blut verschmiert. In seinen Augen hinter den schmutzigen Gläsern seiner Brille stand Angst.

»Verstehst du's jetzt?«, würgte er hervor. »Verstehst du jetzt, warum du zurückkommen musstest, Pete?«

4

Macy Barrs Haus lag auf einer kleinen Insel dreißig Meilen südlich von Castile. Die Insel war der Küste ungefähr dreihundert Meter vorgelagert und über einen alten Fahrdamm erreichbar, der gerade breit genug für ein Fahrzeug war. Auf der Inselseite endete der Damm an einem kleinen, verwitterten Häuschen aus Muschelkalk und einem zweieinhalb Meter hohen Tor aus schwerem Gitterdraht in einem eisernen Rahmen. Gemäß Rudys Instruktion drückte ich auf die Hupe und schaltete das Licht aus. Kurz darauf erhellte ein großer Scheinwerfer auf dem Gebäude das Innere des Mietwagens.

Ein Mann mit Maschinenpistole trat aus dem Pförtnerhaus und öffnete das Tor. Ich fuhr durch, folgte einer gewundenen, leicht ansteigenden Auffahrt zum Haus und parkte neben einer großen Garage. Rudy hielt einen Eisbeutel an seinen Kopf gedrückt und sagte nichts.

Wir luden die angekokelten Koffer aus dem Wagen und gingen rein. Es war ein schönes Haus, zweistöckig, mit verschiedenen Ebenen, eine Mischung aus moderner und südländischer Bauweise und so konstruiert, dass jede auch noch so kleine kühlende Brise ausgenutzt wurde. Wir ließen das Gepäck in der Vorhalle stehen, und nachdem Rudy auf seine Uhr gesehen hatte, führte er mich zu Macy Barrs Zimmer. Bei jedem Schritt stand ihm die Anstrengung ins Gesicht geschrieben.

Macy trug einen alten, fadenscheinigen Morgenmantel

über einem schweren Körper, der zu fett geworden war. Er hätte einen Haarschnitt und eine Rasur vertragen können. Er saß in einem alten Sessel, der genauso schäbig war wie er selbst, und betrachtete mich mit sanft glühenden Augen. Dann sah er zu Rudy, der sich hinter mir an eine Wand gelehnt hatte.

»Was ist denn mit euch passiert?«, fragte er. Jeder Atemzug verursachte ein leicht kratzendes Geräusch in seiner Kehle.

»Außerhalb von Port Wentworth hat man uns aufgelauert«, erwiderte ich. »Zwei oder vielleicht drei Typen. Und einer hat sie vorher informiert. Zuerst benutzten sie eine Schrotflinte und dann ein Gewehr. Der Pontiac machte eine Bruchlandung und ist ausgebrannt. Rudy hatte einen Karabiner unter dem Armaturenbrett und hat sie verscheucht. Die Cops aus Wentworth haben uns laufen lassen, nachdem sie die Nummer gecheckt hatten. Sie meinten, wir sollten unsere Familienstreitigkeiten drunten im Süden klären, damit ihre Bürger nicht verletzt würden.«

Macy räusperte sich nachdenklich. Seine Augen glühten wie erlöschende Kohlen. Hässliche Schlieren aus dunkler Haut lagen um seine Augen. »Jemand verletzt?« Er meinte uns beide.

»Ich hab mir etwas Haut abgeschürft, als ich aus dem Wagen geflogen bin. Überall Prellungen. Rudy hat ein paar Brandwunden und eine Zerrung im Bein. Wir hatten Glück.«

»Meine Nerven sind zum Teufel«, presste Rudy hinter zusammengebissenen Zähnen hervor.

»Wer waren sie?« Macy saß steif in seinem Sessel und bewegte nicht einen Muskel.

»Keine Ahnung. Rudy weiß es auch nicht. Den Kerl mit dem Gewehr konnte ich gut sehen. So ’n stämmiges Arschloch mit ’nem himmelblauen Hut. Den würd ich wiedererkennen.«

Macy regte sich, schaute auf seine Daumen. Seine Lippen lagen schlaff aufeinander, die Mundwinkel waren zusammengekniffen. Sein Brustkorb hob sich ein paarmal unter dem alten Morgenmantel. Ich fragte mich, wieso er das Ding noch trug. Selbst für Zuckersäcke benutzte man mittlerweile besseres Material. Ich hörte, wie Rudy vorsichtig hustete, so als ob ihm jeder Atemzug Schmerzen bereitete.

»Du gehst ins Bett«, ordnete Macy an. »Und nimm ein heißes Bad.« Rudy ging hinaus. »Möchtest du einen Drink, Pete?«

»Gott, und wie.«

Er deutete auf eine kleine Bar. Ich wählte eine Flasche aus. »Gib mir 'nen Whisky«, sagte er.

»Was willst du drin haben?«, fragte ich.

»Ich will gar nichts drin haben!«, sagte er gereizt.

Ich gab ihm ein Glas Whisky. Er hielt es so, wie ein anderer eine seltene Blume in der Hand gehalten hätte. Er trank langsam. Zwischen den einzelnen Schlucken konnte ich den Atem in seiner Kehle rasseln hören.

Ich goss mir selbst einen Drink ein. Es gab kein Eis, also nahm ich ihn unverdünnt. Ich saß auf seinem Bett und blickte ihn finster an.

»Ich bin froh, dass du zurück bist, Pete«, sagte er. Ich sagte kein Wort. »Tut mir leid, dass es Ärger gab auf dem Weg hierher.«

»Vielleicht hast du eine Idee, wer dahintersteckt«, sagte ich.

»Nein. So 'ne Art von Ärger hatte ich bis jetzt noch nicht.« Er klopfte mit seinen langen Fingernägeln gegen das Glas. Es war teures Kristallglas, der ganze Satz musste ihn zweihundert gekostet haben. Das Klopfen rief einen klaren, nachklingenden Ton hervor. »Du bist also nicht glücklich«, sagte er. »Ich kann's nicht ändern.«

»Ich werd dir mal sagen, wie glücklich ich bin«, sagte ich

und stand auf. »Vor sechs Jahren bin ich ausgestiegen, weil ich dich und dein ganzes verkommenes Geschäft satthatte. Ich hab versucht, dich zu vergessen. Ich hab ein nettes Mädchen kennengelernt, das keine Ahnung hatte, was ein Schuss ist, das keine Ahnung hatte, dass in diesem Land jeden Tag Menschen umgebracht werden, weil Typen wie du an irgendwelchen Fäden ziehen können. Ich liebe sie, wie ich noch nie jemanden geliebt habe. Ich hab das Geld von dir genommen, weil ich es verdient hatte, hab mir ein kleines Geschäft aufgebaut und ein Haus für den Tag gekauft, an dem ich heirate, und ich hab versucht, mich wie ein ganz normaler Durchschnittstyp zu verhalten. Es war nicht leicht, denn zuerst hab ich's nur gespielt. Doch dann hatte ich langsam das Gefühl, dass es gut ausgehen würde, dass mich das alte Leben nicht zu tief gezeichnet hatte.«

Ich machte eine Atempause. Ich wandte den Blick nicht von ihm ab. Meine Kiefermuskeln waren angespannt.

»Ich hab angefangen, mich glücklich zu fühlen. Weißt du, was das ist, glücklich sein? Für mich waren es kleine Dinge, wie einen faulen Tag mit einer Angel auf einem schattigen Kanal zu verbringen oder stundenlang mit meinen Kunden im Laden zu quatschen. Diese Dinge gaben mir eine Befriedigung, die ich nie zuvor verspürt hatte. Wenn's gut für einen läuft, dann ist das, als ob nie irgendwas falsch gelaufen wäre oder je falsch laufen könnte. Dann ist Rudy aufgetaucht, und all die guten Dinge fielen auseinander. Ich musste mit ihm hierherkommen. Du hast es so arrangiert, dass ich keine Wahl hatte. Du hast genau gewusst, dass ich dir sonst gesagt hätte, wo du dir deine Probleme hinstecken kannst. Du hast gewusst, dass mich auch eine Tracht Prügel nicht umgestimmt hätte. Und da hast du zum dreckigsten Köder gegriffen, den du finden konntest, um mich zurückzuholen.«

»Warum setzt du dich nicht?«, sagte er müde.

»Ich bin noch nicht fertig. Ich komme also zurück, und was

finde ich vor? Nicht Macy. Nicht den alten Macy. Du warst mal ein ziemlich harter Brocken. Du warst genauso brutal wie jeder von den Gangstern, die für dich gearbeitet haben. Niemand konnte dich je dazu bringen, den Rückzug anzutreten. Jetzt bist du fett und runtergekommen, du sitzt in deinem Sessel und tust dir selbst leid, wo du in der Stadt sein und die Dinge ernsthaft in die Hand nehmen müsstest.«

Eine leichte Röte überzog seine Wangen. »Du denkst also, ich bin weich geworden? Mit dir werd ich noch jeden Tag fertig, du Großmaul. Ich bin vielleicht in die Jahre gekommen, aber mit dir und jedem anderen kann ich's immer noch aufnehmen.«

»Dann komm raus aus dem Sessel und beweis es!«

Er machte Anstalten aufzustehen, dann wurde sein Gesichtsausdruck nachdenklich und ein wenig verlegen, und er ließ sich zurückfallen. »Ach, was reden wir hier eigentlich, zum Teufel?«, sagte er. »Sind wir vielleicht zwei grüne Jungs, die sich beweisen müssen, wie verdammt zäh sie sind? Setz dich hin, du Arschloch. Ich kenn dich schon, seit du noch auf der Mittelschule warst. Versuch bloß nicht, hier den dicken Max zu markieren. *Setz dich*, hab ich gesagt!«

Ich setzte mich auf die Bettkante und hielt mein Glas fest umklammert.

»Wirst du einen Job für mich übernehmen, oder willst du hier rumsitzen und schmollen?«

»Ich übernehm den Job«, sagte ich, »weil mir nichts anderes übrig bleibt.«

»Mir egal, welche Gründe du hast!«, blaffte er. Und dann, etwas ruhiger, sagte er: »In Ordnung. Wir arbeiten auf dieser Basis. Es passt dir nicht, aber du machst es, weil Macy es so haben will. Und deswegen magst du Macy natürlich auch nicht. Aber ich will keine halbe Sachen.«

»Du legst dein Geld schon richtig an«, erwiderte ich.

»Das war schon immer so bei dir«, sagte Macy widerwillig.

»Okay. Hat Rudy dir gesagt, was ich will? Und stell das Glas hin, ehe du's noch kaputt drückst.«

Ich stellte das Glas ab. Noch immer erteilte er mit jedem Atemzug Befehle, aber sie kamen nicht mehr mit der alten Autorität rüber.

»Du hast Briefe mit derselben Botschaft gekriegt«, sagte ich. »Irgendwer ist sauer auf dich, weil du vor fünfundzwanzig Jahren den Laden eines Schneiders abgefackelt und ein paar Leute umgebracht hast. Er versucht sich zu rächen, indem er Jagd auf deine alte Gang macht und sie absticht. Du stehst auf seiner Liste, aber er spart dich auf, bis du genügend Zeit gehabt hast, drüber nachzudenken.«

Macy nickte finster. »In der mittleren Schublade von dem Schreibtisch da drüben ist ein Umschlag. Holst du ihn mal, Pete?«

Der Umschlag enthielt alle Zeitungsausschnitte, die Macy bekommen hatte. Ich las einen durch, in dem über das Feuer berichtet wurde. Der Schneider hieß Kennedy. Er hatte eine Frau und zwei Kinder. Eines der Kinder hatte irgendwie überlebt und war mit schweren Brandwunden in ein Krankenhaus gekommen. Der Name des Kindes wurde nicht genannt.

Macy bat mich, den Umschlag zu behalten. »Was ist mit dem anderen Kind passiert?«, fragte ich ihn.

Er wirkte gleichgültig. »Weiß ich nicht. Damit hab ich mich nicht beschäftigt. Das ist deine Aufgabe.«

»Machst du dir überhaupt über irgendwas Gedanken?«, erwiderte ich sarkastisch. Mit einem Anflug von Verärgerung in den Augen sah er mich an, sagte aber nichts.

»Welche Chance besteht, dass Maxine dahintersteckt?«, fragte ich.

»Überhaupt keine. So schlau wäre der nicht. Stan hat keine Ahnung, wie man etwas geschickt einfädelt. Das ist einfach nicht seine Art.«

»Ich hab gehört, er ist in letzter Zeit groß und selbstzufrieden geworden. Du hättest ihn schon vor Jahrzehnten umbringen sollen. Ich hätte ihn umbringen sollen. Ich hab in meinem ganzen Leben noch keinen umgebracht, außer im Krieg, aber wenn ich hätte wählen müssen, dann wär's Maxine gewesen.«

Macy lächelte zögernd. »Du hast dich nicht sehr verändert«, sagte er mit leiser, gepresster Stimme. »Du bist älter geworden, aber man sieht's dir nicht an. Und du hast jetzt ein Mädchen.«

Ich nickte.

Er blickte mich interessiert an. »'ne richtige Schönheit? Ich kann mir schon denken, dass sie's ist. Ich wette, sie ist auch intelligent und kann sich ausdrücken und all solche Sachen. Weiß sie Bescheid über dich?«

»Nein, ich hab ihr nie was erzählt.« Ich wechselte das Thema. »Was ist mit Maxine?«

»Maxine?«

»Wieso unternimmst du nichts gegen ihn, bevor es zu spät ist? Tritt ihm in den Arsch, damit er weiß, wo's langgeht.«

»Ich fürcht mich davor«, sagte er und sah mich beinahe beschämt an. »Ich habe Angst davor, rauszufinden, dass ich nicht mehr stark genug bin. Manchmal ist es besser, abzuwarten, Pete.«

Er stand auf und trat ans Fenster. Eine seiner Taschen wurde von einer Waffe ausgebeult. Er zog die Jalousien hoch und betrachtete den Mond, der auf die dunkle See schien.

»Ich arbeite allein«, sagte ich. »Ich brauch 'nen Wagen.«
Er nickte. »Wie viele Leute hast du hier?«

»Drei. Rudy und die beiden anderen Jungs, Reavis und Taggart. Erstklassige Leute. Taggart ist gerade nicht hier, ich hab ihn gestern nach Tampa geschickt. Er müsste bald zurück sein.«

»Nicht genügend Leute, um deinen Sarg zu tragen.«

Seine Schultern strafften sich. »Niemand bringt mich um, Pete. Nicht, solange ich hier bin. Dein Zimmer liegt im Westflügel, gleich an der Terrasse, falls du dich hinlegen willst.« Mit müder Stimme entließ er mich. Ich nahm den Umschlag mit den Zeitungsausschnitten und ging nach unten.

5

Ich packte den Großteil meiner Klamotten aus dem Koffer und warf ihn zusammen mit dem angekokelten Zeug weg. Mein zweiter Anzug sah nicht schlecht aus, und ich entschied, dass ich ihn noch tragen konnte.

Ich zog die Überdecke vom Bett, hatte aber kein Bedürfnis nach Schlaf. Es war fast Viertel vor drei. Mit warmem Wasser wusch ich mir sorgfältig das Gesicht und verließ das Zimmer. Am Ende des Korridors waren zwei Terrassentüren, dahinter lag eine schmale Veranda mit einer Terrasse, die von einer niedrigen Felsmauer begrenzt wurde. Ich ging hinaus. Die Nacht war warm, kein Lüftchen war zu spüren. Meine Kleider rochen nach Qualm und Schweiß. Ich lief die lange, gewundene Terrasse zum Strand hinunter, stand eine Weile da und hörte zu, wie das Wasser auf den Sand spülte.

Dann zog ich Hemd und Hose aus und blickte zurück zum Haus. Der Mond hatte sich verkrochen, in den Fenstern brannten nur wenige Lichter. Ich zog meine Schuhe und Socken aus, unter meinen Füßen fühlte sich der Sand weich an. Dann zog ich meine verschwitzte Unterhose runter und blieb einen Augenblick nackt am Rand des Wassers stehen, bevor ich bis zu den Schenkeln reinlief und zu schwimmen anfing. Die Muskeln entspannten sich, als ich mich auf den Rücken drehte und treiben ließ. Die abgeschürften Stellen an meinen Armen pochten und schmerzten. Einmal hörte ich in der Nähe ein Plätschern im Wasser und vermutete einen Fisch.

Als ich mich genug abgekühlt hatte, schwamm ich zurück

zum Strand und stapfte aus dem Wasser. Ich saß eine Weile im Sand, ließ mich langsam von der feuchten Luft trocknen. Als ich das Geräusch zum ersten Mal hinter mir hörte, ignorierte ich es. Als ich es erneut hörte – das Geräusch von jemandem, der im Sand auf mich zugeschlichen kam –, drehte ich mich auf den Bauch, zog die Beine an und stürzte mich auf die undeutliche Gestalt in anderthalb Metern Entfernung. Wir gingen zu Boden. Ein erstickter Laut des Erstaunens ertönte, der nicht von mir kam. Meine Hand streifte einen weichen, geschwungenen Schenkel, berührte runde Brüste und volle Brustwarzen. Ich hielt eine Frau fest, die so nackt war wie ich, und umklammerte sie mit aller Kraft. Mein Körpergewicht presste sie in den Sand. Sie war stocksteif, anscheinend zu überrascht, um sich loszureißen. Schnell wich ich zurück, und sie setzte sich auf. Ich konnte sie nicht gut sehen, doch mir war klar, dass sie gut gebaut war, und anscheinend hatte sie blondes Haar. Sie stieß noch einen Schrei aus und legte die Hände schützend über ihren Busen.

»Tut mir leid«, sagte ich. »Sie hätten sich nicht so anschleichen sollen.«

Ein paar Sekunden lang erwiderte sie nichts. Sie saß im Sand, die Beine übereinandergeschlagen. »Ist schon in Ordnung«, sagte sie gepresst. »Tut mir leid, dass ich ... Sie erschreckt habe.« Langsam nahm sie ihre Hände von der Brust und ließ sie auf die Knie sinken. Sie saß ganz still da und schien mich anzusehen. Ich hatte sie nicht lange festgehalten, doch lange genug, dass sie gemerkt haben musste, dass ich ebenfalls unbekleidet war. In der Dunkelheit war es ohnehin egal.

»Wer sind Sie?«, fragte ich.

»Ich bin Diane ... Sie müssen ... Pete sein, Pete Mallory.«

»Stimmt genau.«

»Ich war auch schwimmen. Ich war im Wasser, als Sie runterkamen.« Sie zögerte. »Ich schlaf nicht sehr gut.«

Ich schluckte den Kloß runter, der mir in der Kehle saß.

Ich konnte gerade so viel von ihr erkennen, dass ich mir wünschte, mehr sehen zu können. Ihr Gesicht war sicher sehr hübsch. Ihr Körper schien wohlproportioniert. Sie machte keine Anstalten, weiter von mir abzurücken.

»Woher wissen Sie, wer ich bin?«

Sie drehte den Kopf zur Seite, sodass ich die Linie ihres schlanken Halses erkennen konnte. »Ich kenne hier jeden sonst. Ich hab Sie natürlich nicht persönlich erkannt, aber Macy hat von Ihnen gesprochen. Er hat Sie hergeholt, damit Sie denjenigen finden, der ihn umbringen will.«

»Ja.«

Einen Augenblick lang war sie still, dann sagte sie: »Haben Sie eine Zigarette, Pete?«

Ich ging zu meinen Kleidern und nahm ein Päckchen aus dem Hemd, dazu Streichhölzer. Ich lief zu ihr zurück, zündete eins an, hielt es ihr hin und sah in einem dunkelroten Lichtschein ihre Gesichtszüge hervortreten. Ihre Augen verengten sich zu einem wilden Blick, als sie mit einer Hand fest gegen die Innenseite meines Handgelenks schlug, sodass ich ihre Knöchel scharf an den Sehnen spürte. Die Zigarette fiel in den Sand, glühte tapfer für einen Augenblick auf, erlosch.

»Sie müssen ja nicht unbedingt hinsehen«, sagte sie ärgerlich.

Ich war erstaunt. Schwerfällig stand sie auf. »Ich sehe das nicht zum ersten Mal«, gab ich zurück.

Eine lange Weile stand sie da, ohne auf mich zu achten oder auch nur in meine Richtung zu sehen. Ich hatte richtig geraten. Sie war sehr hübsch. Ihre Gesichtshaut war weich und glatt, die Lippen geschwungen und wie geschaffen für gierige Küsse. Dann reckte sie sich bis auf die Zehenspitzen und entspannte sich wieder. Ihre Stimme klang jetzt ruhig.

»Macy wird Ihnen von mir erzählen«, sagte sie. »Ich gelte als ein bisschen verrückt.«

»Sind Sie's?«

Sie lachte mädchenhaft. »Ich glaub schon. Ich denke, ich bin's. Aber ich bin harmlos. Macy scheint zu denken, dass ich in Ordnung bin. Er vertraut mir Aimee an.«

»Aimee? Wer ist das?«

»Sie werden sie morgen früh kennenlernen. Bestimmt gefällt sie Ihnen. Sie ist mir ziemlich ähnlich. Sie hat dieselbe Wildheit wie ich, ganz tief drinnen.« Sie wandte sich zur Bucht. »Und jetzt geh ich schwimmen.«

»Sie sollten sich hier in der Gegend was anziehen«, riet ich ihr.

Sie lachte wieder. »Ist doch egal. Mir tut niemand was. Macy würde das nicht zulassen. Und außerdem hab ich Ihnen doch gesagt, dass ich für ein bisschen verrückt gehalten werde.«

Sie kam dicht an mich heran, ich fühlte ihre Finger ganz leicht auf meiner Schulter. Ich nahm ihren Duft wahr, und mein Herz schlug zu schnell.

»Du gefällst mir, Pete«, flüsterte sie, dann war sie verschwunden, lief über den Sand aufs Wasser zu und tauchte mit einem leisen Plätschern hinein.

Ich zog meine Hose an, schlüpfte in Socken und Schuhe und lief mit meinem Hemd über dem Arm gemächlich zurück zum Haus.

6

Auf der Terrasse angekommen, schaute ich die Auffahrt hinunter. Durch die Bäume sah ich einen schmalen Lichtschein in einem der Fenster des kleinen Giebelhauses am Tor.

Ich war noch nicht so weit, an Schlaf zu denken, und an Elaine zu denken bereitete mir Kummer, der mir immer schwerer auf der Seele lag. Ich lief die Auffahrt hinunter und klopfte an die Tür.

»Wer ist da?«, fragte Rudy. Ich antwortete. Er kam an die Tür und öffnete sie zaghaft. Er trug nichts als den alten Hut und eine Unterhose, die er hoch über seinen schlaffen Hängebauch gezogen hatte. In einer Hand hielt er eine italienische Automatik. Seine rosige Haut glänzte feucht.

Es war heiß in dem Einzimmerhaus. Die Fenster waren offen, doch Rudy hatte die Jalousien runtergelassen. Ein sich langsam drehender Ventilator verhinderte, dass die Luft stickig wurde. Auf einer Herdplatte blubberte Kaffee in einer gläsernen Espressokanne.

Er bot mir einen Stuhl an, setzte sich selbst auf einen anderen und steckte die Automatik in ein Schulterholster, das an einem Riemen von der Stuhllehne hing.

»Wo ist dein anderer Kumpel?«, fragte ich Rudy.

»Reavis? Oben im Haus. Einer von uns schläft immer im Zimmer neben Macy.«

»Geht's dir besser?«

Er schüttelte den Kopf. »Ich hab gebadet. Morgen werd ich mich nicht mehr bewegen können.«

»Ich dachte, du wärst um diese Zeit schon im Bett.«

Er sah mich trübe an. »Ich schlaf zurzeit nicht viel.«

»Das Tor da draußen sieht mir ja nicht sonderlich stabil aus. Maschendraht hält wohl keinen auf, der wirklich hier reinwill.«

Er kicherte und stand auf. »Soll ich dir mal was zeigen?« Neben der Tür gab es eine kleine Schalttafel mit drei Hebeln. Rudy legte einen Schalter um und öffnete die Tür. Draußen züngelten kleine blaue Stichflammen am Gitterdraht entlang und wurden vom knackenden Geräusch gebratener Insekten begleitet. Rudy schloss die schwere Tür, verriegelte sie und stellte den Strom ab.

»Genug Saft, um 'ne Kuh zu töten«, sagte er. »Um die halbe Insel herum verläuft noch ein Zaun, der an 'nen weiteren Stromkreis angeschlossen ist.«

»Und warum schläfst du nicht, Rudy? Wartest du drauf, dass noch jemand vorbeikommt?« Ich bereute die Gehässigkeit in meiner Stimme.

»Lass gut sein, ja?«, sagte er. Er klang geschlagen.

»Du hast ja gesehen, was heut Abend passiert ist. Es hat mich fast erwischt. Und dich hätt's genauso erwischt, wenn ich's nicht geschafft hätte, den Karabiner unter dem Armaturenbrett rauszuziehen.« Er nahm den Kaffeekocher von der heißen Herdplatte und goss sich etwas ein. Er hielt die Tasse dicht vors Gesicht, um beim Trinken nicht allzu viel zu verkleckern. Trotzdem tröpfelte ein wenig Kaffee herab und rann ihm über die grau gewordenen Haare auf Brust und Bauch. Er machte sich nicht die Mühe, die Tropfen wegzuwischen.

»Du bist schon ziemlich lange dabei, Rudy«, sagte ich zu ihm. »Du bist nicht so leicht zu kriegen wie die andern.«

Er knallte die Tasse auf den Tisch. »Dieser Typ«, sagte er und schluckte hart, »dieser Typ ...« Seine Augen wanderten hilflos umher, während er versuchte, die richtigen Worte zu finden und auszudrücken, was er fühlte, was sich in ihm aufgestaut hatte, als ihm klar wurde, dass er für einen schnellen, blutigen Tod vorgesehen war.

»Ich bin schon viel zu lange dabei, Pete«, sagte er. »Ich bin nicht mehr der Jüngste. Ich hab zu viele andere Jungs gekannt, die schneller und klüger waren als ich und sich trotzdem nirgendwo verstecken konnten, wenn sie erst mal im Fadenkreuz standen. Oh, er wird mich kriegen, verstehst du? Er wird mich kriegen.« Mit seinen Fingern berührte er den Kolben der Automatik, zog sie krampfhaft wieder zurück. »Es sei denn, du ...«

»Wie viele Leute hier im Haus haben gewusst, wo du heute Abend langfahren würdest?«, fragte ich ihn.

Er zuckte mit den Schultern. »Es war kein Geheimnis, dass ich nach Orange Bay wollte.«

»Wer lebt hier noch außer Macy?« Ich dachte an Diane, das Mädchen, das ich nicht deutlich genug gesehen hatte. »Hat er 'ne Frau hier?«

»Macy? Nein, der interessiert sich nicht mehr für Frauen. Manchmal denke ich, er könnte eine gebrauchen. So wie ich. Hab's gerne, wenn mir so 'n Kätzchen die ganze Nacht um die Beine streicht, bevor ich ...«

»Vor ein paar Minuten hab ich unten am Strand ein Mädchen gesehen. Sie war schwimmen.«

»Diane.«

»So heißt sie.«

»Sie kümmert sich um das Kind. Aimee.«

»Wer ist diese Aimee?«

Rudy fuhr sich mit seinen Fingern durchs Haar. »Macys Schatz, 'n neunjähriges Mädchen. Ich glaub, sie kommt aus Kuba.«

»Wie ist er denn dazu gekommen?«

»Erinnerst du dich an Chilly Rosales?«

»Und ob.«

»Eine von Chillys Cousinen war 'ne Nutte in Spanish Town. Diese Aimee ist ihr Kind. Der Mann von der Nutte kann der Vater gewesen sein oder auch nicht. Er war nicht viel zu Hause. Eines Nachts, als er mal zu Hause war, hat er 'n Schlachtermesser genommen und die Nutte abgestochen. Aimee hat's mit angesehen. Dann ging er auf das Kind los und jagte es drei Treppen runter. Einmal ist er so dicht an sie rangekommen, dass er sie erwischt und ihr den Arm vom Ellbogen abwärts aufgeschlitzt hat. Da waren sie also, beide blutverschmiert wie Jesus am Kreuz, und das Mädchen rannte schreiend auf die Straße raus. Ein Cop hat das Geschrei gehört und den Kerl erschossen. Und da die Nutte Chillys Cousine war, hat er sich 'ne Zeit lang um das Mädchen gekümmert, bis er sich selbst und seinen Cadillac eines Nachts bei 'nem Unfall verschrottet hat.«

»Und dann hat Macy sie aufgenommen«, sagte ich schief grinsend.

»Tja«, erwiderte Rudy, »er sagte, sie brauchte jemanden. Sie war wild wie der Teufel, als Macy sie aufgegabelt hat. Diane hat sie dann beruhigt. Hat lange gedauert.«

»Kaum zu glauben«, sagte ich und schüttelte erstaunt den Kopf.

»Und ob.«

»Und wer ist sonst noch hier?«

»Also, Diane und Aimee. Dann Macys Bruder Owen. Er soll eigentlich das Hotel führen, macht aber nichts anderes, als sich vollaufen zu lassen und solche Bilder zu malen. Dann ist da noch Charley Rinke, mit seiner Frau.«

Das war ein neuer Name. »Er ist ein bisschen so, wie du mal warst«, erklärte Rudy, »aber nicht stark und gemein genug, um unsere Klienten angemessen zu betreuen. Kümmert sich meistens um die Bücher. Irgendwas an ihm gefällt mir nicht. Weißt du, der tut immer so, als ob er richtig gefährlich wär, vor allem bei Leuten, die ihn nicht kennen, aber kaum gibt's Ärger, ist er der Erste, der sich 'n sicheres Plätzchen zum Zuschauen sucht. Ich glaub, nicht mal seine Frau kann ihn leiden. Sie treibt's mit 'n paar Jungs aus der Stadt, besonders mit Reavis. Der erledigt hier die meiste Drecksarbeit, zum Beispiel das Geldeintreiben.«

Ich verspürte den ersten zaghaften Anflug von Müdigkeit und weckte beim Aufstehen meine schmerzenden Muskeln.

»Ich glaub, ich hau mich jetzt mal hin. Bis morgen früh, Rudy.«

Er begleitete mich zur Tür. »Wie ist es eigentlich dazu gekommen, dass du für Macy gearbeitet hast, Pete?«, fragte er plötzlich. Ich überlegte einen Augenblick. »Ich schätze mal, Aimee war nicht der erste junge Herumtreiber, um den Macy sich gekümmert hat«, erwiderte ich und ging raus.

Auf dem Weg den Hügel hinauf dachte ich daran, wie es gewesen war. Ich war mit zerrütteten Nerven aus dem Krieg gekommen, nach all den endlosen Nächten mit Patrouillen und Angriffen und Rückzügen. Ich kam nach Hause und entdeckte, dass Jean, die wilde Schönheit, die ich nach dem College geheiratet hatte, langsam an unheilbarer Paralyse dahinsiechte. Und nichts, aber auch gar nichts konnte den Lochfraß in ihrem Gehirn aufhalten, der sie schrittweise in ein fremdes Wesen mit unsicherem Gang, schleppender Aussprache und merkwürdigen Halluzinationen verwandelte. Ich hatte lange genug ausgehalten, um dafür zu sorgen, dass sie in dem besten Pflegeheim untergebracht wurde, das ich mir leisten konnte. Dann war ich zusammengebrochen. Eine Zeit lang hatte ich keinerlei Erinnerung, bis mich Macy in irgendeinem Rattenloch aufgabelte, halbtot vor Whisky und Verzweiflung, und mit mir auf eine kleine Insel in der Karibik flog, wo ich die Chance bekam, das Leben wiederaufzunehmen, wenn ich denn wollte.

Ich erinnerte mich, wie ich eines Tages hoch oben auf einer Klippe im Sturm über der rauen See gestanden und mich vom Wind hatte durchschütteln lassen. Macy schrie mir ins Ohr, sein Mantel und seine Krawatte flatterten, der Wind blies ihm die Haare ins Gesicht. Er hatte eine Flasche in der Hand, und während er noch mit mir stritt, hob er den Arm und warf die Flasche über die Klippe.

»Willst du noch ’nen Drink? Wenn es das ist, was du willst, dann geh und hol ihn dir! Ich hab keine Lust mehr auf diese Mätzchen. Wenn du Mumm in den Knochen hast, dann geh und hol dir die Flasche!«

Ich hatte dagestanden, frierend und zitternd, hatte mein Gesicht mit den Fingern geknetet und mich gefragt, warum es so schwer für mich war, diese letzten Schritte zu gehen, die alles beendet hätten. Ich hatte eine ganze Weile dagestanden, so lange, bis ich nicht mehr zitterte. Dann hatte ich mich umgedreht und war vom Klippenrand weggegangen. Ich hatte mich deswegen nicht sonderlich toll gefühlt. Ich hatte nicht das Gefühl, irgendeinen großen Sieg über mich selbst errungen zu haben. Ich hatte gar nichts gefühlt.

»Und wo willst du jetzt hin?«, hatte Macy mich grinsend gefragt.

Ich drehte mich um und sah zu ihm zurück. »Ich geh mit dir, wenn du mich willst. Wenn nicht, dann weiß ich’s nicht.«

Doch es waren zu viele Leitungen durchgebrannt, sodass ich lange Jahre nicht die Hoffnung hatte, je wieder ein normales Leben führen zu können. Ich brauchte das Gefühl der Gefahr, das dieser Job bei Macy mit sich brachte – bis ich wieder völlig geheilt war. Dann hatte ich ihn verlassen.

7

Als ich die Tür zu meinem Zimmer öffnete, lag eine schlafende Frau auf meinem Bett. Anscheinend hatte sie nur unruhig geschlafen, denn sie setzte sich auf und blinzelte angestrengt, als ich das Licht einschaltete. Sie schien ungefähr dreißig Jahre alt zu sein, klein und schmal gebaut, mit mattblondem Haar. Ohne die verquollenen Augen und die Spannungsfalten im Gesicht hätte man sie als schön bezeichnen können.

»Bitte schalten Sie's aus«, sagte sie beinahe stöhnend. »Es tut mir in den Augen weh.«

Ich schaltete die Deckenbeleuchtung aus und knipste eine kleine Wandlampe über der Kommode an, die lange, suchende Schatten in den Raum warf.

»Ich wusste nicht, dass das Zimmer benutzt wird«, sagte sie blinzelnd. Sie saß starr auf der Bettkante, als ob sie die ganze Zeit eine innere Anspannung verspürte. Sie trug ein hauchdünnes, blassgrünes Nachthemd, das wie ein Vorhang von den Hügeln ihrer Brüste auf ihren Schoß fiel. Ihre Brustwarzen zeichneten sich deutlich unter dem Stoff ab. Als sie an sich herunterblickte, schien sie sich ihres Körpers bewusst zu werden, und ohne große Eile hob sie einen Morgenmantel vom Boden auf und legte ihn sich über die Schultern. Gleichgültig zog sie ihn zusammen, es schien ihr egal zu sein, ob ich hinschaute oder nicht.

»Ich konnte in meinem Zimmer nicht schlafen«, sagte sie. »Ich bin durchs Haus gelaufen, kam hier rein und hab mich einfach hingelegt.« Sie sah mich an. »Ich bin Evelyn Rinke.«

Ich legte mein Hemd über eine Stuhllehne. »Pete Mallory.«

Ihre Augen musterten mich ungehemmt und sehr aufmerksam. Verlegenheit schien sie nicht zu kennen. Ihr Mund und ihre verschlafenen Augen erinnerten mich an ein kleines, hungriges Vögelchen. »Ja«, sagte sie. »Ich wusste, dass Sie kommen. Die anderen haben über Sie gesprochen.«

Sie stand langsam auf, kam auf mich zu und ging um mich herum. »Sie wollen sicher ins Bett. Sie müssen müde sein.« Sie legte den Kopf leicht schief und sah zu mir hoch. Ihre Lippen öffneten sich, und ich sah, wie ihre Zunge die Zähne berührte. Sie trat näher auf mich zu, ihre Finger fassten nach meinen Armen, strichen über die Ellbogen, an den flachen Muskeln entlang. Ihre Finger waren lang und fest, heiß und trocken. Sie spannten sich, wurden wieder locker. Sie zog ihren Körper dicht an meinen, der Stoff ihres Nachthemds raschelte sanft. Ihr Körper hatte nichts Sanftes, keine weiche Sinnlichkeit. Er war so hart wie ihre Finger, erweckte den Eindruck von Kraft, als könnte er immer wieder benutzt werden, ohne dass dabei die schlanken, festen Muskeln erlahmten. Ich spürte ihr Zittern, spürte, wie sie ihren warmen, unbestimmt süßen Atem hervorstieß. Es war keine Leidenschaft, die sie erzittern ließ. Ihre Augen waren wild und ruhelos. Sie wollte, dass ich meine Hände auf diesen Körper legte, ihn zärtlich berührte und dann das mit ihm machte, wozu ich Lust hatte.

»Lass mich mit dir ins Bett gehen«, sagte sie. »Lass mich mit dir schlafen. Ich brauch's wirklich. Ich muss zur Abwechslung mal wieder neben einem Mann liegen.«

Ich fasste sie an den Armen und schob sie von mir. Sie hatte ein wenig zu schwitzen angefangen. Winzige Tröpfchen erschienen auf ihrer Stirn. Ihre Finger drückten noch einmal zu, dann rückte sie von mir ab. Ihre Augen waren verschleiert. Sie schien nicht verärgert zu sein, weil ich sie zurückgewiesen hatte, nur enttäuscht. Als sie ihre Finger zurückzog, strich sie über die abgeschürften Stellen an meinem Unterarm. Ich betrachtete sie. Sie waren mit getrocknetem Blut gesprenkelt. Das meiste davon war beim Schwimmen abgewaschen worden.

»Sie sind verletzt«, sagte sie. »Wie ist das passiert?«

»Ich hab versucht wegzurennen. Jemand hat auf mich geschossen.«

Ihre ausdrucksvollen Augenbrauen zogen sich zusammen. »Passiert das öfter?«

»Nein. In letzter Zeit nicht. Nicht seit dem Krieg.« Sie konnte nicht mehr still stehen, bewegte sich, als ob etwas in ihrem Innern sie anpeitschte. Sie atmete schwer.

»Was ist los mit Ihnen?«, fragte ich. »Die Nerven?«

»Ja, verdammt.« Ihre Fäuste ballten sich. »Ja.«

»Ich weiß«, sagte ich. »Ich hatte mal das gleiche Problem. Das kam vom Krieg.«

Mrs. Rinke lächelte mühsam. »Kriege hören irgendwann auf. Ich wünschte, so etwas Einfaches könnte mir helfen. Ich würde ja trinken, wenn mir davon nicht übel würde. Und wie ich trinken würde!«

Sie blickte wieder auf die Verbrennungen an meinem Arm.

»Dafür hab ich was«, sagte sie und verschwand, bevor ich widersprechen konnte. Kurz darauf kam sie mit einem weißen Verbandskasten aus Metall zurück. Sie tupfte ein Antiseptikum auf die Wunden und behandelte sie mit Jod.

»Besser kein Verband«, sagte sie. »Dann heilt es schneller.«

Ich blickte auf und sah einen Mann in der Tür stehen. Er trug einen weiten Pyjama ohne Morgenmantel. Evelyn Rinke war zu sehr damit beschäftigt, den Verbandskasten einzuräumen, um ihn zu bemerken. Er war ein kleiner Mann, zierlich gebaut, sein helles Haar war zu einem Bürstenschnitt frisiert, und er trug eine dicke Brille, hinter der seine grau-violettfarbenen Augen rund und starr wirkten. Er hatte große Ohren, und unter kräftigen, breiten Wangenknochen lagen lange und eingefallene Wangen. Der Mund war zu groß für sein Gesicht und faltete sich an den Rändern zusammen, so als ob er nicht genügend Platz hätte. Seine Oberlippe war dünn und fast blutleer, verlief von der Mitte schräg nach unten zu den Mundwinkeln, die in tiefen Falten lagen. Seine Lippen strahlten eine Art säuerlicher Prüderie aus, wie bei einem widerwärtigen Prediger. Doch seine Stimme klang fest, sanft und höflich und ließ keinerlei Ärger darüber erkennen, dass er seine Frau in meinem Zimmer angetroffen hatte.

»Ich habe dich gesucht, Evelyn«, sagte er. Er schaute mich an. »Du warst nicht in deinem Bett.«

Sie schreckte auf. Sie fuhr herum und raffte ihren Morgenrock zusammen. Ihre Finger krampften sich über ihrem Bauch fest ineinander. Das kleine Vergnügen, das sie beim Reinigen meiner Wunden verspürt hatte, schwand dahin.

»Ich ... konnte nicht schlafen, Charley. Es war so warm, und ... ich konnte nicht schlafen. Mr. Mallory war verletzt. Ich ...«

Rinke kam auf mich zu und reichte mir die Hand. Anscheinend störte es ihn nicht, dass der Körper seiner Frau unter dem Nachthemd und dem achtlos übergeworfenen Morgenrock deutlich zu sehen war.

Er schüttelte mir fest die Hand. »Ich habe schon viel von Ihnen gehört«, sagte er. »Von Macy.« Sein Mund verriet die Färbung seiner Gedanken. Er blieb mürrisch verzogen. »Er denkt viel an Sie«, fuhr er fort. »Ich bin Charley Rinke. Ich nehme an, Macy hat Ihnen von mir erzählt.«

»Nein, das hat er nicht«, erwiderte ich. »Freut mich, Sie kennenzulernen, Mr. Rinke.«

»Oh?« Es schien ihn zu irritieren, dass Macy ihn nicht erwähnt hatte. »Ich nehme an, Sie werden eine Weile bei uns bleiben, Mr. Mallory.«

»Wahrscheinlich.«

»Sie möchten bestimmt gern allein sein.« Er sah seine Frau an. »Fühlst du dich nicht wohl, Evelyn?«

Sie schüttelte den Kopf. Ihre Ruhelosigkeit war seit dem plötzlichen Auftauchen ihres Mannes schlimmer geworden.

»Hatten Sie einen Unfall, Mr. Mallory?«, fragte Rinke und schaute dabei weiter Evelyn an. Es war anscheinend seine Eigenart, eine Person anzublicken und mit einer anderen zu sprechen. Er wirkte interessiert.

»Etwas in der Art. Es geht mir gut.«

Er wartete auf weitere Informationen. Als ich nichts hinzufügte, sagte er: »Evelyn, ein heißes Bad würde dir bestimmt guttun, oder?«

»Ich ... ich glaub nicht, Char...«

»Aber es hilft dir doch sonst immer, nicht wahr?«, sagte er und ergriff ihren Arm. »Es entspannt dich. Hast du keine Lust auf ein schönes heißes Bad? Ich wasche dir auch den Rücken.«

»Ch-Charley«, sagte sie unglücklich, während sie den Kopf gesenkt hielt. Sie ließ sich von ihm zur Tür führen.

»Wir sehen Sie morgen früh, Mr. Mallory«, sagte Rinke freundlich. Evelyn drehte sich für einen Moment zu mir um, ein Funkeln der Verzweiflung stand in ihren Augen, ein Flehen, das zu oft unbeachtet geblieben war. Sie zog den Arm weg, und er ließ schnell los und folgte ihr in den Korridor.

Nach einem Augenblick schloss ich die Tür und zog mich aus, stellte den Wecker auf acht. Es war schon zehn nach vier, aber ich war nicht hergekommen, um versäumten Schlaf nachzuholen.

8

Ich überhörte den Wecker, doch ein junger puerto-ricanischer Hausdiener rüttelte mich ein paar Minuten später wach und holte mich aus dem Bett. Er musste mir ins Badezimmer helfen, und als ich unter der Dusche stand, stützte er mich, bis ich spürte, wie das Wasser die harten, schmerzenden Schichten aufweichte. Ich hätte den ganzen Tag dort stehen können, doch er erinnerte mich höflich daran, dass Macy alle Anwesenden um halb neun beim Frühstück erwartete. Ich schüttelte vorsichtig den Kopf, um die Zuverlässigkeit der steifen Muskeln zu testen, und verließ die Dusche.

Meine Finger konnten den Rasierapparat nicht richtig halten, und mein Handgelenk fühlte sich wie Gummi an, als ich mich rasierte. Mir war kotzübel. Die sauberen Klamotten und der heiße Kaffee, um die sich der rücksichtsvolle Hausdiener gekümmert hatte, halfen ein wenig. Um zwanzig vor neun war ich im Esszimmer. Die anderen aßen schon. Macy sah von einem Teller mit Eiern auf und stellte uns beiläufig einander vor. Dann widmete er sich wieder seinem Frühstück.

Die meisten kannte ich. Nur Rudy und Mrs. Rinke fehlten. Ich setzte mich auf einen freien Platz neben Rinke und sah mir Diane genauer an. Sie war eine schlanke, sehr hellhaarige Blondine mit einem klaren Gesicht, jeder Zug so schön, wie es der schnelle Blick im Widerschein der Zigarettenglut letzte Nacht hatte vermuten lassen. Sie beachtete mich nicht. Sie trug Shorts und irgendeine Art von Sportpullover mit bis zu den Ellbogen reichenden, zweigeteilten Ärmeln, die von kleinen Samtschleifen gesäumt und zusammengehalten wurden.

Neben ihr saß Aimee, ein dünnes, zu klein geratenes kubanisches Mädchen mit glattem schwarzen Haar und einer flachen Nase. Aimee und Macy bestritten quer über den Tisch hinweg einen Großteil der Unterhaltung. Macy war in guter Stimmung. Es schien ihm großen Spaß zu machen, alles zu erfahren, was das Kind am Tag zuvor erlebt hatte. Aimee wandte ihren Kopf hin und her, lächelte breit, doch unbestimmt und antwortete mit knappen, zögernden Worten. Sie schien sich leicht ablenken zu lassen. Diane musste sie geduldig zum Essen anhalten.

»Fahren wir heute Nachmittag mit dem Boot raus, Daddy?«, fragte Aimee und nahm eine Serviette, um sich etwas Milch aus den Mundwinkeln zu wischen. Ich bemerkte eine breite, glänzende Narbe an ihrem Arm.

»Tja, ich weiß nicht, mein Schatz«, erwiderte Macy mit leichtem Stirnrunzeln. Er sah an diesem Morgen viel besser aus, trug ein hellgelbes Sporthemd und war sorgfältig gekämmt und rasiert. Er ähnelte wieder dem alten, zuversichtlichen Macy, der alles im Griff hatte.

»Du weißt doch, dass ich nicht so gerne Boot fahre ...«

Aimee ließ nicht locker. »Ich bin die ganze Woche noch nicht Boot gefahren.« Ihre Aussprache verriet ein wenig von ihrer Herkunft.

»Diane kann mit dir rausfahren«, sagte Macy und zerteilte ein Steak.

»Aber ich will mit dir fahren«, erwiderte Aimee traurig.

Macy langte über den Tisch und tätschelte ihre Hand. »Ich weiß, Baby. Nun ...« Er kratzte sich am Kinn. »Vielleicht morgen. Heute muss Daddy arbeiten.«

Einer der Hausangestellten brachte mir Orangensaft und einen Teller mit Steak und Eiern. Rinke hatte nichts gesagt, sondern nur genickt, als ich mich hingesetzt hatte. Doch als er mit dem Essen fertig war, drehte er sich zu mir und fragte: »Wie geht's Ihnen heute Morgen, Mr. Mallory?«

»Ich schlag mich so durch.« Ich machte eine Bemerkung über die Abwesenheit seiner Frau.

»Evelyn fühlt sich heute Morgen nicht wohl. Sie hat Rückenschmerzen.« Abrupt wandte er sein bedrücktes Gesicht ab und führte eine Tasse Kaffee zum Mund. »Evelyn hat ein Problem mit ihren Nerven«, sagte er und trank in kleinen Schlucken. »Sie leidet sehr darunter. Wir haben noch nichts gefunden, was ihr helfen könnte.« Er stellte die Tasse ab und rückte seine Brille zurecht. »Ich wollte nur sichergehen, dass Sie es verstehen. Wie Evelyn sich verhält.«

»Ich glaube, ich weiß, was Sie meinen«, sagte ich.

Er nickte, hielt seine großen Augen auf mich gerichtet. Einmal blinzelte er langsam.

»Ich werde bald selbst heiraten«, sagte ich.

Er nickte wieder und lächelte entwaffnend. »Ach, tatsächlich?« Die Neuigkeit schien ihm zu gefallen. »Sie heiraten also?«, fügte er hinzu, als ob er fürchtete, dass ich nur Spaß machte.

»Ich hoffe, dass es Mrs. Rinke bald besser geht«, sagte ich.

»Da bin ich ganz sicher.« Nachdem er genug auf die Tränendrüse gedrückt hatte, stand er auf und entschuldigte sich.

»Fährst du in die Stadt, Pete?«, fragte Macy mit halbvollem Mund.

»Ja.«

Diane blickte auf und sah mich flüchtig an.

»Könnten Aimee und ich mit Mallory in die Stadt fahren?«, fragte sie Macy.

»Ich fahre später rein, dann kann ich euch mitnehmen«, murmelte eine neue Stimme. Sie gehörte zu Taggart, Macys Handlanger, einem beeindruckenden Riesen, solide und kräftig gebaut wie ein Brückenpfeiler. Er sah ganz gut aus, doch seine Züge entbehrten jeder Lebhaftigkeit, und sein Mienenspiel war zäh und langsam wie das einer Schildkröte.

»Ich wollte etwas früher fahren, damit ich mit Aimee einkaufen gehen kann, wenn wir vom Arzt kommen«, erklärte Diane. Sie berührte Taggarts dunklen Handrücken. »Du kannst uns heute Nachmittag am Kaufhaus abholen.«

Sein Gesicht bewegte sich einen halben Zentimeter weiter auf seinen Teller zu. Er sah die blonde Schönheit nicht an.

Ihre Finger ruhten noch einen Augenblick länger auf seiner Hand, dann zog sie sie zurück. Trotz der fehlenden Worte schien eine gewisse Intimität zwischen ihnen zu herrschen. Er nahm ein Stückchen Brot, wischte damit das Eigelb von seinem Teller und stopfte es sich in den Mund.

Die meisten hatten zu Ende gegessen, ehe ich anfing. Ich hatte das Esszimmer ganz für mich allein, als Owen Barr reinkam. Ich hatte ganz vergessen, dass er im Haus war. Er trug einen glänzenden, lilafarbenen Morgenmantel und lose Hausschuhe, die beim Gehen gegen seine Fußsohlen klatschten. Er war ein kleiner, untersetzter Mann mit roten Haaren, die hier und da büschelweise hinter seinen Ohren rausschauten. Sein restlicher Kopf war kahl. Er hatte einen borstigen Schnurrbart und tückische Augen. Er sah schlimmer aus, als ich mich fühlte.

Er wankte auf den Tisch zu, nahm die Kaffeekanne und goss sich etwas in eine benutzte Tasse. Er trank den Kaffee und stöhnte ein bisschen zwischen den einzelnen Schlucken. Beim Trinken schaute er mich an, schien mich aber nicht wirklich wahrzunehmen.

»Gottverdammich«, sagte er voller Inbrunst. »O gottverdammich.« Er lief mit platschenden Hausschuhen in einem großen Kreis durchs Zimmer und hielt seine kurzen Arme ausgestreckt, um das Gleichgewicht zu halten. Dann trank er eine weitere Tasse Kaffee, worauf er, halb auf einem Stuhl sitzend und halb mit dem Ellbogen am Tisch abgestützt, mit seinen Wurstfingern die Tasse fest umklammert hielt und mit einem Blick äußerster Konzentration in seinem fleckigen Gesicht einen Rülpser ausstieß. Riesige Schweißperlen bildeten sich auf seiner Stirn.

Ich trank den Rest meines Orangensaftes, verließ den Raum und machte mich auf die Suche nach Macy. Ich fand ihn in einem Arbeitszimmer im klimatisierten Flügel des Hauses. Er hatte die Füße auf den Schreibtisch gelegt und las die Morgenzeitung. Eine geladene .45er lag in Reichweite auf dem Tisch. Als er mich durch die Tür kommen hörte, legte er die Zeitung auf den Schreibtisch und deckte dabei die Automatik zu wie auch die Hand, die danach gegriffen hatte.

Dann sah er mich an und nahm die Zeitung wieder auf, mit deren Rand er die Asche von einer Zigarette, die er im Mund hatte, wegschnippte.

»Startklar?«, murmelte er.

»Ja. Ich brauch 'n Auto. Rudy kann den Leihwagen bei Gelegenheit zurückbringen. Und Taschengeld.«

»In der Garage stehen jede Menge Autos. Such dir eins aus. Die Schlüssel stecken.« Er holte seine Brieftasche und zählte Geld für mich ab.

»Von jetzt an erzählst du keinem, was ich mache«, sagte ich. »Du erzählst keinem, wo ich hingehe oder wen ich treffe. Ist das Telefon angezapft?«

Er faltete die Zeitung zusammen und legte sie in den Schoß. »Nicht dass ich wüsste. Die Telefongesellschaft achtet drauf, dass die Leitung sauber bleibt. Ich traue allen hier, Pete.«

Ich langte über den Tisch nach der .45er. »Und die hier benutzt du wohl als Briefbeschwerer.« Er erwiderte nichts. Ich fasste die Waffe am Lauf und warf sie ihm zu. Er saß da und hielt sie in der Hand wie ein albernes Spielzeug.

»Ich traue keinem«, sagte ich. »Nette kleine Familie hast du hier, Macy. Besonders die Blondine. Wo hast du die aufgegabelt?«

»Diane? Ach, der bin ich vor drei oder vier Jahren begegnet, als sie eines Nachts durchs Hotel spaziert ist. Eher vor vier Jahren. Sie war auf der Suche nach 'nem Job. Tja, sie gefiel mir ganz gut. Ich dachte, ich könnt's ja mal bei ihr versuchen, aber als ich ihr das Kleid ausziehen wollte, hat sie 'nen hysterischen Anfall gekriegt und gedroht, mich umzubringen.«

Sein Blick schien sich bei der Erinnerung an sie und die Freuden vergangener Tage zu verklären. »Ich hab nicht so schnell aufgegeben, weißt du, aber ich durfte ... sie nicht mal auch nur berühren, so verdammt empfindlich war sie. Schließlich war ich's leid, ihr nachzusteigen. Ich hab sie Maxine überlassen und ihm gesagt, er soll sie irgendwo unterbringen. Damals konnte ich ihm noch Befehle erteilen. Als ich mich dann später um Aimee kümmern musste, hab ich sie zurückgenommen, denn sie ist die Einzige, die mit dem Kind umgehen kann.«

»Ist sie vielleicht 'n bisschen übergeschnappt?«

»Ach, ich weiß nicht. Diane ist sicher ein bisschen neben der Spur, aber harmlos. Manchmal hat sie so Anfälle, wenn jemand sie rumschubsen will. Oder sie sitzt nur rum, starrt vor sich hin und sagt keinen Ton. Aber sie ist schon in Ordnung, und außerdem ist sie gut für Aimee.« Er grinste. »Wie gefällt dir Aimee? Wie gefällt dir das kleine Äffchen, hm?«

Er schien zu erwarten, dass ich Aimee mochte. »Süß. Sie sieht aus, als würde jemand sie in ihren Träumen verfolgen.«

Er wackelte mit dem Kopf. »In ein paar Jahren hat sie alles vergessen. Ich hab ihr hier etwas gegeben. Sicherheit. Wenn sie jetzt schreiend aufwacht, ist sie nicht allein. Sie schläft mit Diane in einem großen Bett und nicht auf einem nach Pisse stinkenden Feldbett in irgend'ner verranzten Absteige. Sie ist in 'nem richtigen Haus, und das Meer draußen wiegt sie mit seinem Rauschen in den Schlaf. Ich hab was für sie getan. Alles andere wird sie vergessen.«

»Und was tut sie für dich?«

»Häh?« Er sah mich dämlich an, schien die väterlichen Gedanken beiseitezuschieben.

»Vergiss es«, sagte ich und ging zur Tür.

»Du sagst mir, wenn du irgendwas rausfindest«, erwiderte er ein wenig zu beiläufig. Ich konnte die Anspannung in seiner Stimme hören.

»Ich lass es dich wissen.«

Ich holte eine Jacke aus meinem Zimmer und zog sie über mein Sporthemd. Dann lief ich in die Vorhalle hinunter und stieß dabei auf Owen Barr. Er stoppte und tapste einen Schritt zurück wie ein kurzsichtiger Käfer. Er wirkte so, als würde er sich einer bestimmten Sache bewusst, und ich sprach ihn an.

»Hallo, Owen. Kümmerst du dich für Macy immer noch um Coral Gardens?«

Er sah mich an und knurrte: »Geh mir aus dem Weg, ich will in mein Zimmer. Oder wär's dir lieber, dass ich hier in die Diele kotze?« Ich trat zur Seite. Er ging schnell an mir vorbei und streifte dabei ein paarmal die Wand. Ich zuckte mit den Achseln und ging hinaus zur Garage.

9

Vor der Garage warteten Diane und Aimee auf mich. Diane hatte ihre Shorts gegen einen tweedähnlichen grünen Rock eingetauscht, und Aimee trug ein rosa-weißes Kleid mit weißen Schuhen und sah aus, als ob sie sich äußerst unwohl darin fühlte.

Ich wählte einen Buick aus der Garage, und die beiden stiegen ein. Diane nahm eine schwere Sonnenbrille mit rosafarbenem Perlmuttgestell aus der Handtasche und setzte sie auf. In der Annahme, ich würde es nicht bemerken, linste Aimee die ganze Zeit neugierig zu mir herüber. Sie hatte ein wenig Lippenstift aufgelegt, Dianes Farbe. Als wir am Haus vorbeifuhren, stand Macy auf der vorderen Veranda und winkte uns zu, Aimee winkte zurück und brachte ein kurzes Lächeln zustande. Danach rückte sie ganz nach vorn auf die Kante des Sitzes, krallte sich mit ihren kleinen Fingern ans Armaturenbrett und schaute starr durch die Frontscheibe.

Reavis ließ uns das große Tor passieren. Aus Rücksicht auf die Damen hatte er seine Maschinenpistole im Haus gelassen. Es war das erste Mal, dass ich ihm bei Tageslicht begegnete, doch er hatte nichts Besonderes an sich. Mittelgroß und mit kräftigem Oberkörper, doch es war schon abzusehen, dass seine Muskulatur mit der Zeit schlaff werden würde. Er war eine jüngere Ausgabe von Rudy Mask.

»Was für ein schöner Tag!«, sagte Diane. »Ich hoffe, wir müssen nicht die ganze Zeit beim Doktor verbringen.«

»Warum muss Aimee denn zu ihm?«

»Sie bekommt Spritzen.« Aimee zuckte ein wenig zusammen, sie wirkte beunruhigt. Diane legte einen Arm um sie. »Da ist überhaupt nichts dabei, Baby. Diane bekommt auch ein paar.«

»Und gehen wir danach ins Kino?«, fragte Aimee beharrlich, als ob sie seit dem Aufwachen am frühen Morgen an nichts anderes gedacht hatte.

»Vielleicht bleibt noch Zeit. Wir müssen auch zu Mittag essen und uns nach deinem Strandkleidchen umsehen.«

»Und nach einem Fahrrad.«

Diane seufzte. »Ich weiß gar nicht, wo du mit einem Fahrrad eigentlich herumfahren ...«

»Aber Daddy hat gesagt ...«

»Ich weiß, was er gesagt hat. Ich wollte nur ganz praktisch sein. Wir schauen uns auch nach einem Fahrrad um.«

»Ich will einen Bob-Hope-Film sehen.«

»Klingt gut«, erwiderte Diane fröhlich. Sie lächelte mich an. »Sehen Sie, wie beschäftigt wir heute sind? Sie sollten mit uns kommen.«

»Ich kann diese Spritzen nicht leiden. Ich kippe jedes Mal um.«

Aimee verfiel in ängstliches Schweigen, und Diane blickte mich finster an, wobei sie auf Aimee deutete und die Augen verdrehte. Sie nestelte in Aimees Haaren. Das Kind begann vor sich hin zu singen.

»Arbeiten Sie heute?«, fragte Diane.

Ich nickte.

»Was machen Sie zuerst? Ich kann mir überhaupt nicht vorstellen, wie Sie so jemanden finden wollen. Ich habe gehört, wie Macy von den Zeitungsausschnitten geredet hat. Sie wurden von überall abgeschickt.«

»Ich muss es versuchen. Es gibt immer einen Ort, wo man anfängt.«

»Und wo fangen Sie an?«

Ich lächelte bloß.

Diane zog einen Schmollmund. »Nicht eben vertrauensselig, oder?«

»Nein.«

»Was für Ausschnitte, Diane?«

»Psst.« Sie drehte ihr Gesicht zur Seite, und ich konnte es aus dem Augenwinkel sehen – ein sehr ausgefallenes Gesicht, feine Knochen und volle, geschwungene Wangen, eine klare, samtige Haut. Keine Pickel, keine Narben. Kleine weiße Zähne. »Also«, sagte sie, »wenn ich der Detektiv wäre, wüsste ich, wo ich zuerst hinginge.«

»Ach, wirklich?« Ihre gute Laune übertrug sich langsam auf mich.

Sie lächelte süffisant. »Ja. Zuerst würde ich versuchen, alles über das Kind herauszufinden, das überlebt hat. Dann würde ich mich auf ... Verwandte und Freunde konzentrieren. Solche Leute. Vielleicht hat ja jemand von denen die ganzen Jahre einen Groll gehegt.«

»Möglich.«

Sie schlug mir heftig auf den Schenkel. »Sie sind hoffnungslos.«

»Was hat Macy von den Zeitungsartikeln gehalten?«

»Diane, *was für* Artikel?«

»Still, wir sprechen über etwas ... für Erwachsene. Ganz langweilig.«

Aimee schlug einmal mit der Hand auf den schweren, ledernen Sitzbezug und war dann still. Wir fuhren durch einen Papageienwald, und ihre Augen wurden immer größer, während sie sich umwandte und versuchte, einen Blick auf die bunt gefiederten Tiere zu erhaschen. Ich verlangsamte das Tempo, damit sie hinausschauen konnte.

»Können wir da irgendwann mal hingehen?« Sie schlug wieder auf den Sitz.

»Das machen wir«, gab Diane zurück. An mich gewandt,

sagte sie: »Er hat getan, als ob es ein Witz sei. Sie wissen schon, die Art von Witz, den jemand so komisch findet, dass er ihn immer wieder macht, der es aber gar nicht ist, und doch lacht man mit, damit keiner merkt, wie genervt man ist. Er glaubt nicht, dass ihm irgendetwas passieren kann.«

Sie schaute aus dem Fenster. Anscheinend gefiel es ihr nicht, dass jetzt sie ausgefragt wurde. Sie streckte die Hand zum Radio und stellte es an.

»Glauben Sie, dass Sie den Killer finden?«, fragte sie und bereute offenbar, »Killer« gesagt zu haben, als Aimee neugierig zu ihr rüberschaute.

»Ich weiß nicht.« Ich fuhr langsamer, schaute die Straße hinunter und überholte schnell einen wackligen Lastwagen, der qualmte wie ein verstopfter Kamin. »Vielleicht.«

»Sie müssen ziemlich gut sein«, sagte Diane. »Ich hörte Macy von Ihnen sprechen. Er versteht Sie nicht, aber er mag Sie. Vielleicht aus demselben Grund, aus dem ich Sie mag. Weil Sie nicht so leicht zu durchschauen sind. Sie haben eine harte, glänzende Oberfläche, doch darunter ist etwas, das sich vielleicht näher kennenzulernen lohnt.«

Aus dem Radio erschallten wilde Gitarrenklänge. Eine seltsame Stimme brüllte: »*... Down at the end of Lonely Street, that's ... Heartbreak Hotel.*« Diane zog ein Gesicht und wechselte den Sender.

»Immer schön langsam«, sagte ich halb scherzend, halb warnend. Mir fiel die Strandszene der letzten Nacht wieder ein, der große, üppige Körper, die Berührung ihrer Fingerspitzen.

Sie kramte in ihrer Handtasche nach Zigaretten, fand eine und zündete sie an. Sie bot mir einen Zug an. Ich nahm ihn und reichte ihr die Zigarette zurück.

»Sie sind verheiratet, Pete?«

»Nein. Verlobt.«

Für eine Weile rauchte sie still weiter. Der Wind, der durch die heruntergekurbelten Fenster hereinwehte, blies ihr das Haar aus dem Nacken. Geistesabwesend strich sie es glatt.

»Warum haben Sie sie verlassen und sind zurückgekommen?«

»Also, von Ihnen ist das 'ne ziemlich blöde Frage. Ich hab's bestimmt nicht gewollt.«

»Lassen Sie's nicht an mir aus, Mister. Ihr Ton verletzt mich.«

»Tut mir leid. Ich bin auch verletzt.« Ich wünschte, sie hätte nichts gesagt. An Elaine zu denken war im Augenblick ziemlich unpassend. Es lenkte mich von dem Job ab, den ich zu erledigen hatte, damit Macy weiterleben konnte. Ich fragte mich, wie Elaine es wohl ihren Eltern erklärt hatte, dass ich nicht da war, dass ich so plötzlich nach Castile fahren musste. Einen Moment lang bereute ich, dass ich ihr nicht alles gesagt hatte. Doch dann hätte sie sich nur noch mehr Sorgen gemacht. Ich hielt das Steuer so fest umklammert, dass mir die Finger schmerzten. Jetzt wusste ich, was andere durchgemacht hatten, wenn sie Macys Form von Druck zu spüren bekamen. So, wie der Stadtverordnete, der sich umgebracht hatte. Ich hätte Macy jetzt beinahe hassen können, während ich früher nur Abneigung verspürt hatte.

»Wie bringt er Sie dazu, Pete?«, fragte Diane.

»Sie wissen doch alles«, erwiderte ich. »Sie sollten es immerhin wissen.«

»Das ist nicht fair«, murmelte sie, wandte sich von mir ab und schaute aus dem Fenster.

Ich machte mir Gedanken über sie. Sie hatte selbst zugegeben, dass sie nicht ganz normal war. Doch nichts, was sie in der kurzen Zeit, in der ich sie jetzt kannte, gesagt oder getan hatte, deutete auf irgendeine Verrücktheit hin. Sie wirkte scharfsinnig und wohlerzogen, mit einem Schuss Humor. Vom rein körperlichen Standpunkt aus betrachtet, war sie atemberaubend. Sie konnte fünfundzwanzig oder auch dreißig sein. Es war irgendetwas Geheimnisvolles an ihr, und es gab Fragen, die ich ihr gern gestellt hätte, und das würde ich zu gegebener Zeit auch sicher tun. Ich wollte wissen, warum sie bei Macy war, warum sie sich wie ein Möbelstück hatte hin und her schieben lassen.

Diane war jetzt sehr still. Ihr Gesicht konnte ganz ebenmäßig und still werden, ohne das geringste Anzeichen von Leben, bis es aussah, als hätte es jemand mit größter Sorgfalt und einem Augenmerk für jede Einzelheit gemalt.

Ich wusste, wenn einmal die Zeit für Fragen gekommen war, dann würde ich ihren Schutzschild wahrscheinlich genauso hart und undurchdringlich finden, wie sie es von meinem behauptete. Ich fragte mich, wie es wohl wäre, mit ihr zu schlafen, wie es wäre, diesen außergewöhnlichen Körper ganz fest zu halten und seine Kraft, seine Sanftheit und sein Feuer zu spüren. Ich schob den Gedanken abrupt zur Seite. Ich erinnerte mich daran, was Macy am Morgen gesagt hatte. Er war nicht zum Zug gekommen. Aber vielleicht war sie eine Frau, die ihre Männer genauso sorgfältig auswählte wie ihre elegante Kleidung.

Allerdings war Stan Maxine eine Zeit lang mit ihr zusammen gewesen. Als ich ihn kennengelernt hatte, war er ein junger, rücksichtloser Ganove mit einem dunklen, abstoßenden Aussehen, zu dem sich viele Frauen wehr- und hilflos hingezogen fühlten. Ich fragte mich, wie Diane wohl Maxine, einen gierigen und habsüchtigen Liebhaber, behandelt hatte.

»Sie haben eine Weile für Stan Maxine gearbeitet, nicht wahr?«, fragte ich sie.

Für einen Augenblick dachte ich, sie würde meine Frage ignorieren. Doch dann sagte sie: »Ja. Ich war ein paar Monate Kassiererin in seinem Restaurant. Stans Restaurant ist sehr beliebt in Castile. Danach habe ich eine Zeit lang in einem seiner Vorratslager gearbeitet. Stan hat eine Firma, die Hotels, Restaurants und Bars mit Wäsche beliefert.«

Es klang nach einer schönen Fassade und war zweifellos ein finanziell solides Unternehmen. Wie viel Drecksarbeit war wohl nötig gewesen, bevor die Hotelbesitzer in Castile die Vorzüge von Stans Dienstleistung erkannt hatten?

»Haben Sie Stan eigentlich mal kennengelernt?«

»Ich hab ihn gekannt, aber das ist lange her.«

»Ich wette, dass Sie sich nicht mit ihm verstanden haben«, sagte sie.

»Und wie haben Sie sich mit ihm verstanden?«

Sie rauchte ihre Zigarette zu Ende und klemmte sie in den Aschenbecher am Armaturenbrett. »Ich mochte ihn«, sagte sie bloß. »Ich mag ihn immer noch.«

Die südlichsten Vororte von Castile tauchten langsam neben dem breiten Highway auf, und der Verkehr wurde stärker. In der Nähe von Balmar fuhr ich auf den Mulloy Freeway rüber und näherte mich der Stadt vom Flughafen her. Diane nannte mir die Adresse einer Klinik am Shrader Boulevard. Ich setze sie und Aimee dort ab und fuhr in die Innenstadt zum *Sun Express*-Gebäude.

10

Im Archiv des *Sun Express* fand ich einige Hintergrundberichte über das Feuer. In einem war zu lesen, dass die einzige Überlebende ein sechs Jahre altes Mädchen namens Carla Kennedy gewesen war. Sie war das älteste der drei Kinder. Es wurde nicht beschrieben, wie sie dem Feuer entkommen war. Das kleine Mädchen hatte böse Verbrennungen erlitten und war im *Good Shepherd Hospital* behandelt worden. Keiner der Artikel erwähnte irgendwelche Verwandten der Kennedys.

Die vier Ausschnitte über das Feuer, die Macy erhalten hatte, waren der Nachmittagsausgabe der *Castile Sun* vom 19. Mai 1932 entnommen. Die Ausgaben der Zeitung waren auf Mikrofilm archiviert.

Im *Good Shepherd Hospital* durchsuchte ich eine Dreiviertelstunde lang Schachteln mit alten Aufnahmebüchern und Berichten, bevor ich herausfand, dass Carla Kennedy einunddreißig Tage nach dem Brand aus dem Krankenhaus entlassen und in die Obhut eines Onkels, Victor Clare, gegeben worden war. Es gab eine Adresse, doch so verblichen, dass ich sie nicht lesen konnte. Der Krankenbericht des Kindes wurde irgendwo anders aufbewahrt, und ich sparte es mir, danach zu suchen. Nächster Halt: Southern Bell.

Im Telefonbuch von 1932 gab es drei Clares. V.E.Clare hatte 6909 Monessen gewohnt. Ich suchte die Straße auf einem Stadtplan.

Auf dem Weg zu Victor Clares Adresse kam ich an dem

Häuserblock vorbei, wo der Schneider Kennedy abgefackelt worden war. Der Großteil eines alten, nahe gelegenen Einkaufszentrums war zugunsten neuer Wohnungen abgerissen worden. In der Nähe, wo früher der Laden gestanden hatte, war jetzt ein Drive-in, ein halber Block durch gelbe Parkmarkierungen in gleichmäßige Rechtecke aufgeteilter Asphalt mit einer kreisförmigen Barbecue-Hütte in der Mitte. In einer warmen Nacht stank der Laden mindestens eine halbe Meile gegen den Wind. Junge Kellnerinnen in Sandalen, chartreusefarbenen Bermudas und kessen kleinen Schiffchen standen im Schatten einer schlaffen Markise und hoben abwechselnd den einen und dann den anderen Fuß vom langsam vor sich hin brutzelnden Asphalt. Das also war der Fortschritt. Ich fuhr weiter.

Die Adresse auf der Monessen war ein schmales, rosafarbenes und mit Stuck verziertes zweigeschossiges Apartmenthaus, mit Balkonen an der Vorderfront, die von abblätternden weißen Säulen getragen wurden. Der Bau sah aus wie eine aus dem letzten Jahr übrig gebliebene Geburtstagstorte. Ich parkte direkt vor dem Haus und ging zur Tür. Mitten auf dem vergilbten Rasen war ein kleines Fahrrad abgestellt, und ein 49er Ford stand auf halber Höhe in der Einfahrt, die in eine leicht eingefallene Garage hinter dem Haus mündete. Ich ging rein. In dem kleinen Vorraum war links eine Tür sowie eine steile Treppe, die mit einem abgenutzten Gummiläufer bedeckt war und in den ersten Stock führte. Zwei Briefkästen verrieten mir die Namen Matlock und Torrance. Kein Clare.

Ich blickte die Treppe hinauf und seufzte. Auf halbem Weg treppauf war eine flache Delle im Verputz, die aussah, als ob der Mieter von oben jeden Abend auf den Stufen anhalten würde, um mit dem Kopf gegen die Wand zu hämmern. Ich drückte auf den Klingelkopf der unteren Wohnung.

Augenblicklich wurde die Tür von einem etwa ein Meter

fünfundfünfzig großen Mädchen geöffnet, das ausgeblichene Jeans trug und sich ein Männertaschentuch um die Stirn gebunden hatte. Auf einem ihrer schmalen Arme hielt sie einen Säugling. Sie schien nicht viel älter als neunzehn zu sein.

Sie lächelte mich an. »Ja?«

»Mrs. Matlock?«

»J-ja.« Sie errötete ein wenig und schien sich eben bewusst zu werden, dass sie tatsächlich Mrs. Matlock war.

»Ich versuche, etwas über einen Mann herauszufinden, der hier früher gewohnt hat. Einen Mr. Clare. Es ist ungefähr fünfundzwanzig Jahre her.«

Mrs. Matlock runzelte die Stirn. »Ich fürchte, ich kann Ihnen da nicht viel helfen. Da war ich noch nicht mal geboren.«

»Wohnen Sie schon lange hier?«

»O nein. Seit ungefähr ’nem Jahr.«

»Wissen Sie, wer vor Ihnen hier gewohnt hat?«

»Eine Familie Gruen. Wie die Uhren. Sie lebten hier schon vor dem Zweiten Weltkrieg.«

»Ich verstehe. Ach ... und die Leute oben? Torrance? Wissen Sie, wie lange die schon hier wo...«

Das Baby gluckste zufrieden. Mrs. Matlock stand geduldig da und stützte das Gewicht des Kindes auf einer Hüfte ab. »Die wohnen erst knapp vier Monate hier. Davor hat Franks – Mr. Matlocks – Großmutter alleine da oben gelebt. Sie hat sehr lange hier gewohnt.«

»Wissen Sie, wo ich Mrs. Matlock antreffen könnte?«

»Oh, überhaupt nicht. Die ist gestorben, wollt ich sagen. Vor sechs Monaten ungefähr. Ach Gott, das Telefon. Warten Sie, ich mach’s kurz.« Sie schob mir das Baby herüber. »Hier, halten Sie mal ... Sie wissen doch, wie man das macht, oder?«

Ich nahm das Baby und zeigte ihr, dass ich wusste, wie man es macht. Sie huschte ans Telefon. Nach einer Minute war sie zurück. »Danke, ich nehm ihn wieder. Komm, Stevie.« Sie hievte ihn auf ihre Schulter. »Puh, der wird langsam schwer«, sagte sie. »Wissen Sie, die Wohnung gehört Frank und mir. Seine Großmutter hat sie uns geschenkt, als wir geheiratet haben. Sie hat gemeint, wir bräuchten was zum Wohnen, wir waren ja noch ganz am Anfang, und sie wollte einfach nur 'n Dach überm Kopf. Irgendwas, wo sie rumsitzen könnte, bis sie stirbt, hat sie immer gesagt. Sie war ganz schön witzig. Und dann ist sie gestorben. Danach haben wir die Torrances einziehen lassen. Die sind ungefähr in unserem Alter. Wir spielen jeden Mittwoch Bridge.« Erwartungsvoll blickte sie mich an.

»Vielen Dank, dass Sie mir so viel von Ihrer Zeit geschenkt haben, Mrs. Matlock.«

»Schon in Ordnung. Sie haben gar nicht gesagt, wie Sie heißen.«

»Mallory. Pete Mallory.«

»Tut mir leid, dass ich Ihnen nicht helfen konnte, Mr. Mallory.«

Ich verabschiedete mich und half ihr, die Tür zu schließen. Draußen zog ich mein Taschentuch raus und wischte mir das Gesicht ab. Der restliche Häuserblock bestand aus kleinen Häusern, abgesehen von einem Secondhand-Möbelladen an der Kreuzung zum Kelvin Boulevard sowie einem Drugstore auf der Straßenseite gegenüber.

Ich versuchte es mit dem Haus rechts nebenan. Auf der Veranda bemalten zwei kleine Jungen den Boden mit Kreide. Ein Hund bleckte die Zähne und versteckte sich gleichzeitig unter einem Stuhl. Eine dickliche, weißhaarige Frau war im Wohnzimmer mit einem Staubsauger zugange. Ohne das Gerät abzustellen oder ihre Arbeit zu unterbrechen, rief sie mir zu, dass sie noch nie etwas von Victor Clare gehört hätte.

Auf der anderen Straßenseite saß ein dünner, müde aussehender Mann auf der Veranda. Sein langes braunes Haar wehte im Luftstrom eines Ventilators, ungefähr dreißig Zentimeter neben seinem Gesicht. Er las in einer Tabelle für Pferdewetten und schrieb in einer Art persönlicher Geheimschrift etwas auf einen Notizblock. Er schenkte mir gerade so viel Zeit, wie er brauchte, um sich eine neue Zigarette anzuzünden. Er schaffte es, die Zigarette anzuzünden und gleichzeitig die Hand über den Notizblock zu halten. Das war schon ein Kunststück.

Er kannte keinen Victor Clare. Seine Frau kannte keinen Victor Clare. Sie wohnten seit ungefähr zehn Jahren in dem Haus. Er konnte sich nicht an den Namen des Mannes erinnern, von dem sie das Haus gekauft hatten. Ich wollte ihn doch wohl nicht bitten nachzusehen, oder? Ich sagte ihm, er solle sich nicht bemühen.

Ich brauchte eine halbe Stunde, um an den anderen Häusern in der Straße dieselbe Antwort zu bekommen. Mittlerweile war die ganze Nachbarschaft aufmerksam geworden und beobachte mich, während ich die Straße entlanglief. Um ihnen Zeit zu geben, mich wieder zu vergessen, und um keinen möglichen Hinweis außer Acht zu lassen, ging ich zu dem Secondhand-Möbelladen.

Eine kleine Glocke erklang, als ich die Tür aufstieß. Drinnen war es heiß. Die Luft roch, als ob sie in letzter Zeit völlig unberührt gewesen war. Ein kleiner Pfad führte über den abgewetzten Bodenbelag zu zwei Vorhängen mit einem fünf Zentimeter breiten Spalt dazwischen. Der übrige Fußboden war mit nicht sonderlich aufregenden Möbeln übersät.

»Möchten Sie etwas kaufen?«, fragte eine raue Frauenstimme hinter dem Vorhang.

»Ich weiß nicht«, gab ich zurück. »Ich würd gern mit jemandem sprechen.«

»Kommen Sie nach hinten«, lud mich die Stimme ein.

Im hinteren Teil des Ladens war es noch heißer. Ein Teil des Fußbodens war zementiert, und an einer Wand stand ein kleiner Brennofen. Hohe, schmale Fenster filterten das Licht durch schmutzverkrustete Scheiben. Überall waren Regale, bestückt mit Hunderten kleiner Tonfiguren in Form von Soldaten, Kindern in verschiedenen Nationaltrachten, Tieren, Märchenfiguren. Auf einem großen, etwa einen Meter hohen Tisch lagen Kartons mit Modellierton, Farbdosen und Glasurmischungen, Bücher- und Zeitschriftenstapel sowie Werkzeuge zum Modellieren der Figuren. Zwei langhalsige Lampen rechts und links des Tisches sorgten für das meiste Licht.

An dem Tisch arbeitete eine große, dicke Frau mit olivfarbener Haut und bläulich grauem Haar, das ihren runden Schädel wellenförmig bedeckte; ihre Hände pressten und kneteten den Ton. Sie trug ein schwarzes Kleid, das fast bis zum Kinn zugeknöpft war, sich großzügig über ihre Fettschichten breitete und ein paar Zentimeter über ihren Knöcheln endete.

Ihre stechenden Augen hinter schwarz gerahmten Gläsern durchbohrten mich, als ich durch den Vorhang kam. Ich sah, dass sie den Laden mithilfe eines kleinen Spiegels auf dem Tisch durch den Vorhang hindurch unter Beobachtung hielt. Ein großer Ventilator ein paar Meter hinter ihr brachte die stickige Luft auch kaum in Bewegung. Ich schwitzte schon nach wenigen Schritten. Anscheinend brannte sie gerade ein paar Figuren in dem Ofen.

»Was kann ich für Sie tun?«, fragte sie, ohne ihre Arbeit zu unterbrechen.

Die Hitze schlug mir auf den Magen. »Ich suche nach einem Mann namens Victor Clare. Er hat hier in der Straße gewohnt, Nummer neunundsechzig-null-neun, aber dort hat niemand etwas von ihm gehört.«

»Was wollen Sie denn von ihm?«

Ich nannte den Namen eines fiktiven Anwalts, den ich vorgab zu vertreten. »Er soll ein bisschen Geld erhalten. Wir würden ihn gerne finden, um die Verfügung umzusetzen.«

»Er ist gestorben«, sagte sie. »Herzanfall. Es muss so ungefähr 33 gewesen sein.«

»Tut mir leid, das zu hören«, sagte ich. Ich zögerte. »Da war ein kleines Mädchen, das bei ihm lebte. Carla Kennedy. Er hat sich um sie gekümmert, nachdem ihre Eltern bei einem Brand ums Leben kamen.«

Ihre Finger arbeiteten weiter mit dem Ton, bis allmählich eine Figur entstand. Ich dachte schon, dass sie mich nicht verstanden hatte.

»Ich kann mich an das Kind erinnern«, sagte sie dann. »Ich weiß noch, wie sie ankam und bei ihm eingezogen ist. Er war ihr Onkel, glaube ich.«

»Wie hat das Mädchen ausgesehen?«

Sie nahm ihre Brille ab und putzte sie mit einem Taschentuch. »Von welcher Versicherung kommen Sie noch mal?«

»Anwalt«, korrigierte ich. Sie glaubte mir kein Wort.

»Sie war ein sehr hübsches Mädchen«, sagte die Frau. »Das weiß ich noch.«

»Können Sie sich erinnern, welche Farbe ihr Haar hatte?«

»Das hab ich nie gesehen. Das meiste war verbrannt. Irgendwie bräunlich, glaube ich. Sie hat nicht lange hier im Viertel gewohnt, nachdem ihr Onkel gestorben war.«

Ihre geschäftigen Finger beendeten den groben Entwurf einer Figur. Sie hielt sie für mich in die Höhe. »Hier. Wie finden Sie's?«

»Sehr schön. Was ist später mit dem Mädchen passiert?«

Sie schüttelte den Kopf. »Kann ich nicht sagen.« Sie legte den Ton beiseite und kratzte mit einer dünnen, feilenartigen Klinge die Reste von ihren Händen. Sie stand auf und stützte sich am Tisch ab. Im Stehen war sie nicht viel größer. Sie ging zu einem Regal in der Nähe und nahm eine Figur herunter.

»Ich glaube, die hier würde Ihnen gefallen«, sagte sie, kam auf mich zu und hielt mir die Figur entgegen. Es war ein kleines Südstaatenmädchen in einem glockenförmigen Reifrock. Ich nahm die mit Glasur überzogene Statuette in die Hand und musterte sie von allen Seiten. »Was kostet sie?«

»Zwanzig Dollar.« Ihre stechenden Augen ließen erkennen, dass sie sich ein wenig für den Preis schämte.

Ich blickte mich in dem schäbigen kleinen Laden um. »Das ist ganz schön gesalzen. Was bekomm ich sonst noch für die zwanzig Dollar?«

»Ich glaube, ich könnte für Sie rausfinden, wo Carla Kennedy ist.« Ihr Blick drängte mich. »Ich bin nicht mehr so gut auf den Beinen. Es wird 'n bisschen dauern.«

»Wie lange?«

Sie kramte in einer Tasche ihres unförmigen schwarzen Kleids und zog einen Papierzettel heraus. Eine Telefonnummer war daraufgeschrieben.

»Rufen Sie mich morgen Abend gegen sieben an. Wenn die Kleine noch in der Stadt ist, nehm ich Kontakt mit ihr auf.«

»Zwanzig Dollar«, sagte ich wehmütig.

»Na ja«, gab sie mit einem Blick auf die Figur zu bedenken, »ich könnte Ihnen wahrscheinlich eine Menge Zeit ersparen.«

Ich nickte und griff in die Gesäßtasche nach meinem Portemonnaie.

11

Ich merkte mir die Telefonnummer – Seminole 4-3278 –, während ich langsam zu der Stelle zurücklief, wo ich den Buick am Morgen geparkt hatte. Es war fast Mittag. Ich wich einem kleinen Jungen aus, der mit einem Dreirad über den Gehsteig kurvte, öffnete die Wagentür und setzte mich ins Auto. Der Junge hörte auf zu strampeln und blickte mit großen, ernsten Augen vom Gehsteig zu mir herüber.

Ich knüllte den Zettel zusammen und warf ihn in den Aschenbecher, holte den Schlüssel heraus und steckte ihn ins Zündschloss.

»Hatta dein Auto repariert?«, fragte der Junge plötzlich mit schriller Stimme. Ich zuckte zusammen.

»Was?«

Er starrte mich mit offenem Mund an. Sein Gesicht musste dringend mal gewaschen werden.

»Dä Mann hat dein Auto repariert«, sagte er deutlich.

»Dieses Auto hier?«

Er nickte, fuhr mit seinem Dreirad einen rasend schnellen Kreis, stoppte und starrte mich wieder an.

»Wann?«

Er deutete die Straße rauf. »Is grad wech.«

Ich schaute auf den Schlüssel im Zündschloss und runzelte die Stirn. Vorsichtig zog ich den Schlüssel ab und steckte ihn in die Tasche. Dann stieg ich aus dem Buick, ging um ihn herum und öffnete die Motorhaube. Nach kurzer Zeit entdeckte ich die kleine Spielerei, löste die Verbindungskabel zum Anlasser und zog alles vorsichtig aus dem Motorraum. Drei zusammengebundene Stangen Dynamit machten den Kern der selbst gebastelten Autobombe aus. Wenn ich den Schlüssel im Zündschloss umgedreht hätte, hätte der Buick ausgesehen, als wäre er aus einem Flugzeug mitten auf die Straße geworfen worden. Wie ich dann ausgesehen hätte, darüber wollte ich lieber gar nicht erst nachdenken.

Ich legte das Ding in den Kofferraum, wickelte es in einen alten Schlauch und stopfte es in eine Ecke, wo es nicht herumkollern konnte. Der kleine Junge stand immer noch in der Nähe. Er hatte sowohl sein als auch mein Leben gerettet, indem er etwas gesagt hatte. Ein zufriedenes Grinsen breitete sich über sein Gesicht.

»Hat dein Auto repariert.«

»Das kann man wohl sagen«, erwiderte ich. Ich musste mich hinsetzen. Ich öffnete die dem Gehsteig zugewandte Tür des Buicks und setzte mich, die Füße auf dem Pflaster, rein.

»Komm doch mal her, mein Kleiner«, sagte ich.

Vorsichtig strampelte er rückwärts. »Mama hat's verboten.«

»In Ordnung. Dann bleib da stehen. Hast du gesehen, wie der Mann mein Auto repariert hat?« Er nickte.

»Wie hat er ausgesehen? War er so groß wie ich?« Er nickte wieder.

»Größer?« Er schaute unsicher drein.

»Ist er mit 'nem Auto gekommen?« Nicken.

»War das ein großes Auto, so wie das hier?« Unsicher.

»Welche Farbe?« Blau.

»Was hatte er an? So was wie ich, einen Anzug?«

Er musterte mich. »Ov'all«, sagte er.

Overall. Ich überlegte, was ich ihn sonst noch fragen könnte, was ihm vielleicht noch aufgefallen war. Nummernschild? Haha. Ich war zu aufgeregt, um es gründlich zu durchdenken. Ich hätte mich am liebsten ans Steuer gesetzt und wäre augenblicklich zurück nach Orange Bay gefahren. Plötzlich kam mir ein Gedanke.

»Hatte er einen Hut auf? Einen blauen Hut?« Sein Kopf bewegte sich langsam hin und her. Okay, es war so schon verrückt genug.

Weiter unten auf der Straße schrie eine Frau mit heiserer Stimme: »Ronniiiiie!« Wir schreckten beide auf. Er schaute sich um, lenkte das Dreirad in die Richtung der Frau und strampelte los.

Allein blieb ich auf der mittäglich leeren Straße zurück. Ein Luftzug strich über meine heiße Stirn. Ich fragte mich, ob wohl jemand von den Nachbarn den falschen Mechaniker am Buick hatte herumfummeln sehen, kam aber zu dem Schluss, dass weitere Nachforschungen die Mühe nicht wert waren. Ich klemmte mich hinters Lenkrad, steckte behutsam den Schlüssel ins Zündschloss und zuckte zusammen, als ich ihn umdrehte, sodass ich vergaß, aufs Gas zu treten.

»Oh, Elaine«, stieß ich unter meinem Atem hervor. »Elaine, Elaine, Elaine.« Ich fuhr los. Zehn Minuten später verspürte ich den ersten befriedigenden Anflug von Wut, und mein Magen hatte aufgehört zu rumoren. Ich parkte vor einem Drugstore. Ich hatte eine sehr unbestimmte Idee und nichts weiter zu tun, als ihr nachzugehen.

Ich fand die Nummer, die ich gesucht hatte, und eine junge aufgeweckte Stimme antwortete sofort. *»Stan's Restaurant.«* Ich fragte nach Stan, aber sie wusste nicht, wo er war. Normalerweise komme er zum Lunch vorbei, sei aber heute wohl zum Essen nach Hause gefahren. Ich fragte, wo das sei. »Das darf ich Ihnen nicht sagen«, sagte sie kühl. Ich legte auf.

Aufs Geratewohl schaute ich ins Telefonbuch, und da stand es: Maxine, Stanley, 1901 Jacaranda. Ich ging zum Buick, fischte aufs Neue den Stadtplan raus und suchte die

Jacaranda. Sie befand sich im Lake-Alena-Viertel, nur einen Block vom Golfplatz entfernt, der an die Westseite des Sees grenzte.

Nach fünfzehn Minuten war ich da. Es war ein hübsches, zweigeschossiges Haus mit pfirsichfarbenen Stuckverzierungen, einem kleinen mexikanisch anmutenden Balkon über dem Vordereingang und einer großen Seitenveranda.

Vor dem Haus waren keine Autos geparkt, und ich sah auch keine Einfahrt, die Garage war demnach wohl nur von der Rückseite aus erreichbar. Ich klingelte an der Tür.

»Möchten sie etwas?«, fragte eine sanfte Stimme hinter mir.

Ich drehte mich um und blickte in das Gesicht eines großen Schwarzen mit vornehm ergrautem Haar und prächtigen Schultern. Er trug Jeans, ein T-Shirt und ein Halstuch und hielt eine Heckenschere in der Hand.

»Ich wollte zu Stan«, sagte ich freundlich.

Die Heckenschere machte *klipp-klipp*. »Er ist nicht da«, erwiderte er unfreundlich.

»Wann könnte er denn wohl hier sein?«

»Woher soll ich das wissen?«, sagte er. »Ich arbeite hier nur.«

Die Haustür öffnete sich. Ich blickte auf ein Mädchen in roten Stierkämpferhosen und bauchfreier Bluse. Sie hatte volles, seidiges dunkelrotes Haar mit flammenden Strähnchen darin, hohe Wangenknochen und warme blaue Augen. Ihre Figur war nahezu perfekt, und die Kleidung, die sie trug, ließ sofort jede feine Linie angenehm ins Auge fallen. Ihre Brüste waren fast zu groß. Eine Hand hatte sie auf ihre vorgestreckte Hüfte gelegt, die andere ruhte am Türrahmen.

»Hallo«, sagte sie. Sie blickte an mir vorbei zu dem Gärtner. »Wer ist das, Bradley?«

»Ich weiß es nicht, Ma'am«, erwiderte er würdevoll. »Er wollte zu Mr. Maxine.«

Sie sah mich an. »Stan ist nicht da. Er war hier, ist aber vor ein paar Minuten weggefahren.« Sie lächelte. »Kann ich Ihnen helfen?«

»Ich weiß n...«

»Kommen Sie doch rein«, lud sie mich ein und drehte sich herum, sodass ich ihr Profil sehen konnte. Sie stand ganz aufrecht da, ihr Bauch war ein bisschen zu flach, als hätte sie ihn eingezogen. Ich konnte die runden Kanten ihres Brustkorbs erkennen.

Ich folgte ihr ins Haus. Drinnen war es sehr kühl. Das Wohnzimmer war groß, geräumig und abgedunkelt. Offenbar war es mit geradezu spielerischer Beiläufigkeit von einem Fachmann geplant und eingerichtet worden. Hinter großen Glastüren lag eine Terrasse mit knallbunten Gartenmöbeln.

»Ich bin Gerry«, sagte sie und setzte sich auf den Rand des Sofas. Sie war barfuß. »Sind Sie ein Freund von Stan?«

»Ja. Und Sie?«

Das amüsierte sie. Sie hatte ein einnehmendes Lachen, bei dem sich in den Mundwinkeln Grübchen bildeten. »Ich denke schon«, gab sie zurück.

Ich zuckte zusammen, als plötzlich laute Geräusche ertönten. Es war eine dröhnende Bassstimme, die irgendein Stück aus einer Oper zum Besten gab. Der Gesang war herrlich, allerdings laut genug, um Glas zerspringen zu lassen. Er endete so abrupt, wie er begonnen hatte. Ich schaute mich verwundert um.

»Was war denn das?«

Gerry zuckte mit den Schultern. »Bradley. Sie haben ihn draußen gesehen. Er will Opernsänger werden.«

»Und was macht er hier?«

»Ach, er arbeitet für Stan. Er ist so ’ne Art Gärtner und Chauffeur, und er kümmert sich ums Haus. In seiner Freizeit nimmt er meistens Gesangsstunden. Er fängt ständig so plötzlich an zu singen. Ich hab mich daran gewöhnt. Die Nachbarn beschweren sich allerdings. Die Leute nebenan sind weggezogen, weil ihr Cockerspaniel die ganze Zeit nur noch zitternd rumgerannt ist und nichts mehr fressen wollte.«

»Können Sie mir vielleicht sagen, wo ich Stan finde?«, fragte ich sie.

Sie schüttelte den Kopf und fuhr sich mit den Fingern durchs Haar. Sie warf mir einen Blick zu, den ich nicht hätte sehen sollen. Er taxierte mich mit der kalten Präzision einer Rechenmaschine.

»Ich glaube, er ist zurück ins Büro gefahren. Er ist der Direktor der Marlin Linen Supply Company. Sie haben mir gar nicht gesagt, wie Sie heißen.«

»Sein Name ist Pete Mallory«, ertönte plötzlich Stan Maxines Stimme.

Niemand zuckte schuldbewusst zusammen. Maxine stand in der Tür zum Esszimmer und schaute zu uns herüber. Gerry blickte ihn unbefangen an.

»Ich dachte, du wärst schon weg, Stan.«

Stan wischte sich mit einem rosa Taschentuch sein feuchtes, dunkles Gesicht. Er trug einen cremefarbenen Anzug, ein blass orangefarbenes Hemd mit schwarzer Krawatte und schwarze Wildlederschuhe. Sein Haar fiel ihm in die Stirn, er strich es mit leicht zitternden Fingern zurück.

»Ich ... äh ... ich hab meinen Magensaft vergessen, Schatz«, sagte er. Seine feuchten, düsteren Augen richteten sich wieder auf mich. Er hatte Aknenarben auf den Wangen, und die von einem Messer stammende Narbe in seinem Mundwinkel hielt seine Lippen leicht auseinander und kam ihm beim Sprechen in die Quere, wenn er schnell redete, und das tat er fast immer. Er machte ein Gesicht, als würde er ein Magengrummeln unterdrücken.

»Der steht bestimmt oben«, schlug Gerry vor und setzte sich mit einem kessen Fußschwung auf die Armlehne des Sofas.

»Ja«, sagte Stan, »wahrscheinlich. Hör mal, Schatz, würd's dir was ausmachen, in die Küche zu gehen und vielleicht die Spülmaschine einzuräumen, während Mallory und ich uns unterhalten?«

Gerry zog ein enttäuschtes Gesicht.

»Nur für ein paar Minuten, Liebling«, säuselte Stan. Sie hob ein Paar Slipper vom Boden auf und bewegte sich langsam auf die Esszimmertür zu. Als sie dicht an Maxine vorbeikam, drehte sie sich zu mir um und verzog lächelnd einen Mundwinkel. Maxines Finger verkrampften sich, doch er blickte sie weiter zärtlich an. Als sie die Tür zum Esszimmer geschlossen hatte, machte Maxine mit wutverzerrtem Gesicht drei große Schritte auf das Sofa zu, riss ein großes viereckiges Kissen an sich, drehte sich um und warf es gegen die geschlossene Tür.

»Ich krieg dich schon noch, du kleines Luder!«, stieß er grimmig hervor. Ich schaute ihn mit leichtem Grinsen an. Stan schien es immer unglaublich schwerzufallen, eine simple und einfache Bewegung auszuführen. Bei jedem Zwinkern, jedem Wort, jeder Geste kam sein ganzer Körper zum Einsatz. Ich hatte ihn nie länger als eine halbe Minute still sitzen sehen.

»Sie ist süß wie ein kleines Hündchen«, sagte ich. »Wie lange seid ihr schon verheiratet?«

»Sie ist nicht meine Frau«, erwiderte er und sah mich mit seinem schiefen Grinsen an. Sein Haar hatte sich wieder gelöst, und energisch strich er es sich aus der Stirn. Seit unserer letzten Begegnung hatte er sich die Koteletten abrasiert. Es war eine Verbesserung, doch Stan brauchte mehr als das. Seine Zähne schimmerten hinter der schmalen Lücke in seinen Lippen.

Er blickte sich im Wohnzimmer um, zog dann ein Medizinfläschchen aus der Jackentasche hervor, öffnete es und nahm ein paar Schlückchen von der zähen, cremigen Flüssigkeit. Er wirkte, als ob ihm das Trinken Schmerzen bereitete. Als er genug getrunken hatte, schraubte er die Flasche wieder zu und ließ die Medizin zurück in die Tasche gleiten.

»Sie ist so um die achtzehn, oder?«, fragte ich. Nach dem, was ich von Gerry gesehen hatte, hätte sie so jung sein können, vielleicht aber auch zehn Jahre älter. Es war schwer einzuschätzen.

»Was geht dich das an, verdammt noch mal? Gerry sieht nur so jung aus. Sie ist kein Kind mehr.« Seine Augen verengten sich. »Ich dachte, ich müsste dir nie wieder begegnen«, sagte er. »Wieso bist du zurückgekommen, Pete?«

»Such dir 'nen Grund aus«, gab ich zurück und fragte mich, ob er von den Briefen gehört hatte, die Macy bekommen hatte.

»Mir gefällt keiner davon.« Er lief zweimal um das Sofa herum, setzte sich dann hin, wobei seine Finger verzweifelt nach einer Zigarette suchten, mit der er herumspielen konnte. »Was hast du hier zu suchen?«

»Ich will wissen, wer von deinen Jungs ein kleiner stämmiger Kerl mit himmelblauem Hut und weißem Hutband ist.«

Er klemmte sich die Zigarette in den Mundwinkel. »Wieso?«

»Letzte Nacht wurde auf dem Weg in die Stadt aus dem Hinterhalt auf mich geschossen. Er war der Schütze. Vor 'ner Stunde hat jemand 'ne Bombe an meinem Auto angebracht. Der Anlasser war mit genügend Dynamit verkabelt, um mich bis nach Key West zu pusten. Vielleicht war's derselbe Kerl, vielleicht auch nicht. Wenn ich ihn finde, dann blas ich ihm das Gesicht unter seinem hübschen Hut weg.«

Stan legte den Kopf in den Nacken und lachte. Ich konnte seine Goldzähne sehen. »Der gehört nicht zu mir. Ich hab nicht mal gewusst, dass du herkommst. Außerdem hätten's meine Jungs nicht gleich zwei Mal vermasselt.«

Ich packte ihn am Revers seines Jacketts und riss ihn vom Sofa. Ungestüm schwang er die Faust in meine Richtung. Ich wich aus und grinste ihn an. Seine Hände strichen über das zerknitterte Jackett. Ich hielt Ausschau nach einer Waffe, aber anscheinend hatte er keine bei sich. Seine unreine Haut lief rot an. Mit einem zitternden Finger zeigte er auf mich.

»Du packst mich nich noch ma an, Pete«, spuckte er und vergaß im Eifer des Gefechts sein gutes Englisch. »Ich bin kein kleiner Fisch mehr, Pete. Ich schnippe mit den Fingern, und zwei oder drei Jungs blasen dir das Gehirn weg. Klar weiß ich, warum du wieder da bist. Aber du kommst zu spät. Macy ist auf dem absteigenden Ast. Ich bin der neue Mann hier. Geh mir aus dem Weg, oder ich schmeiß 'ne Party für dich. Leg dich nicht mit mir an.« Seine Augen waren blind vor Hass. Er deutete mit ausgestrecktem Daumen auf die geschlossene Tür zum Esszimmer. »Und lass dich nicht mit der da ein!«

Ich schaute ihn an, bis ich dachte, er könnte wieder versuchen, auf mich loszugehen. Dann wandte ich mich zur Haustür. Ich ging die beiden Stufen in die Eingangshalle hinauf und blickte mich zu ihm um. Er hatte wieder sein rosa Taschentuch gezückt.

»Vielleicht hast du recht«, sagte ich gelassen. »Vielleicht ist Macy erledigt. Aber wie du schon sagtest ... ich bin wieder da.« Ich war schon fast verschwunden. Doch seine Schultern krümmten sich zusammen, und mit einem glasigen Auge schaute er zu mir herüber. Es lag etwas Mörderisches in seinem Blick. Das andere Auge hatte er vor Wut fast zugekniffen. Er wich ein Stückchen zurück, sein Mund öffnete sich, und sein Nacken schwoll an.

Ich öffnete die Tür, aber ich war noch nicht draußen, als ich ihn wie ein kleines Kind kreischen hörte: »Ich hasse dich, Pete, ich *haaaaassssseee* dich!«

12

Drei Blocks weiter erblickte ich eine bekannte Gestalt in roter Hose, die zielstrebig die Straße entlangstapfte. Als sie den Buick näher kommen hörte, drehte sie sich um und reckte erwartungsvoll den Daumen in die Höhe. Ich fuhr rechts ran, und sie sprang rein.

»Ich dachte, Sie kümmern sich ums Geschirr«, sagte ich.

Sie holte einen Kamm aus ihrer Handtasche und fing an, sich die Haare zu richten. »Nein, ich bin raufgegangen und hab die Dusche aufgedreht. Stan wird denken, dass ich ein Bad nehme, und wenn ich nicht antworte, wird er denken, ich bin sauer. Dann fährt er zurück auf die Arbeit.« Der Kamm machte flüsternde Geräusche in ihren dichten Haaren. »Ich dachte, Sie würden sich länger unterhalten. Stan hätte mich erwischen können.«

Gerry legte den Kamm zurück und kramte in der Tasche nach einem Lippenstift. Sie drehte den Rückspiegel in ihre Richtung. »Was dagegen, wenn ich mir den mal eben kurz ausleihe?«

»Was wird Stan sagen, wenn er merkt, dass Sie verschwunden sind?«

Sie verdrehte die Augen. »Er wird mir aufs Dach steigen. Aber ich weiß, wie man mit ihm umgehen muss ... meistens«, fügte sie nachdenklich hinzu. Sie bemalte ihre Lippen mit einem Rot, das man als sinnlich hätte bezeichnen können. »Ich würde normalerweise nicht einfach so abhauen ohne Stans Einwilligung, aber das hier ist irgendwie wichtig.« Sie tupfte ihre Lippen an einem Kleenex ab. »Er würde mir kein Auto geben. Er hat Angst, dass ich was mit anderen Jungs hab.«

»Und das haben Sie nicht?«

Sie warf mir einen verhaltenen Blick zu. »Nein. Nicht so richtig. Ich hab 'nen Freund ... aber er ist nicht grade ein Junge. Er ist älter. Fahren Sie in die Innenstadt?« Ich nickte. Sie lehnte sich zurück, nachdem sie das Radio angestellt hatte.

»Außerdem«, sagte sie, »hat Stan noch andere Mädchen. Ich weiß es. Ich hab eins von ihnen gesehen. Er dachte, ich wäre oben im Bett. Sie haben auf dem Sofa gelegen. Es war ein bisschen dunkel. Sie war 'ne Blondine. Ich kann Blondinen nicht leiden.«

»Gehen Sie zur Schule?«

Das fand sie witzig. »Ich?«

»Wie alt sind Sie?«

»Alt genug«, erwiderte sie ruhig. Sie blickte mich eindringlich an, als ob sie keine rechte Lust mehr hätte, mit mir zu fahren.

»Wo wollen Sie hin?«, fragte ich sie.

»Oh, irgendwo in der Innenstadt können Sie mich absetzen. Ich will ins *Coral Gardens Hotel*, das ist drüben am Strand. Aber ich kann auch einen Bus anhalten oder so.«

»In dieser Hose«, sagte ich, »können Sie alles anhalten.«

»Hä?«

»Zufälligerweise wollte ich selbst in diese Richtung«, erklärte ich und sagte nichts mehr.

Vor dem *Coral Gardens Hotel* parkte ich den Buick im Halteverbot direkt vor der Markise am Eingang. Das *Coral Gardens* war ein unauffälliges, sechsstöckiges Gebäude, dessen gelbe Farbe vom salzigen Wind des Atlantiks, der wie ein großes geduldiges Ungeheuer an der Hintertür kratzte, weich und zart geworden war.

Früher war das *Coral Gardens* bei Gaunern aus dem Norden, die auf Durchreise waren oder Ferien machen wollten, beliebt gewesen, doch neuere und schickere Läden mit Namen wie *Cote d'Or* oder *Chateau Castile* hatten die Kundschaft weggelockt. Ein paar alte Freunde von Macy verbrachten hier noch immer den Winter, doch alles in allem war das Hotel ehrbar geworden.

Gerry wartete geduldig darauf, dass ich herumkam und ihr die Tür öffnete. »Haben Sie jetzt was zu erledigen?«, fragte sie und stieg aus dem Buick.

»Nein, ich glaube nicht.«

Sie nahm mich bei der Hand. »Ich will Ihnen was zeigen«, sagte sie drängend und führte mich zur Rückseite des Hotels, ein paar Stufen hinab in das feuchte und muffige Untergeschoss. Hier unten gab es Umkleidekabinen für die Badenden und jede Menge Wasserpfützen auf dem Zementboden. Ein Ventilator im Fenster heulte und klapperte, und ein alter Mann in einem T-Shirt, auf das *Coral Gardens Hotel* gedruckt war, wartete geduldig darauf, dass die Pfützen trockneten, sodass er den Mopp wegstellen konnte, auf den er sich gelehnt hatte.

Wir betraten einen großen Raum, der neben der nach oben in die Lobby führenden Treppe lag. Die Luft war hier frischer und trockener, das Sonnenlicht drang durch zwei große Fenster bis in die letzten Winkel. Es schien eine Art Atelier zu sein. An der Wand unterhalb der Fenster stand ein Podium, und dahinter hing eine alte Persenning. Bemalte Leinwände lehnten an den Wänden. Tuben mit Ölfarben und Pinsel lagen wild durcheinander auf einem Tisch neben einer Staffelei. Es gab ein paar Sofas zum Ausruhen oder für sonstige Grundbedürfnisse.

Gerry deutete auf ein halb fertiges Porträt auf der Staffelei. »Owen malt ein Bild von mir«, sagte sie stolz.

Ich sah es mir genauer an. Sie posierte rücklings auf einem Lehnstuhl und hatte eine Wange auf ihre gekreuzten Unterarme gelegt.

Der Ausdruck auf ihrem Gesicht war steif und leblos. Der Rest ihres nackten Körpers war gut gelungen. Die Brüste hochgereckt, die Konturen von Bauch und Unterleib sorgfältig schattiert. Owen hatte die Färbung ihrer Haut ganz gut wiedergegeben, doch den richtigen Ton für ihr Haar zu treffen fiel ihm schwer.

»Nicht anfassen«, warnte Gerry. »Owen ist noch nicht fertig, es ist noch feucht.« Anerkennung heischend sah sie mich an. »Ganz gut, nicht?« Ich sagte, es sei gut. Sie lief im Atelier umher und schaute die anderen Bilder an, wobei ihre Hüften in den Stierkämpferhosen ordentlich wackelten. »Er hat Talent«, sagte sie. »Owen hat wirklich Talent.«

Ich fragte mich, was wohl Maxine tun würde, wenn er wüsste, dass Owen Barr sich mit seiner Freundin amüsierte. Ich konnte es mir vorstellen.

Ich sagte ihr, dass ich etwas zu erledigen hätte. Sie machte keine Anstalten, mit mir zu kommen. Ich lief die Treppe hinauf und traf auf Owen Barr, der die Lobby durchquerte. Er kam aus dem Schnapsladen und hatte eine eingewickelte Flasche unter dem Arm. Er schien erstaunt, mich hier anzutreffen. Er trug ein ungebügeltes graues Jackett und eine dunkelgrüne Schlabberhose.

»Hallo, Mallory«, sagte er und blickte finster an mir vorbei in Richtung Untergeschoss. Als ich nickte, presste er die Flasche fester an sich und lief mit mürrischem Blick um mich herum.

An der Rezeption nahm ich mir ein Zimmer, bekam die Schlüssel und lief wieder die Treppen hinunter. Die Tür zum Atelier war geschlossen, aber es war keine sonderlich solide Tür. Mit einem angelehnten Ohr konnte ich bestens zuhören.

»Malst du heute Nachmittag?«, fragte Gerry.

»Ich weiß nicht. Hängt mir zum Hals raus. Gibt's hier irgendwo Gläser?«

»Da drüben. So langsam wird's mir ähnlich.«

»Die Titten sehen aus wie deine. Der Rest ... irgendwie krieg ich dein Gesicht nicht richtig hin. Ach, scheiß drauf. Willst du was trinken?«

»Nein. Stimmt irgendwas nicht?«

»Die ganze Zeit stimmt irgendwas nicht. Komm her und setz dich hin.«

»Wann, denkst du, wirst du damit fertig?«

»Ich weiß nicht. Vielleicht mach ich's gar nicht fertig. Was soll das Ganze! Ich bin überhaupt nicht gut.«

»Du *bist* gut!«

»Überhaupt nicht. Ach, Baby, lass gut sein. Ich bin nicht in Stimmung.«

»Ich wünschte, du würdest nicht so viel trinken. Ich dachte, du wolltest heute malen. Ich hab mich extra aus dem Haus geschlichen ...«

»Lass mich einfach in Ruhe. Ich will nichts hören. Vielleicht hat Macy ja recht. Vielleicht ist alles nur Müll. Ich bin überhaupt nicht gut.«

»Hör auf, so zu denken.«

»Ich bin froh, dass ihn jemand umbringen will. Echt froh. Ich hoffe, die Drecksau erwischt's voll. Das ganze Leben hat er mich rumkommandiert. Nichts als ein stinkiges Großmaul. Kommandiert mich rum. Ich hatte nie 'ne richtige Chance. Keiner hat mich je beachtet, wegen diesem verfluchten Macy. Ich ... Ich ...«

»Owen!«

»Aber du magst mich, oder, Baby? Die hübsche Gerry ... mag mich, stimmt doch?«

»Na klar, Owen. Und du weißt, dass ich Macy genauso wenig ausstehen kann wie du. Nachdem er mich so behandelt hat.«

»Dieses stinkige Großmaul. ›Owen, mach dies. Owen, mach das.‹ Ich bin doch kein gottverdammter Köter. Ich hab

Gefühle wie alle andern. Ich hatte nie 'ne richtige Chance ... Wo hab ich die Flasche hingestellt? Du bleibst doch bei mir, stimmt's, Gerry? Lass mich was trinken, und dann sehen wir uns das Bild an. Ich würd gern dein Gesicht skizzieren, vielleicht krieg ich's ja hin ... Du bleibst doch hier, Süße?«

Ich blickte den Flur hinunter und sah den Duschraumwärter mit seinem Mopp über der Schulter schwerfällig auf mich zukommen. Ich nahm mein Ohr von der Tür und von Owens Jammerarie und lief die Treppe rauf. Ich fragte mich, wieso Maxines Kleine Macy Barr hasste.

Es hatte keinen Sinn, mich weiter mit Gerry zu beschäftigen; ich wollte nicht in eine Sackgasse geraten. Ich musste herausfinden, wer so hartnäckig versuchte, mich umzulegen. Und ich wusste genau, bei wem ich mich erkundigen musste, auch wenn ich nur eine vage Beschreibung und einen blassblauen Hut mit hellem Hutband hatte.

Es würde nicht einfach werden. Nach sechs Jahren waren die Informationsquellen, auf die ich mich früher verlassen konnte, bestimmt ausgetrocknet. Ich würde neue Leute kennenlernen, neue Kontakte knüpfen müssen. Doch immerhin hatte ich eine Vorstellung, wo ich anfangen konnte.

13

Das *Rendezvous* war eine heruntergekommene Kellerkneipe in der Nähe des Kanals. Es stank nach verschüttetem Bier, schmutzigen Klamotten und dem schwer fassbaren Geruch ausgefallener Sünden. Das übrige Gebäude war ein Labyrinth aus Zimmern für heimliche Begegnungen, den Handel mit Schmuggelware und die Beobachtung seltsamer Sexualpraktiken. In meiner Anfangszeit war ich mit Macy oft hier gewesen.

Ich stieg die schmutzige, zugemüllte Treppe runter zu einem kleinen zementierten Vorplatz, der wie die Ausnüchterungszelle im Knast wirkte. In einer Ecke lag ein Mann, der sich vor dem Sonnenfleck auf dem Fußboden verkrochen hatte. Der Abfluss war mit Dreck verstopft. Mit angehaltenem Atem stieg ich drüber und ging durch eine altmodische Schwingtür und dann zwei Stufen runter, um ins *Rendezvous* zu gelangen. Es hatte sich nicht viel verändert. Noch immer hielten sie nicht viel von Licht. Der Boden war noch mit demselben welligen Linoleum bedeckt, und die Wände waren so feucht wie früher. Die Gäste hätten auch noch dieselben sein können. Ich wusste es nicht. Ich konnte ihre Gesichter nicht sehen. Im *Rendezvous* gibt es wenige Gesichter, wenige Namen, an die man sich erinnern müsste. Es gab eine Jukebox, aber die funktionierte nicht. Man hörte nichts außer dem Summen einer Fliege, dem müden Flappen eines Ventilators und dem unverständlichen Gemurmel eines Mannes in einer der abgegrenzten Sitzecken.

Ein paar Blicke wandten sich mir zu, als ich die Linoleumhügel überquerte und mich an einen Tisch setzte. Ich schob den Stuhl etwas herum, sodass ich mit dem Rücken zur Wand saß. Ich machte das, ohne groß drüber nachzudenken. Im *Rendezvous* hatte ich diese Vorsichtsmaßnahme schon vor langer Zeit erlernt.

Der Barmann sah, dass ich für eine lockere Sauftour viel zu gut gekleidet war. Er legte ein Geschirrtuch über den Arm, schlurfte hinter der Bar hervor und kam misstrauisch auf mich zu. Seine ganze rechte Seite wirkte wie eingefroren. Die Schulter hing runter, und er zog mühsam das Bein nach. Er war nicht alt. Sein Gesicht wirkte dumpf und unfreundlich.

»Was wollen Sie?«, fragte er.

»Whisky.« Ich schaute mich um. Am Tisch neben der Tür kämmte eine Frau ihr strähniges Haar und schaute mich erwartungsvoll an. Als ich reingekommen war, hatte sie mit Kronkorken rumgespielt. Ich sah so zu ihr rüber, dass es der Barmann mitkriegte.

»Bringen Sie mir zwei«, sagte ich.

»Ah«, grunzte er. Offenbar freute es ihn, erraten zu haben, was ich vorhatte. Seine eine Hälfte schleppte die andere zurück zur Bar.

Mit einem viel zu starken Hüftschwung kam sie zu mir rüber. Sie trug ein billiges Baumwollkleid mit Blumenmuster, das ein paar Zentimeter unterhalb ihrer Knie endete. Sie setzte sich neben mich an den Tisch und lächelte schwach. Sie hatte kräftige Lippen und ein schlaffes Kinn. Das Fleisch auf den Knochen ihrer Oberarme schwabbelte, wenn sie sie bewegte.

Ich lächelte zurück. »Ganz schön heiß heute«, sagte ich.

»Und ob.« Mit ihren Wurstfingern glättete sie ihr Haar. Es sah aus wie mit Kaffee gefärbt. »Deshalb sitz ich an solchen Tagen gern hier drinnen. Zu heiß zum Rausgehen.« Mit unsteten Blicken versuchte sie meinen Wert zu taxieren.

»Ich hab Ihnen einen Drink bestellt«, sagte ich und bemühte mich, freudig erregt zu wirken. »Ich dachte, Sie hätten vielleicht Lust auf einen.«

»Na ja, vielen Dank.« Wir verstanden uns bestens. Sie riss ihr Glas vom Tablett, noch bevor der Barmann unseren Tisch ganz erreicht hatte. Ich nahm das andere Glas und zahlte.

Ich rührte meinen Drink nicht an. Sie trank ihren genussvoll aus, wobei sich ihre Halsmuskeln gierig zusammenzogen.

»Aaah«, sagte sie und schwang ihr leeres Glas auf den Tisch zurück. »Das ist gut. Goldrichtig.« Sie leckte sich die Lippen.

Ich trank meinen Whisky aus und versuchte, so zu tun, als hätte er mir richtig gut geschmeckt. »Genau«, sagte ich feierlich. »Gut, wieder mal 'nen Schnaps zu trinken.«

Ihr Blick wanderte prüfend über meinen Anzug. Sie streckte die Hand aus und befühlte das Revers. »'n ziemlich guter Anzug«, sagte sie betont.

Ich blickte sie weiter an, als sei sie so ziemlich das engelhafteste Geschöpf, das ich je gesehen hatte. Ich hoffte, mein Blick wäre voller Lust.

»Den haben sie mir gegeben, als ich rausgekommen bin«, erwiderte ich.

Sie nickte. »Dachte mir schon, dass ich den Schnitt irgendwoher kenne. Knastware.« Sie legte die Beine übereinander, da laut ihrem Drehbuch jetzt der richtige Zeitpunkt dafür gekommen war – ein Drehbuch, das sie vor langer Zeit für sich selbst geschrieben hatte. Ihre Hüften schoben sich gegen das dünne Kleid. Ich sah dahin, wo ich erwartungsgemäß hinsehen sollte.

»Wie lange waren Sie drin?«, fragte sie.

»Fünf Jahre.«

»Ach, so 'n Mist«, sagte sie einfühlend. »Fünf Jahre im Bau sind kein Spaß. Kein Schnaps. Keine Frauen.« Sie sah mir tief in die Augen. »Hören Sie mal«, sagte sie, »ich hab 'ne halbe Flasche in meinem Zimmer. Wär ja glatte Verschwendung, und ich trink nicht gern allein. Sie und ich, wir könnten uns doch einen genehmigen. Ich meine, wo Sie doch gerade rausgekommen sind und so ...«

»Klingt gut«, gab ich zurück. »Wo ist Ihr Zimmer?«

Sie nickte. »Dahinten die Treppe rauf. Es ist kein besonders tolles Zimmer. Nur was, wo ich mal meinen Kopf aufs Kissen legen kann.« Sie kicherte. Wir standen zusammen auf. Sie nahm meine Hand und führte mich am Barmann vorbei. Er beachtete uns nicht.

Ihre Hand fühlte sich verschwitzt und leicht schmierig an. Sie hielt sich dicht neben mir und zog mich beinahe die schmale Treppe hinauf. Ich stutzte, als wir durch die Tür in ihr Zimmer traten. Ein Mann saß an einem Tisch mitten im Raum, mit dem Gesicht auf der vergilbten Tischdecke. Er schnarchte wie ein Bär. Neben ihm stand ein Krug mit billigem Wein, den ich im ganzen Zimmer riechen konnte.

»Kümmern Sie sich nicht um ihn«, sagte sie. »Der schläft für die nächsten paar Stunden.« Sie ließ meine Hand los, ging zum Bett, hob eine dünne, fleckige Matratze an und zog eine flache Flasche Whisky heraus.

»Da wären wir, Honey«, sagte sie fröhlich und hielt die Flasche in die Höhe. Sie warf sie in meine Richtung. »Fang auf. Die Gläser stehen da drüben auf der Kommode.«

Ich drehte mich um und stellte die Flasche auf die Kommode. Es war heiß, und das Zimmer roch ein bisschen wie die Besenkammer eines Bordells. In einer Ecke war ein Klo, in dem es die ganze Zeit blubberte.

Ich hörte, wie sie den Reißverschluss ihres Kleids öffnete, und drehte mich um. Sie schälte sich aus ihrem Kleid, schob es mit einem großen Plattfuß zur Seite. Sie trug keine Unterwäsche. Ihre Brüste hingen schlaff über ihren Bauch. Die Brustwarzen zeigten fast gerade nach unten.

»Wenn du davon was hattest, kannst du ein bisschen hiervon haben«, sagte sie und deutete mit dem Finger. »Aber nur der Schnaps ist umsonst, Baby.«

Ich zog meine Brieftasche, fummelte einen Fünfdollarschein raus und steckte sie wieder ein. Die Augen der Frau strahlten. »Wir könnten 'ne richtige kleine Party veranstalten«, sagte sie schwer. »Vielleicht noch was Stärkeres als Whisky. Was viel Stärkeres.«

»Wie heißt du eigentlich?«

»Gretchen. Nenn mich einfach Gretchen, Darling. Lass uns was trinken.«

»Nein, danke. Der Fünfer reicht nur für eins.«

Sie hielt inne. »Was soll 'n das, Darling? So einfach lass ich mich nicht abspeisen ...«

»Ich will nur wissen, wo Rose ist. Dafür bezahl ich den Fünfer.«

Sie runzelte die Stirn. »Rose?«

»Sie hat hier gearbeitet. Vor fünf Jahren ungefähr. Soweit ich weiß, ist sie noch hier.«

Ich hatte sie verwirrt. »Sie hat hier gearbeitet. Jetzt ist sie nicht da. Sie ...«

Ein Teil meines Bewusstseins hatte auf ein Geräusch geachtet, das plötzlich nicht mehr da war. Ich drehte mich zum Tisch, als sich der Mann, der eben noch dort gesessen hatte, auf mich stürzte. Einzig das Überraschungsmoment war auf seiner Seite. Als ich mich umgedreht hatte, war es jedoch verflogen, und ihm blieb nur noch ein großes, zweischneidiges Messer, mit dem er nicht umgehen konnte. Von irgendwo hinter dem Ohr holte er mit der Klinge nach mir aus. Ich hob einen Arm, um seinen Versuch abzuwehren, und verpasste ihm eins in den Bauch. Er landete mit dem Rücken auf dem Boden. Ich trat ihm mit einem Fuß aufs Handgelenk, mit dem anderen kickte ich ihm das Messer aus der Hand. Ich ließ den Fuß auf seinem Handgelenk stehen und blickte ihn an, während er langsam wieder zu Atem kam. Er war dunkelhäutig und hatte einen dicken Schnurrbart.

»Wer sind Sie?«, kreischte die nackte Frau. »Was wollen Sie?« Ich sagte ihr, sie solle den Mund halten. Ich hievte den Kerl vom Boden hoch und schlug ihm in die Fresse. Er taumelte rückwärts gegen den Tisch, dann stürzte er sich auf sein Messer. Ich kam ihm zuvor. Ich hob es auf. Die Klinge war ungefähr eine Meile lang, und der Griff war mit Klebeband umwickelt, auf dem getrocknetes Blut haftete. Die Klinge sah aus, als sei sie schon oft geschliffen worden und als habe sie schon viele Jobs erledigt.

Ich zog den Kerl erneut hoch, bugsierte ihn gegen die Wand und drückte ihm die Klinge unters Kinn. Er schwitzte Wein aus jeder Pore. In breitem, gestammeltem Spanisch pflaumte er mich an.

»Was sollte das denn sein?«, fragte ich. »Deine nachmittägliche Turnübung?«

»Hier kommt mir kein verdammter Bulle rein und macht den Dicken«, sagte er.

»Was geht's dich an, wie sie ihr Geld verdient? Was hast du überhaupt mit ihr zu tun?«

»Alles, was ich will, Freundchen«, erwiderte er.

Ich blickte über die Schulter. Lustlos zog die Frau ihr Kleid wieder an. Die ganze Auseinandersetzung kümmerte sie nicht.

»Ich schätze, du sagst mir, wo ich Rose finde.«

»Ich schätze, du ...«, sagte er.

»Schneiden Sie ihm jetzt die Kehle durch oder nicht?«, fragte die Frau mit harter Stimme.

»Ich arbeite dran«, erwiderte ich.

»Aus dem werden Sie nichts rauskriegen«, sagte sie mit leicht scheppernden Lachen. »Der hat vor gar nichts Angst. Dem können Sie die Kehle durchschneiden, und er reißt Ihnen noch im Verbluten den Arsch auf.«

»Ist das nicht bezaubernd?«, gab ich zurück. Vermutlich hatte sie recht.

»Ich will nicht, dass Sie ihn zu Hackfleisch machen«, sagte sie. »Rose ist jetzt mit ’nem Kerl zusammen.«

»Wo?«

»Vor zwei Monaten, da war’s irgend so ’ne Bude auf der Chambliss. 2510 Chambliss. Heute ist sie vielleicht schon woanders.«

Ich hämmerte den Kopf des Typen gegen die Wand und ließ ihn los. Er taumelte zum Tisch und lehnte sich dagegen. Auf seinen Lippen war Blut.

Ich gab der Frau die fünf Dollar. Sie nahm sie und hielt sie in der Hand, während sie den Reißverschluss ihres Kleids zuzog. Der Typ richtete sich auf, blickte mich an, blickte auf die fünf Dollar. Leicht schwankend ging er zu ihr. Er nahm die fünf Dollar und schlug ihr ins Gesicht. Sie starrten einander an.

»Nächstes Mal hältste deinen Rand«, sagte er keuchend. Sie erwiderte nichts. Ihre Wangen waren rot angelaufen.

»Ich geb dein Messer unten beim Barmann ab«, sagte ich. »Vielleicht gehst du erst mal auf die Straße runter und lässt dir von ein paar Kids zeigen, wie man damit umgeht, bevor du wieder damit rumfuchtelst.«

Ich lief die Treppen hinunter und reichte dem Barmann das Messer. Er schaute es an, schaute mich an. Ich lief hinaus. Ich war froh, aus dem Schuppen rauszukommen.

Die Adresse auf der Chambliss entpuppte sich als ein altes Backsteingebäude in einem gemischten Wohnviertel, nur ein paar Blocks von einem schwarzen Slum entfernt. Die einzigen Weißen in dieser Gegend waren solche, die es sich nicht leisten konnten wegzuziehen, und die Schnapsladenbesitzer.

Auf der vorderen Veranda erzählte mir eine ältere Frau,

deren Haut so aussah, als wäre sie mit Gummikleber an ihrem Gesicht befestigt, dass eine Frau namens Rose im dritten Stock wohne. Sie sagte mir, ich solle die Hintertreppe benutzen.

Ich passierte den schmalen, betonierten Durchgang zwischen zwei Gebäuden. Im öden Hinterhof und auf dem gesamten Gang spielten kleine Kinder. Sie kletterten aufs Dach des Geräteschuppens, krochen hinter die aufgereihten Mülltonnen und platschten durch die kleinen trüben Wasserpfützen. Auf den Treppen saßen ältere Kinder und starrten mich dumpf und überheblich an, als ich an ihnen vorbeistrich.

Es war ein langer Aufstieg bis zum zweiten Stock. Ein paarmal stoppte ich an den Treppenabsätzen, wurde von Wäscheleinen gestreift, auf denen durchnässte Kleider hingen, und kletterte weiter, bis ich die richtige Tür erreichte.

Ich konnte die Frau durch ein offen stehendes Küchenfenster sehen. Sie spülte in einer Wanne über dem Spülbecken Geschirr und mühte sich sichtlich damit ab. Ihre Lippen schürzten sich vor Konzentration. Beim Klang meiner Faustschläge gegen die Tür drehte sie sich um, trocknete die Hand an einer Schürze ab und kam zur Tür.

Sie hatte wachsartiges blondes Haar und eine straffe, glatte Haut, die niemals Falten bilden würde, egal wie alt sie war. Sie mochte vierzig sein, aber ich war mir nicht sicher. Ihr Haar war glatt nach hinten gekämmt und wurde von einer verblassten lila Schleife zusammengehalten.

»Rose?«, fragte ich.

»Ja?« Sie beugte sich schnell hinunter, um mit ihrer einzigen Hand ein kleines Hündchen zurück in die Küche zu schieben. Als ich sie gekannt hatte, hatte sie noch beide Arme gehabt. Jetzt war der linke unterhalb der Schulter abgetrennt, und der kurze Ärmel ihres Kleids war über dem Stumpf zusammengebunden.

»Mein Name ist Pete Mallory. Wir sind uns vor ungefähr

sechs Jahren begegnet, als Sie im *Rendezvous* gearbeitet haben.«

Die Erwähnung des *Rendezvous* ließ sie die Stirn runzeln. Mit ihrer Hand zerrte sie ein wenig an der Schürze. »Ich glaub nicht, dass ich mich an Sie erinnere. Im *Rendezvous* …« Sie zuckte mit den Schultern. Ihr Mund verzog sich in leichter Verbitterung.

»Ich weiß«, erwiderte ich. Das Hündchen versuchte wieder, sich hinauszuwinden, und dieses Mal hielt sie es mit ihrem kleinen Fuß zurück. »Sehen Sie, ich suche einen Mann. Ich dachte, wenn ich den Prediger oder jemand Ähnlichen finde, könnte er mir vielleicht helfen.«

Prediger war eine Art Deckname für einen Mann gewesen, der früher Informationen über alles und jeden verkauft hatte.

Sie schüttelte den Kopf. »Der Prediger ist tot. Er ist vor ungefähr fünf Jahren gestorben.«

»Oh, ich schätze, das musste mal passieren«, erwiderte ich.

»Er ist nicht umgebracht worden. Er hatte einen Herzinfarkt. Ich fürchte, ich kann Ihnen nicht weiterhelfen. Ich bin schon seit Monaten nicht mehr im *Rendezvous*.« Unwillkürlich schaute sie auf ihren zusammengebundenen Ärmel.

»Ich dachte, dass Sie vielleicht jemanden wie den Prediger kennen, jemanden, der mir sagen könnte, was ich wissen muss.«

»Nein. Nein.« Nachdrücklich schüttelte sie den Kopf. Sie schaute mich aber weiterhin an, als käme ihre Erinnerung langsam ein wenig zurück. »Ich kenne solche Männer nicht mehr. Ich kenne überhaupt niemand mehr, seitdem ich nicht mehr im *Rendezvous* bin.«

Sie versuchte, die Tür zu schließen. Ich lehnte jedoch am Türpfosten, und sie konnte sie nicht an mir vorbei zuschieben. »Sind Sie sicher, dass Sie sich nicht an mich erinnern?«, fragte ich.

Kleine Schweißspuren bedeckten jetzt ihr Gesicht. »Nein«, stieß sie hervor. »Nein, tu ich nicht. Bitte gehen Sie.«

»Ich hab Ihnen mal das Leben gerettet«, sagte ich ruhig. »Ich hab 'nen Betrunkenen davon abgehalten, Ihnen mit 'ner zerbrochenen Flasche die Kehle aufzuschlitzen. Sie können sich wahrscheinlich nicht erinnern, weil Sie auch betrunken waren. Aber ich musste eine Tür eintreten, um ihn zu kriegen. Ich hab noch 'ne kleine Narbe auf meiner Hand, wo sich ein Holzsplitter reingebohrt hatte.« Ich blickte auf meine Hand. »Sie ist nicht mehr so gut zu sehen«, fügte ich hinzu.

Ihre Augen waren groß geworden, und sie sah ein bisschen verängstigt aus.

»Ich glaub Ihnen nicht. Gehen Sie von der Tür weg und verschwinden Sie! Lassen Sie mich in Ruhe!«

»Sie haben auch 'ne Narbe, da, wo die Flasche Sie erwischt hat, als er hinfiel. Zumindest müsste dort eine sein, dicht an Ihrer Hüfte. War 'n tiefer Schnitt.«

Sie taumelte ein paar Schritte zurück und starrte mich an. »Ich ... ich habe diese Narbe«, sagte sie.

Ich schob die Tür auf und ging rein. Ich blieb stehen und hob das Hündchen hoch. Es zappelte in meinen Händen und kaute auf dem Ärmel meines Jacketts herum.

»Jetzt brauche *ich* Hilfe, Rose«, sagte ich.

»Erwarten Sie nicht, dass ich Ihnen helfen kann«, gab sie zurück. Sie lehnte sich an einen Tisch, auf dem eine rot-weiß karierte Decke lag. »Ich weiß jetzt gar nichts mehr. Ich habe früher mal Informationen weitergegeben.« Sie hob eine Hand zum Gesicht. In ihren Augen lag ein leichter Ausdruck von Schrecken. »Und einmal hatte ich keine zu geben.« Ihr Blick huschte von mir zum Fußboden und dann zum Abwaschbecken. »Damals, als ich keine Informationen hatte, haben sie gedacht, ich lüge. Es waren kräftige Männer. Ausländer. Denen war's egal, dass ich eine Frau war. Sie hielten meinen Arm.« Ihr Blick wanderte voll grausiger Erinnerung, die sich auch im Laufe der Zeit nicht abgemildert hatte, zu dem Ärmel. »Sie haben ihn umgedreht. Und … umgedreht …«

»Das reicht«, sagte ich.

Ihre Lippen hatten sich geöffnet. Es waren trockene Lippen, ohne jede Andeutung von Rot. »Jetzt wollen Sie Informationen, und ich habe keine. Ich weiß nichts.«

Ich setzte das Hündchen auf den Boden, bevor es meinen Ärmel gänzlich ruinierte. »Ich gehe«, sagte ich. »Tut mir leid, dass ich Sie … belästigt habe.«

»Warten Sie.« Sie richtete sich vom Tisch auf, schluckte hart. »Es war ein wertloses Leben«, sagte sie. »Aber Sie haben es gerettet. Sie müssen's gewesen sein, sonst würden Sie nichts von der Narbe wissen. Ich hab jetzt einen guten Mann. Einen guten Mann, um etwas aus diesem wertlosen Leben zu machen.«

Mit schnellen Schritten lief sie zum Abwaschbecken und füllte ein Glas mit Wasser. »Der Mann, den Sie suchen … was ist der?«

»Ein Auftragskiller, glaube ich.«

Sie nickte. »Dann reden Sie am besten mit Dave. Dave kann Ihnen vielleicht helfen.«

»Wer ist Dave?«

Nachdem sie getrunken hatte, rückte sie vom Spülbecken ab. Ihr Blick war voll von leidenschaftlichem Hass und der Zärtlichkeit einer Frau, und man konnte beides zugleich sehen. »Er war Detective bei der Polizei. Er war ein guter Polizist, bis sie ihm die Marke weggenommen haben. Er ist im Schlafzimmer. Schläft. Ich rede mit ihm. Bitte setzen Sie sich. Möchten Sie ein paar Kekse?«

»Nein, danke. Ich warte hier einfach.«

Ich betrachtete sie, als sie die Küche verließ. Sie hatte noch immer eine gute Figur, selbst nach der jahrelangen Misshandlung im *Rendezvous* und an ähnlichen Orten. Sie sprach mit einer gewissen Würde, die die seltenen und guten

Qualitäten dieses ehemals verwaisten Gossenkindes anklingen ließ.

Ich ließ das Hündchen mit meinem Fuß kämpfen und rollte es auf dem Boden herum, als es versuchte, mir die Zehen abzukauen. Es knurrte und griff mich an, tapste mit seinen steifen, pelzigen Pfoten auf meinen Schuhen herum. Es machte ihm großen Spaß.

Endlich kam sie zurück. »Dave will mit Ihnen sprechen«, sagte sie und wies mir den Weg ins Schlafzimmer. Sie blieb in der Küche.

Der Mann, der sich Dave nannte, saß auf der Kante eines großen Doppelbetts. Er fuhr sich durch sein kräftiges schwarzes Haar, das helle Spitzen aufwies. Unter seinen Augen waren dunkle Flecke, und seine Haut war blass, als hätte er viel Zeit im Innern der Wohnung verbracht. Er trug Boxershorts und ein Unterhemd, das schweißdurchtränkt war. Er war nicht viel größer als eins fünfundsiebzig, wog aber anscheinend fast fünfundachtzig Kilo. Er war bestimmt ein raubeiniger Bulle gewesen. Wie geschaffen fürs Sittendezernat.

»Kommen Sie rein«, knurrte er und hielt sich den Kopf. Eine Pistole im Holster hing an einem Schaukelstuhl mit hoher Lehne neben dem Bett. Auf einem stabilen kleinen Tisch stand eine Flasche Whisky in Griffweite.

»Rose sagt, ich soll Ihnen helfen, wenn ich kann«, sagte er und schien nicht sonderlich glücklich darüber zu sein. Er sah mich nicht länger als zwei Sekunden an. Sein Blick war scharf und gereizt. Er griff nach der Flasche und schenkte sich ein Glas ein.

»Setzen Sie sich. ’n Drink?«

»Nein, danke.« Ich setzte mich auf die Kante des Schaukelstuhls. Am abgewetzten Leder des Holsters war eine Marke befestigt. Er war Sergeant gewesen.

»Ich dachte, die hätten sie Ihnen weggenommen«, sagte ich taktvoll.

Sein Kopf schnellte vor. Aus seiner Kehle kam ein barsches Geräusch. »Sie haben nichts gefunden, was sie mir wegnehmen konnten. Auf unerklärliche Weise verloren gegangen. Hat Rose Ihnen erzählt, dass ich geflogen bin?«

»Ja. Warum, hat sie nicht gesagt.«

»Das geht Sie auch nichts an.« Er trank. »Wer ist der Blödmann, den Sie finden wollen?«

»Ich weiß nur eins über ihn: Er ist 'n stämmiger kleiner Kerl, ungefähr eins siebzig. Mag gute Klamotten. Trägt 'nen himmelblauen Hut mit hellem Hutband. Außerdem steht er auf Schrotflinten. Wär 'n Wunder, wenn Sie ihn daran erkennen würden.«

Er starrte in sein Glas. »Ich war fünfzehn Jahre bei der Sitte«, sagte er. »Ich hab jede Kanone in der Stadt gekannt. Und zwar ganz genau.«

»Wie lange ist es her, dass Sie geflogen sind?«

»Fünf Monate. Wie gesagt, ich hab alle gekannt. Ich hab über jeden Bescheid gewusst, der in die Stadt kam, und das bereits, fünf Minuten nachdem er aus dem Flugzeug gestiegen war. Ich hab auch Pete Mallory gekannt«, sagte er und sah mich an. »Auch die, die sauber geblieben sind. Ich musste sie kennen. Das war, bevor ich geflogen bin. Ich war ein pflichtbewusster Drecksack.«

»Und wer ist er?«

»Ich glaube, ich weiß es – aber ich könnte mich auch täuschen.«

Ich grinste ihn an. »Na klar. Fünfzehn Jahre im selben Revier. Sie könnten sich täuschen.«

Er grinste säuerlich zurück. »Sein Name ist Winkie Gilmer. Ein Bursche aus dem Süden, Birmingham. War mal mit Holtz in Buffalo zusammen. Dann hat er sich irgendwo in Cleveland für zwei Jahre als Revolvermann anheuern lassen. Kam vor sieben Monaten hierher und ist gleich in Zavellis Luxushütte gelandet, ein paar Meilen den Strand runter. Neptune

Court. Er beschäftigt sich hauptsächlich damit, in der Sonne zu liegen und mit den Frauen rumzumachen. Ab und an verschwindet er für 'ne Woche oder zehn Tage. Wahrscheinlich arbeitet er immer noch auf eigene Rechnung. Er ist vierundzwanzig. Hat vielleicht schon 'n Dutzend Leute umgebracht.«

»Was ist seine Spezialität?«

»Messer.«

»Danke.«

Er goss sich noch einen Drink ein.

»Keine Ursache.« Er sah mich kurz an. »Sie waren doch mal ganz oben bei Macy Barr. Ich dachte, Sie wären fertig mit dieser Art von Jobs. Ich hab von Ihnen gewusst, hatte aber nie das Vergnügen. Nicht dass es 'n Vergnügen *wäre.*«

»Sie haben's im Blut, oder?«, fragte ich.

»Was?«

»Das Gift, das Sie verspritzen. Wozu behalten Sie die Marke? Denken Sie, dass Sie sie irgendwann wieder tragen können?«

»Ziehen Sie Leine«, erwiderte er träge.

»Okay.« Ich stand auf und ging um das Bett. Dann blieb ich stehen und zog meine Brieftasche.

»Das brauch ich nicht«, sagte er. Er blickte im Zimmer umher. »Hab jede Menge davon.«

»Sie haben mir Informationen gegeben, die ich brauche.«

»Ich hab Ihnen keinen Gefallen getan«, sagte er. Er lachte auf unangenehme Art. »Dieser Gilmer ist 'n harter Brocken. Der vermasselt seine Jobs nicht.«

»Einen hat er vermasselt, sonst würde ich jetzt nicht mit Ihnen reden.«

Diesmal kam ich bis zur Tür. Dann drehte ich mich um, seine Augen waren auf mich gerichtet. Sie waren die einzigen hellen Punkte in dem düsteren Raum.

»Ich hoffe, Sie bringen ihn um«, sagte er. »Aber nur, weil das 'nem Bullen die Arbeit erspart.«

»Sie sind zu gütig«, sagte ich.

Er bleckte die Zähne. »Ich bin nur 'n grandioser Riesentrottel«, sagte er. »Ich hätt's bis zum Lieutenant bringen können. Das Dumme war bloß, dass ich meinen Vorgesetzten verdroschen hab. Na, und warum hab ich das wohl gemacht?«

»Ich habe keine Ahnung.«

Er schaute in sein Glas hinunter.

»Er hat nur mit meiner Frau geschlafen«, sagte er mit einem kleinen Schluchzer. »Dieser große haarige Penner schläft mit meiner Frau. Eigentlich gar kein Grund, ihm die Zähne wegen 'ner kleinen Schnalle einzuschlagen, die sowieso nie was wert war.« Er fing an zu lachen und wackelte ein wenig auf dem Bett hin und her. »Ich hätte Lieutenant werden können.«

»Nehmen Sie's nicht zu schwer«, riet ich ihm. »Vielleicht macht ja jemand anders einen Engel aus Ihnen.« Ich schloss die Tür beim Rausgehen. Rose saß mit dem Hündchen auf dem Küchenfußboden. Ich dankte ihr höflich, als ich die Tür öffnete und die Treppen runterstieg.

Die Sonne begann unterzugehen wie ein flacher Stein im Wasser. Ich fand, dass Gilmer noch ein bisschen warten konnte. Ich wollte duschen und was essen. Es bot mir einen Vorwand, das Zimmer zu benutzen, das ich unter Angabe von Macys Namen gemietet hatte. Ich fragte mich, was sein Name zurzeit sonst noch wert war. Nicht viel wahrscheinlich.

Auf dem Weg zum Hotel machte ich an einer ausreichend entfernten Stelle kurz halt, um mir eine Waffe und einen Schultergurt bei einem Pfandleiher zu kaufen, der darauf spezialisiert war, Leute mit Schießeisen zu versorgen, die keine Lizenz vorweisen konnten. Ich kannte eine Menge von solchen Nichtsnutzen. Am *Coral Gardens* parkte ich unter den Augen eines Bullen im Halteverbot. Es interessierte ihn nicht. Ich ging rein und die Treppen rauf.

Nach dem Duschen zog ich mich gerade an, als das Telefon klingelte.

»Ja?«

»Pete, hier ist Macy. Ich dachte, du wärst vielleicht im Hotel. Was gibt's Neues?«

»Ich bin heute Morgen knapp 'ner Bombe entkommen. Der Typ, der mir das wahrscheinlich eingebrockt hat, könnte 'n Gangster sein, der früher in Cleveland war. Er heißt Winkie Gilmer. Offensichtlich ist irgendwer nervös geworden, weil ich nach der einzigen Überlebenden von dem Brand suche. Ihr Name ist Carla Kennedy. Sie müsste jetzt ungefähr dreißig sein.«

»Bist du ihr auf der Spur?«

»Ja. Aber ich erfahr erst morgen Abend, wo sie ist.«

»Wie bist du auf diesen Gilmer gekommen?«

»Glückssache mehr oder weniger. Ein Exbulle hat mir von ihm erzählt.«

»Was für 'n Typ ist Gilmer?«

»Ich bin ihm noch nicht begegnet. Angeblich ist er 'n harter Brocken. Man hat mich vor ihm gewarnt. Eindeutig Auftragskiller. Würd mich interessieren, wer ihn angeheuert hat. Besonders schlau kann er allerdings nicht sein, wenn er so 'nen Hut trägt bei seinen Jobs. Da könnt er genauso gut 'ne neonfarbene Fliege tragen.«

»Klingt nach 'nem Durchbruch. Aber lass es langsam angehen, Pete. Du warst ziemlich lange weg. Ach, hör mal, fahr doch bei *Stan's Restaurant* vorbei und schau nach, ob Diane dort ist.«

»Ist sie noch nicht zurück?«

»Nein, sie hat die Kleine heute Nachmittag mit Taggart zurückgeschickt. Aimee ist wegen der Spritzen, die sie heute

Morgen bekommen hat, ganz schlecht drauf. Sag Diane, sie soll sich am Hotel ’n Taxi nehmen und heimkommen. Ich mag’s sowieso nicht, wenn sie sich nach Anbruch der Dunkelheit draußen rumtreibt.«

14

Stan's Restaurant war ein moderner Flachbau mit geschwungenem Dach und einer Vorderfront aus schmalen, orangefarbenen Klinkern, geriffelten Aluminiumbögen, Chrom und Glasbausteinen. Stans Name leuchtete in meterhohen Leuchtbuchstaben in der abendlichen Dämmerung. Das Restaurant befand sich auf dem schicken Rosamorada Strip, elf Meilen nördlich der Innenstadt und vier Blocks von der Sunlan Park Rennbahn entfernt.

Im Innern war es mittels einer Trennwand in Bar und Restaurantbereich aufgeteilt, wobei die Barseite mit lederähnlichem Material gepolstert war. Ich schaute zuerst in den Restaurantbereich. Dort hatte sich eine dichte Menschenmenge versammelt, darunter viele kleine dunkelhäutige Männer in guten Anzügen, dann andere, die nicht so klein waren, und viele schöne Frauen. Es wimmelte nur so von schönen Frauen, schlank und zerbrechlich wie teure Models. Geschickten Tänzern gleich schlängelten sich Kellner in gelben Jacketts mit gelassener Miene zwischen den vollen Tischen hindurch und hielten ihre Tabletts fest.

Ich erkannte ein paar Gesichter: Suarez, König der Wanzen aus Spanish Town; Venetti, Glücksspiel im Hafenviertel; Scobey, dessen Schwarzbrennerei sich auf zehntausend Liter im Jahr belief. Überall im Hinterland gab es Brennereien, und jede Nacht waren massenhaft Autos mit verstärkten Hinterachsen und Lastwagen voll mit großen Milchkannen, in denen das Zeug transportiert wurde, auf holprigen, mit

Unkraut gesäumten Straßen unterwegs. Eine Weile stand ich da, pickte ein paar Gesichter heraus, erkannte ein Kopfnicken oder eine ausladende Geste. Ich spürte die Erinnerung an gefährliche Zeiten wie den Geschmack der Angst auf meiner Zunge liegen. Annacone, Callgirls und hässlichere Versionen der Handelsware Sex. Sie alle und noch hundert andere in einem halben Dutzend Landkreisen hingen an langen Fäden. Macy hielt all diese Fäden in der Hand, doch längst nicht mehr so fest und sicher.

Die Anteile kamen teilweise wöchentlich, teilweise monatlich rein. Ein Teil davon wurde abgeliefert, ein anderer musste eingetrieben werden. Die ganze Zeit gab es Abzockerei. Gefälschte Bücher. Frisierte Einkünfte. Es war meine Aufgabe gewesen, dafür zu sorgen, dass die Prozente stimmten, und aufzupassen, dass die Jungs, die sich vielleicht versucht fühlten, zu viel in die eigene Tasche zu wirtschaften, nie vergaßen, wie schmal der Grat, wie fein austariert das Gleichgewicht des Wohlwollens war. Ich musste darauf achten, dass sie sich niemals ganz sicher fühlten, dass sie niemals aufhörten, sich umzublicken, wenn die Nacht hereinbrach. Es war ein schmutziger Job. Ich erledigte ihn fachgerecht. Dennoch gab es immer ein paar Mutige mit allzu klebrigen Fingern, deren Appetit auf große Stapel leicht verdienten Geldes auch nicht durch den sanften Druck einer unsichtbaren Waffe gezügelt wurde. Einige wurden umgebracht. Keine schöne Sache.

Die Schrotflinte sprach für gewöhnlich das letzte Urteil über den süßen Reiz der Versuchung. Manchmal landeten sie in der Bucht oder in einem Kanal. Ich wusste nie, wann es passieren oder wer es erledigen würde. Ich wollte es nicht wissen. Da hielt ich mich raus. Das war meine einzige Möglichkeit der Auflehnung.

Wenn ich es gewollt hätte, so hätten sie mich wiedererkannt. Hinter dem breiten und leeren Lächeln auf ihren Gesichtern hätte eine verborgene Angst gelauert. Vielleicht wurden die Fäden gerade gelockert und durchtrennt, und die Männer unter Macy sahnten fette Profite ab, die jeden Monat weniger Anteile für Macy einbrachten, während die Organisation zerbröselte und er auf seiner Insel saß, mit dem Kind einer Hure spielte und innerlich ein tiefes Stöhnen ausstieß, wenn er an einen Killer dachte, der auf die passende Gelegenheit wartete. Vielleicht stand Stan Maxine gerade im Begriff, die Fäden geschickt und diskret in die eigenen Hände zu spielen. Der Betrug und die Abzockerei würden immer weitergehen, selbst wenn der Mann, der die Fäden hielt, seinen Angestellten unablässig im Nacken saß, einen gegen den anderen ausspielte und seine eigenen Jungs unerwartet vorbeischickte, um die Unternehmungen immer wieder zu überprüfen. Macy war mal so ein Anführer gewesen. Inzwischen kannten die Kerle sicher keine Grenzen mehr und stopften sich die Taschen voll, bevor der unausweichliche Führungswechsel eintrat, wieder durchgegriffen wurde und überhaupt die Zügel wieder fest angezogen wurden. Mein Wiederauftauchen würde demnach als Omen betrachtet werden. Macy versuchte, die Dinge wieder in die Hand zu nehmen. Der letzte klägliche Versuch eines stürzenden Riesen. Die Neuigkeit würde sich rumsprechen, verschwiegene Männer in zwielichtigen Kneipen erreichen. Bevor die Sonne noch mal unterginge, wäre ich ein toter Mann – es sei denn, ich hatte ein unglaubliches Glück.

Ich verdrängte diese Gedanken aus meinem Bewusstsein. Ich hatte genügend andere Sorgen. Ich betrat die etwa halb gefüllte Bar. Auf einer kleinen Bühne im Hintergrund hämmerte ein schwarzes Trio *Jumping the Boogie*. Es war richtig guter Kneipenjazz. Ich erkannte einen der Barmänner. Früher hatte er im *Coral Gardens* gearbeitet, und er war gut. Ein weiterer zarter Wink, der erkennen ließ, dass Stan jetzt der Auserwählte war. Die Meute kam pflichtschuldig zu seiner noblen Wassertränke.

»Hallo, Paul«, sagte ich und lehnte mich an die Theke. Sein Haar ähnelte einem Handfeger aus Mottenflügeln, und sein Gesicht war würdevoll gealtert.

»Pete!«, sagte er. »Pete, wie schön, Sie zu sehen.« Ein beunruhigter Ausdruck würgte das Lächeln ab, noch bevor es sich ausbreiten konnte.

»Sie verschwinden besser von hier, Pete.«

»Wieso?«

Er blickte rechts und links an der Theke entlang und wandte sich mir zu. »Stans Jungs stellen die ganze Stadt auf den Kopf und suchen Sie. Ein Eilauftrag. Sie stecken ganz schön in der Klemme, mein Junge. Hauen Sie ab!«

»Was ist denn los? Warum suchen sie mich?«

»Ich weiß nicht. Es wurde etwas gemunkelt. Ich sage Ihnen, Pete ...«

»Ich habe Maxine heute schon gesehen. Ich verstehe nicht ...«

»Seien Sie vorsichtig, Pete.«

»Ja. In Ordnung. Ich verschwinde sofort. Haben Sie ein Mädchen namens Diane gesehen? Sie trägt einen grünen Rock und so einen Sportpullover. 'ne große Blondine. Sie kommt anscheinend manchmal hier vorbei.«

»Die kenne ich. Sie war gegen vier Uhr heute Nachmittag hier. Ich hab sie mit dem Boss zusammen gesehen.«

»Stan?«

Er nickte. »Ja, Stan.« Er blickte an mir vorbei, und die Grübchen in seinen Wangen vertieften sich.

»O Gott«, stöhnte er. »Jetzt gibt's Ärger, Pete.«

Ich drehte mich um und legte beide Ellbogen auf die Theke. Sie hatten mich schon im Visier. Der eine war groß und sah irisch aus, mit kupferfarbenen Locken und einer Nase, die von zu vielen Schlägereien ganz schief war. Der andere war kleiner und kompakter und hatte ungefähr einen Zentimeter langes braunes Haar auf seinem Quadratschädel. Sein

Kinn war breiter als die Stirn. Er trug eine lila Krawatte mit einem einzelnen roten Streifen darin.

»Sie sind Mallory?«, fragte der Ire.

»Ganz genau.«

Er war höflich. »Ich bin O'Toole. Das ist Kostrakis. Wir suchen Sie.«

»Ihr habt mich gefunden«, erwiderte ich. »Wollen wir zur Feier des Tages einen trinken?«

Seine Lippen verzogen sich leicht. Der Grieche sagte kein Wort. Er sah mich nur an.

»Wir haben keine Zeit. Stan erwartet uns.«

»Was will er?«

Der Grieche packte mich am Arm. Er verdrehte ihn so, dass sich sein Arm gegen die Innenseite meines Ellbogens presste und seine Hand auf meinem Handgelenk lag. Dort drückte er auf einen Nerv. Er hätte mir mühelos den Arm brechen können.

»Gehen wir raus«, sagte er.

Wir gingen hinaus, der Grieche an meiner Seite und O'Toole hinter mir. Auf dem Parkplatz schloss O'Toole zu mir auf und zog die .38er aus meinem Jackett.

»Hab den Zahn gezogen«, sagte er zu dem Griechen. Kostrakis öffnete die Tür eines in zwei Blautönen lackierten Chryslers und achtete darauf, dass ich bequem saß, bevor er meinen Arm losließ. Er fuhr. O'Toole saß hinten.

»Nur die Ruhe«, riet er mir. »Kostrakis, spiel uns ein bisschen Musik vor.« Es gab Musik aus dem Radio. O'Toole machte Small Talk.

»Hab gehört, dass Sie vor sechs oder sieben Jahren hier in der Gegend gearbeitet haben. Haben Sie Vic Mount gekannt?« Ich kannte keinen Vic Mount. »Cousin von mir. Er hat sich für Chiozza im Gresham-Park-Bezirk um die Einhaltung der Regeln gekümmert.« So ging es weiter. Ich hielt den Blick auf die Straße gerichtet und fragte mich, wo wir hinfuhren. Ich achtete darauf, dass sich der winzige Anstieg von Angst in meinem angespannten Kopf nicht festsetzte und vergrößerte.

Eine Weile fuhren wir den Rosamorada Strip entlang, bogen dann nach rechts auf den Robinson Parkway, weg von der Bucht. Zehn Minuten später waren wir am Lake Alena und bogen nach links in die Jacaranda ab, die Straße, in der Stan wohnte. Nach einer weiteren Minute fuhren wir durch eine schmale Gasse und hielten in einer Doppelgarage an. Ich wurde über den dunklen Hof und in Maxines Küche gescheucht. Die Jungs bemühten sich jetzt nicht mehr sonderlich um Rücksicht.

Stan war im Wohnzimmer. Als ich reingebracht wurde, blickte er mich mit ungewöhnlich gelassener Miene an. Er stand auf und ließ an den vorderen Fenstern die Jalousien runter. Er wandte sich zu mir, sein Mund hatte einen gequälten Ausdruck. »Schön, dass du kommst.«

»Ich hab's mir nicht ausgesucht.«

»Wo ist sie?«

»Wo ist wer?«

»Du weißt, wer. Du weißt, von wem ich rede. Gerry. Wo ist Gerry? Was hast du mit ihr gemacht, du Mistkerl?«

Sein Atem, den er stoßweise aus den Lungen presste, verriet seine angeschlagene Gesundheit.

»Moment, Maxine. Ich weiß nicht ...«

Er trat dichter auf mich zu. Kostrakis tauchte mit erhobener Faust neben mir auf. »Lass *mich*«, flüsterte Maxine, seine Augen tränten vor Wut. Seine Zunge durchbrach die Lippen. In den Vertiefungen seiner Wangen schimmerte Schweiß. Er ballte die Faust. Ich schob die Schultern vor und balancierte auf den Fußballen. Stan zögerte. »Halt ihn fest.«

Finger schlossen sich um meine Arme und zogen sie hinter meinen Rücken. Maxine grunzte und schlug mir mit der Faust in den Magen. Eines meiner Beine schnellte nach oben. Ich konnte mich nicht zusammenkrümmen, um den Schmerz zu lindern. Ich trat nach ihm, doch es war keine Kraft dahinter. Ich verfehlte ihn.

»Wo hast du Gerry hingebracht? Wo ist sie? Verdammt, Mallory, wo ist mein Mädchen?«

Ich brachte kein Wort heraus. Ich rang nach Atem, meine Augen tränten vor lauter Anstrengung. Ich spürte, wie mein Gesicht dunkel anlief. Als ich wieder sprechen konnte, antwortete ich. »Ich weiß nicht, wo sie ist. Ist mir auch egal. Spinnst du, oder was, Maxine?«

»Du willst sie haben, stimmt's?«, sagte er. »Ich hab's heute gemerkt. Hab gesehen, wie du sie angeschaut hast. Wo bist du mit ihr hingegangen?«

»Du bist verrückt. Ich fass nichts an, was nicht mindestens zwanzig Jahre alt ist.«

Er stöhnte und schlug mich wieder. Dieses Mal gelang es mir, mich zur Seite wegzuducken, sodass sein Hieb erst meine Rippen streifte. Zwischen den beiden kräftigen Männern eingeklemmt, drehte und wand ich mich hilflos.

»Du Drecksau!«, stieß ich zwischen den Zähnen hervor. »Woher willst du wissen, dass sie nicht abgehauen ist? Wie kommst du drauf, dass sie noch länger mit dir rumhängen will? Weil du so sexy bist, oder was?«

Seine Augen pressten sich zusammen. Er schwankte leicht. »Schafft ihn hier raus«, winselte er. »Schafft ihn raus, bevor ich ihn umbringe! Findet raus, ob er lügt.«

Sie rissen mich herum und schleiften mich durch das Esszimmer und die Küche. Meine Arme waren durch den festen Griff ihrer Finger taub geworden, und in meinen Handflächen und Fingern machte sich der prickelnde Schmerz von Nadelstichen breit. Dieses Mal landete ich mit dem Gesicht auf dem Fußboden im Fond des Chryslers. Mein Kopf wurde mit einem doppelten Seil fixiert, das um zwei Haken am Boden geschlungen und über meinen Nacken gespannt wurde.

Ich konnte kaum Platz für meine Beine finden. Schließlich musste ich sie dicht anziehen und lag verkrampft in dem kleinen Zwischenraum. Bei jeder Bodenwelle scheuerte mein Gesicht über die raue, haarige Fußmatte. Es gab eine Menge Bodenwellen, und Kostrakis war ein aggressiver Fahrer mit Bleifuß. Es dauerte nicht lange, und ich verspürte ruhige, kalte Wut. Sie hatten meine Kanone. Doch nur eine einzige winzige Chance, und ich würde ihnen mit bloßen Händen an die Gurgel springen.

Die Fahrt nahm kein Ende. Einmal hörte man das Rattern von Eisenbahnschienen, dann das Signalhorn eines Schiffs. Das Gehupe auf den Straßen wurde schwächer, und es kamen weniger Verkehrsampeln. Ich begann mich damit abzufinden, den Rest meines Lebens an diesen schwankenden Boden gefesselt zu verbringen. Die Wut ließ nach. Ich sehnte mich nach einem Schluck Wasser. Meine Kehle war rauer als der Bodenbelag. Ich hätte gern die Beine ausgestreckt. Ich konnte das heisere Geräusch des Motors hören, wenn sich die Geschwindigkeit erhöhte. Vielleicht waren wir bald da – wo immer wir auch hinfuhren. Dann würden sie mich aufstehen lassen. Ich dachte an nichts anderes als an die Gnade, vom Boden dieses Wagens befreit zu werden.

Der Chrysler wurde langsamer und schlingerte, als die Reifen vom Asphalt herunterrollten. Schotter knisterte und spritzte unter den Rädern hoch, als sich der Wagen beim Bremsen vorn absenkte. Nach ein paar Sekunden hielten wir an. Türen wurden geöffnet. Kühle Luft strich mir übers Haar. Irgendwas zerrte an den über meinem Nacken gespannten Seilen, und sie lösten sich. Vorsichtig wechselte ich meine Position und rieb mir über die steifen, glühenden Muskeln.

»Aussteigen!«, sagte der Grieche.

Ich legte einen Arm über die Lehne des Vordersitzes, zerrte meine Beine nach vorn und stieg aus dem Wagen. Ich musste mich an die Tür lehnen, um nicht umzufallen. Es war hell genug, um erkennen zu können, dass wir uns am Rand eines Sumpfgeländes befanden. Ich roch das modrige Wasser. In der Nähe des Chryslers stand der stählerne Gerüstbock eines schweren Löffelbaggers oder Krans.

Wortlos machten sie sich an die Arbeit. Eine Hand packte mich am Hemd, und ich wurde nach vorn gezerrt. Eine andere Hand machte einen schnellen Hieb nach unten, sodass die Handkante mit einem stumpfen Schlag nahe am Schlüsselbein auf meinem Hals landete. Ich spürte den Hieb bis in die Fingerspitzen, stöhnte auf und fiel in den Schotter auf die Knie.

Irgendwo in der Nähe rutschten Reifen über den Asphalt, und ein Wagen wurde plötzlich langsamer und kam vom Highway runter. Scheinwerfer erfassten uns, als der Wagen über die Böschung schlitterte und Schotter aufwirbelte. Ich blickte auf und sah das überraschte Gesicht von Kostrakis im jähen Lichtschein. Seine Hand fuhr zur Jacke, hielt inne und fiel locker zur Seite herab.

Ich drehte mich um und sah Taggart und Reavis, den Torwächter, aus dem Wagen steigen. Mühsam stand ich auf.

»Wollt ihr irgendwas?«, fragte O'Toole wütend. Reavis ging auf ihn zu, holte weit aus und versetzte ihm einen Faustschlag. O'Toole fuhr mit gekrümmten Fingern zurück, fiel der Länge nach hin und rollte schlaff bis an das mit Unkraut bewachsene Ufer des dunklen Tümpels. Kostrakis blickte sich über die Schulter zu ihm um und hielt den Mund.

»Was macht ihr denn hier, Jungs?«, sagte ich und hielt meine verletzte Schulter.

Taggart wies mit seinem bulligen Kopf auf den Wagen. Rudy saß hinter dem Steuer, und da war eine Blondine auf der Rückbank.

»Diane hat gesehen, wie du bei Maxine Ärger gekriegt hast«, sagte er. »Sie hat uns angerufen. Wir haben uns schon gedacht, dass du früher oder später hier auftauchst. Die Jungs von Maxine kommen gerne hierher, um sich in Form zu halten. Und in Form halten sie sich, indem sie Typen wie dir die Scheiße aus dem Leib prügeln. Stimmt's, Grieche?«

Kostrakis sagte nichts.

»Nimm deine Kugeln raus«, sagte Reavis. Seine Jacke stand offen, und seine Hand lag neben der Kanone an seinem Gürtel.

Kostrakis schob die Hand unter die Jacke und zog mit äußerster Vorsicht seine Waffe aus dem Holster.

»Auf den Boden«, sagte Reavis. Der Revolver fiel in hohem Bogen auf den Schotter.

»Heb ihn auf«, sagte Taggart.

Kostrakis schluckte. Er versuchte, sich zu bücken und die Kanone aufzuheben, ohne den Blick von Taggart zu wenden. Seine Hand konnte die Waffe nicht finden. Er musste hinsehen. Als er es tat, trat Taggart einen Schritt vor und rammte ihm das Knie ins Gesicht. Der Grieche knallte nach hinten gegen die Autotür und sackte auf den Hintern. Sein Gesicht war blutig von der Stirn bis zum Kinn. Beim Atmen bildeten sich Bläschen in seinen zermanschten Nasenlöchern. Er beugte sich vor, legte seine Hände auf den Kies und krabbelte wie ein pummeliges, unbeholfenes Baby auf die Waffe zu.

Taggart grinste und kickte den Revolver zur Seite. Der schlitterte die Schräge hinunter und plumpste ins Wasser. Taggart trat Kostrakis ins Gesicht. Der Grieche wurde ohnmächtig. Taggart stieß ihn mit dem Fuß an, und Kostrakis rollte langsam seiner Kanone hinterher, wobei Dreck und loser Schotter an seinem blutigen Gesicht kleben blieben. Taggart blickte ihm gleichgültig nach.

»Jetzt, wo wir dich wiederhaben«, sagte er zu mir, »können wir ja fahren.«

Ich holte meine Waffe aus dem Handschuhfach des Chryslers und folgte Reavis und Taggart zu ihrem Wagen. Ich setzte mich neben Diane auf die Rückbank. Rudy wendete vorsichtig, und wir fuhren wieder die Böschung rauf auf den Highway.

»Danke, dass du mich entdeckt hast«, sagte ich zu Diane. »Ich hätte da unten ordentlich was abgekriegt.«

»Wieso macht Stan so was?«

»Du warst den ganzen Nachmittag mit ihm zusammen. Du müsstest es doch wissen.«

»Tut mir leid, ich weiß es nicht«, erwiderte sie ungerührt.

»Er denkt, ich bin mit seinem Mädchen abgehauen.«

»Ich nehme an, das stimmt nicht.«

»Irgendwie schon. Aber ich hab sie nicht angefasst. Er ist verrückt vor Eifersucht. Was habt ihr beide heute gemacht?«

»Ich ... es gab da einen Ort, wo ich hinwollte. Wir sind zusammen hingefahren.«

»Und wohin?«

»Was geht das dich an?«

»Wohin?«

»Hör mit der verdammten Fragerei auf!«, sagte Taggart.

»Halt's Maul!«, gab ich zurück. »Ich hab nicht mit dir geredet.«

Ich sah, wie er die Schultern hochzog, doch er drehte sich nicht um.

»Nur die Ruhe«, murmelte Rudy. »Willst du irgendwohin?«

»*Stan's Restaurant*«, sagte ich. »Ich hol dort den Wagen ab. Ihr fahrt Diane nach Hause. Macy macht sich Sorgen über ihren Umgang.«

Sie rutschte mit verschränkten Armen auf dem Sitz herum und starrte aus dem Fenster. Ein leeres, düsteres Schweigen legte sich über uns.

15

Der Portier des *Coral Garden* sagte mir, dass Owen Barr das Hotel vor einer Stunde verlassen hatte. Ich lief durch die ruhige Lobby zu der Treppe ins Untergeschoss, stieg hinunter und öffnete die Tür zu Owens kleinem Schlupfwinkel. Nirgendwo konnte ich einen Lichtschalter finden. Gräuliches Licht fiel von den Fenstern auf die Persenning an der Wand und warf über den schmutzigen Fußboden einen langen Streifen, der auf eines der alten Sofas zukroch, wo er zärtlich nach dem kleinen nackten Fuß eines Mädchens langte.

Ich kniff die Augen zu und wartete ein paar Sekunden. Als ich sie wieder öffnete, konnte ich deutlicher sehen. Gerry lag mit dem Rücken auf dem Sofa und schlief fest. Sie war nackt, wie Mutter Natur sie erschaffen hatte, wobei jedoch von Mütterlichkeit nicht die Rede sein konnte. Ihre Nacktheit irritierte mich irgendwie. Ich hatte mir fast den Kopf abreißen lassen, während sie hier unten gemütlich geschlafen hatte.

Ich ging zum Sofa und klatschte ihr mit der flachen Hand auf den nackten Schenkel. Sie schreckte auf und bewegte ihre Füße. Sie legte eine Hand auf das attackierte Bein.

»He! Wa…« Sie bemühte sich, ihre verschlafenen Augen auf mich zu fokussieren. »Wer sind Sie?«

»Mallory.«

»Oh.« Sie zuckte zusammen. »Warum haben Sie das gemacht?«

»Stehen Sie auf und ziehen Sie sich an«, sagte ich. »Sie werden vermisst.«

Sie zog die Beine an, kniete sich zu mir gewandt auf das Sofa und hob den Kopf. »Das brennt richtig«, klagte sie. Sie gähnte kräftig, fuhr sich mit den Fingern durch die Haare und streckte schließlich ihre Arme aus. Ihre Brüste wölbten sich vor.

Ich entdeckte ihre Sachen neben Owens Farbtuben auf dem Tisch. Ich drehte mich um und hob die rote Hose, die Unterwäsche und die knappe Bluse auf. Ich warf ihr die Sachen zu.

»Ziehen Sie das an.«

»Wozu?«

»Sie gehen zurück zu Stan.«

Sie schob die Beine über die Kante des Sofas und setzte sich auf. »Ich glaube nicht, dass ich dazu Lust habe«, sagte sie starrköpfig.

»Sie gehen«, versprach ich ihr, »selbst wenn ich Sie in dem Kostüm raustragen müsste, das Sie gar nicht anhaben.«

Sie lachte ungläubig. »Sie würden's nicht ...«

Ich trat schnell auf sie zu, packte sie am Handgelenk und zog sie abrupt vom Sofa hoch. Sie zögerte, lehnte sich dann gegen mich und neckte mich mit einer Bewegung ihrer Hüften. Ihre Augenlider senkten sich. »Wir müssen doch nicht gleich jetzt zurückfahren. Wir könnten ...«

Ich war nicht entzückt. Sie war eine Rotzgöre. Aber obwohl ich so empfand, musste ich mich dennoch der Anziehungskraft ihres lüsternen Körpers entziehen. Ich schob sie grob zur Seite und ließ ihr Handgelenk los.

»Was ist denn?«, fragte sie. »Mögen Sie keine Frauen?«

»Sie sind keine Frau. Sie sind ein dummes kleines Mädchen, das im Körper einer Frau herumstolziert. Ziehen Sie sich an, verdammt noch mal.«

Der verächtliche Klang meiner Stimme schmerzte sie mehr als der Klaps, den ich ihr gegeben hatte. Unsicher verlagerte sie ihr Gewicht von einem Fuß auf den anderen, dann rümpfte sie die Nase, setzte sich aufs Sofa und blickte mich weiter an. Sie hob ihren Büstenhalter auf, legte ihn an und schloss ihn. Dann stand sie auf und nahm ihre Strumpfhose. Ohne sich von mir abzuwenden, schlüpfte sie hinein, zog sie langsam über ihre drallen Schenkel. Sie spreizte leicht die Beine und zog die hauchdünne Strumpfhose zurecht. Die ganze Zeit über hielt sie den Blick auf mich gerichtet. Gereizt wandte ich mich von ihr ab und wartete, bis sie sich fertig angezogen hatte.

Nachdem alles an Ort und Stelle war, liefen wir durch das spärlich beleuchtete Untergeschoss und gingen zum Hintereingang raus. Ich hielt sie am Handgelenk fest, bis sie sicher auf dem Vordersitz des Buicks verstaut war.

»Hat Stan sich Sorgen um mich gemacht?«, fragte sie mit dünner Stimme.

»O *Junge*«, erwiderte ich. Wir sprachen nicht mehr, bis wir Stans Haus erreichten. Als wir ankamen, stieg sie widerwillig aus dem Wagen, dann reckte sie resolut ihre Schultern und lief mit festen Schritten auf die Haustür zu und ging rein. Ich folgte ihr.

Maxine schenkte sich gerade einen Drink ein, und als er Gerry erblickte, stieß er mit dem Flaschenhals gegen das Glas und verschüttete Whisky.

»Gerry!«

»Hallo, Stan«, sagte sie ruhig.

Ein paar der Jungs, die in einer Ecke vor dem Fernseher saßen, blickten kurz auf, wandten dann ihre Aufmerksamkeit wieder dem Gerät zu. Ich hatte sie noch nie gesehen.

Maxine legte beide Hände um sein Glas. An Gerry vorbei schaute er in meine Richtung. »Also, wo kommt ihr her?«, fragte er, immer noch leicht erschüttert. Es gelang ihm nicht, richtig wütend zu werden. »Okay, wo ist *sie* gewesen?«, wollte er von mir wissen. Ich antwortete nicht. Ich sah ihn bloß an.

Er rieb sich die Stirn. Seine Augen waren auf Gerry gerichtet. »Ich hab nach dir gesucht«, sagte er. »Du warst nirgendwo zu finden.« Seine Hände ballten sich zu Fäusten. Er blickte wieder zu mir. »Wir reden später darüber«, sagte er grimmig zu Gerry.

»Okay«, erwiderte Gerry. Sie schluckte einmal, dann drehte sie sich auf dem Absatz um und lief auf die Küche zu. »Ich hol mir was zu essen«, sagte sie.

Stan schaute sie mit zusammengepressten Lippen an. »In Ordnung. In der Kühlbox sind Schinkensandwiches. Ich bin in einer Sekunde bei dir.«

Als sie durch die Tür verschwunden war, blickte Maxine mich an. Er stellte sein übervolles Glas ab und kam auf mich zu. Er atmete tief ein, hielt den Atem an, ließ ihn langsam wieder ausströmen.

»Also, wo hast du sie gefunden?«

»Sie kann's dir sagen, wenn sie will. Ich nicht.«

Er schaute rüber zu seinen Jungs. »Du ...«, das Wort pfiff durch den Spalt in seinen Lippen. »Du hast die ganze Zeit gewusst, wo sie war.«

»Möglich.«

»Was ist mit Kostrakis und O'Toole?«

»Die hatten 'nen Unfall.«

Er schaute angewidert. »Vielleicht find ich irgendwann ja noch mal einen, auf den ich mich verlassen kann.« Er sah scharf zu seiner Wachtruppe hinüber. Schuldbewusst hielten sie ihre Blicke auf den Fernseher gerichtet.

Stan senkte die Stimme. »Ich will wissen, wo Gerry gewesen ist. Hat sie jemanden getroffen? Ich muss wissen, ob sie sich irgendwo rumgetrieben hat.«

Die Esszimmertür wurde aufgeschoben. »Ich war in der Bibliothek«, sagte Gerry. Sie hatte ein Sandwich und ein Glas Milch in den Händen.

»Den ganzen Nachmittag?«

Gerry nickte.

»Was hast du da gemacht?«, fragte Maxine mit irrem Lächeln.

»Ein Buch gelesen.«

Maxine drehte sich zu mir um. Sprachlos deutete er auf Gerry.

»Du hörst, was sie sagt«, warf ich ein.

Stan gluckste zuerst nur, dann brach er in einen heftigen Lachkrampf aus, wobei er sich immer wieder mit der Hand auf den Bauch schlug. Sein Gesicht hatte die Farbe von fetter Sahne angenommen. Er musste sich setzen. Gerry blickte beunruhigt.

»Stan? Geht's dir ...«

»Nee, mir geht's gut«, sagte er und verschluckte seine Worte beim Atemholen. »Wieso bist du noch hier?«, fauchte er mich an.

»Ich hab dir 'nen Gefallen getan. Jetzt schuldest du mir einen.«

Seine Unterlippe löste sich von den Zähnen. »Und der wäre?«

»Diane war heute bei dir, stimmt's?«

»Eine Weile am Nachmittag.«

»Du kennst sie ganz gut.«

»Ein wenig. Sie hat mal für mich gearbeitet.«

»Was mir auch nicht weiterhilft.«

Stan hob die Hände. »Und was willst du dann? Wir sind ganz gut befreundet. Ab und zu schaut sie mal vorbei.«

»Weißt du irgendwas über sie?«

»Zum Beispiel?«

»Wo sie herkommt.«

»Nein, weiß ich nicht ... ich hab nie danach gefragt. Warum sollte ich?«

»Hat sie in deiner Gegenwart mal irgendwas Verrücktes gemacht?«

»Was Verrücktes?« Er musste nachdenken. »Nein, was

Verrücktes nicht. Sie war … anders. Aber was Verrücktes hat sie nie gemacht.«

»Noch was. Kennst du Winkie Gilmer?«

Es fing an, ihn zu langweilen. Er schüttelte den Kopf. »Hab den Namen nie gehört.« Ich schaute zu den Jungs vor dem Fernseher hinüber. Keiner rührte sich.

Gerry setzte sich neben Stan aufs Sofa und schmiegte sich an ihn. Er erstarrte, ließ sich aber dann verhätscheln. Er nahm ihre Hand und hielt sie mit großer Zärtlichkeit fest. Ich bemühte mich, nicht zu feixen, als ich das Haus verließ und mit einem leisen Klicken die Tür hinter mir schloss.

Der Neptune Court erstreckte sich über zwei Blocks auf dem Strand einer schmalen Halbinsel namens Fontaine Beach. Die Ferienanlagen schossen wie Pilze aus dem Boden. Prunkvolle, lang gestreckte Motels und Hotels reihten sich an diesem Highway-Abschnitt immer weiter aneinander. Jeden Tag bearbeiteten Bulldozer das unberührte Land, während sonnengebräunte Männer mit dicken Stapeln von Bauplänen zusahen und weiterplanten. Die Straßen zerbröselten langsam unter dem Gewicht der Betonmischer.

Die Motel-Anlage bestand aus einem zweigeschossigen Gebäude in Y-Form und erstreckte sich über einen ganzen Block. Die beiden Schenkel des Y waren in einem Winkel zum teilweise aufgeschütteten Strand hin errichtet worden und im Ganzen so angelegt, dass man von jedem Zimmer ein Fleckchen blaues Wasser sehen konnte. Am Schnittpunkt des Y gab es einen großen Swimmingpool, dahinter eine Kiefernhecke, gefolgt von einer Reihe Strandhütten. Neben der Anlage befand sich an einer Seite eine tiefe, breite Rinne, die als Hafen für Jachten und kleinere Boote diente.

Zavellis Restaurant und Nachtklub war vom Hauptgebäude getrennt und durch eine Arkade mit kleinen Läden damit verbunden. Auf dem abgesperrten Dach des Klubs wurde getanzt, und leise, unmelodische Töne flatterten durch die Luft. Im Klub sagte man mir, ich könne Zavelli auf dem Dach finden. Ich lief über die Außentreppe hinauf. Die Brüstung war mit einem Eisengitter und einer Art Hecke eingefasst. Die Tanzfläche und die ringförmig angeordneten Tische lagen auf verschiedenen Ebenen. Ein Mann im Smoking hielt mich unter dem bogenförmigen Eingang zurück.

»Ohne Krawatte können Sie da nicht rein.«

»Ist Zavelli da drinnen?«

»Möglich.«

»Sag ihm, Pete Mallory will ihn sprechen.«

Er inspizierte mich mit ruhigem und erfahrenem Blick. »Wie war der Name?«

Ich wiederholte ihn.

»Das sagt mir gar nichts.«

»Er reimt sich auf Macy Barr.«

Sein monotones Starren brach ab. »Warten Sie hier«, sagte er. Er ging rein. Ich schaute mir einen lustlosen Tango auf der Tanzfläche unten an. Er kam zurück und führte mich zu einem Tisch in einer Ecke des Decks über der Tanzfläche. Dort saß Zavelli auf einem gepolsterten Stuhl. Sein Kopf hatte normale Größe, doch sein Körper war verkümmert, mit grotesk kurzen Armen und schmalen, schiefen Schultern.

»Setzen Sie sich«, sagte er und gähnte. Unten gab es eine Pause, und hinter seinem abseits stehenden Tisch waren das Geräusch von schlurfenden Füßen und ein helles Frauenlachen zu hören. »Wie geht's Macy denn so?«

»Das wissen Sie nicht?«

»Ich hab was läuten gehört.« Mit einem Hauch Erwartung blickte er mich an. »Was kann ich für Sie tun?«

»Haben Sie hier 'nen Burschen namens Winkie Gilmer?«

»Ja.«

»Was macht er?«

»Ich beschäftige ihn unten. Hält Sachen in Ordnung.«

»Ist das nicht 'ne Verschwendung seiner Talente?«

»Ich wusste gar nicht, dass er welche hat.«

»Sie wissen genauso gut wie ich, dass er ein Auftragskiller ist, und alles, was er hier macht, ist bloß Tarnung. Versuchen Sie nicht, mich hinzuhalten, Zavelli. Ich will ihn haben. Und zwar sofort. Er hat sich mit mir angelegt. Holen Sie ihn, oder Sie können dichtmachen.«

Seine schmale Brust erbebte. »Er ist seit ein paar Tagen nicht hier.«

»Wo ist er?«

»Das weiß ich nicht.«

»Hat er viel zu tun?«

»Ich ... weiß nicht. Das ist seine Angelegenheit.«

»Wer hat ihn hergeschickt?«

Er tippte sein Glas an die Lippen, hielt es mit den beiden winzigen Händen fest. »Groaner. Aus Cleveland.«

»Für wen soll er die Arbeit machen?«

»Ich weiß nicht. Ich stell keine Fragen.«

»Gibt's noch welche wie ihn in der Stadt?«

Er sah mich bekümmert an. »Keine Ahnung, Mallory. Ich komm hier kaum weg. Ich krieg nicht alles mit, was abgeht.«

»Na schön. Vergessen Sie's. Ich will Gilmers Zimmer sehen.«

Zavelli streckte einen kurzen Arm in die Höhe. Nahe beim Eingang lehnte der Mann im Smoking an einem der Pfosten des efeuüberwucherten Torbogens. Er kam zum Tisch.

»Bring ihn in Gilmers Zimmer«, sagte Zavelli. Der Mann blickte mich neugierig an. Wir liefen die Treppe hinunter, passierten die Arkade und betraten die Lobby des Hotels. Am Empfang holte er einen Schlüssel, und wir gingen zu Gilmers Zimmer. Er stand an der Tür, während ich mich umsah.

Es gab ein Einzelbett, einen Nachttisch, drei Stühle, einen Tisch und eine Kommode, alles aus hellem Holz. Im Schrank stand kein Koffer. Ein Bademantel und ein zerknittertes Sporthemd hingen an Haken, und ein Paar Segelschuhe waren nachlässig in die Ecke gekickt worden. Eine Polaroidkamera mit Blitzlichtaufsatz hing in einer ledernen Tragetasche an einem Haken an der Schranktür.

In einer der Schreibtischschubladen fand ich einen Ordner mit Bildern. Alle waren mit der Polaroid aufgenommen worden. Auf den Bildern waren alle möglichen Frauen, die meisten jung, einige sichtlich darum bemüht, jung zu wirken. Frauen in Betten, Badewannen, Autos. Einige trugen vereinzelte Kleidungsstücke, andere waren fröhlich dabei, sie gerade loszuwerden. Die meisten trugen gar nichts. Winkie war ein Souvenirjäger.

Ich drehte den Papierkorb um, doch er war leer. Ebenso die Schubladen der Kommode. Ein großes tragbares Zenith-Radio und die kleine Kamera schienen Winkies primäre Unterhaltungsquellen zu sein. Ich durchsuchte das Medizinschränkchen im Badezimmer, fand jedoch nur Sonnenöl und stumpfe Rasierklingen.

»Kennen Sie Gilmer?«, fragte ich den Mann im Smoking. Er nickte mechanisch, während seine Kiefer einen Kaugummi kneteten.

»Was für 'n Auto fährt er?«

»Buick Century. Neu.«

»Hat er hier irgendwo 'ne Freundin?«

Der Mann lachte trocken. »Mister, Winkie hatte sie alle.«

Ich grinste leicht. Ich zog die .38er Automatik und ließ ihn einen Blick drauf werfen. Er konnte gar nicht mehr wegschauen. So 'n harter Bursche war er anscheinend doch nicht.

Ich drückte eine Patrone aus der Kammer, und der Verschluss knallte nach vorn. Ich ließ die Patrone in meiner Hand hüpfen und warf sie ihm zu. Er fing sie auf und hielt sie mit zwei Fingern fest.

»Wenn Sie Winkie in nächster Zeit hier sehen«, sagte ich, »geben Sie ihm die.« Ich steckte die .38er weg und lief an ihm vorbei auf den Korridor hinaus.

»Und sagen Sie ihm, dass ich noch mal sechs Stück hab, die ich ihm verpasse, sobald ich ihn sehe.«

16

Es war elf Uhr, als ich über den Damm zur Insel hinüberfuhr und von einem hinkenden Rudy durchs Tor gelassen wurde. Das Haus war ruhig.

Macy Barr war nicht in seinem Arbeitszimmer. Die Tür stand einen Spalt offen, und auf dem Schreibtisch brannte eine Lampe. Ich stieß die Tür auf und ging hinein, in der Absicht, dort auf ihn zu warten.

In einer Ecke nahe dem Schreibtisch gab es einen kleinen Safe. Die Tür war nicht fest verschlossen worden. Wahrscheinlich bewahrte Macy hier das Geld für die täglichen Haushaltskosten auf. Meine Aufmerksamkeit konzentrierte sich in gespannter Neugier auf diesen Safe. Ein passender Ort, um bestimmte Papiere griffbereit zu halten. Nicht Macys eigene Unterlagen, aber einen Ordner mit Berichten und Notizen über andere Männer und von ihnen unterschrieben, die auf diese Weise kontrolliert werden konnten und mussten.

Fast kribbelig vor Spannung, trat ich näher auf den armseligen kleinen Safe zu. Wenn ich ihn finden könnte, dachte ich. Wenn ich den Brief finden könnte …

Leise quietschend öffnete sich die Safetür bereitwillig. Ich ignorierte die Stapel mit kleinen Scheinen, blätterte durch den Inhalt eines verschließbaren Umschlags, starrte auf die Anfangssätze von Briefen, die keine Bedeutung für mich hatten, suchte auf den Vorderseiten alter Umschläge, die hier und dort zwischen den Papieren steckten, nach der Adresse eines New Yorker Sanatoriums. Ich war zu sehr mit meiner Suche beschäftigt, als dass ich Macy hätte hereinkommen hören.

»Pete. *Pete!*«

Ich schob den dicken Umschlag zurück in den Safe und wandte mich ruckartig um. Macy betrachtete mich mit einem wütenden Ausdruck, der sich schrittweise in bloße Erschöpfung verwandelte.

»Weißt du«, sagte er, »ich hab hier eine Waffe in der Tasche. Früher oder auch nur vor ein paar Jahren hätte ich dich abgeknallt, ohne erst zu fragen, was du da eigentlich machst.«

Ich stand auf, unfähig, etwas zu erwidern, mein Mund war schmal vor Anspannung. Er wandte seinen Blick nicht von mir ab. Zentimeterweise zog er eine .45er aus der Tasche seines Morgenmantels. Er blickte sie verbittert an, ließ sie wieder zurückfallen.

»Du willst also den Brief«, sagte Macy. »Was wolltest du damit, Pete? Ihn zerreißen und verbrennen und dann deiner Wege gehen?«

Ich sagte nichts. »Antworte!«, blaffte er mich an, verlor für einen Moment die Kontrolle.

»Ich weiß nicht«, gab ich mit belegter Stimme zurück.

Macy ging zu seinem Schreibtisch, sein Gesicht war von einer Art Schmerz gezeichnet. »Setz dich, Pete, und hör mir zu. Wenn du jetzt gehst, bring ich dich um, so wahr ich hier stehe.«

Er löste einen Schlüssel von einem Bund und schloss eine Schreibtischschublade auf. Er nahm einen Pappkarton heraus und löste mit zitternden Fingern unbeholfen eine Schnur. Er kramte in dem Karton, als könnte er sich nicht genau erinnern, was drin war. Dann hielt er inne, fischte einen schmutzigen, gefalteten Umschlag heraus, sah ihn an und legte ihn auf die Kante des Schreibtisches.

»Schau ihn dir an«, sagte er barsch.

Ich tat es. Es war der besagte Umschlag. Um sicherzugehen, öffnete ich ihn.

Macy knurrte rau, beugte sich aus seinem Stuhl und langte nach dem Papierkorb. Als er ihn umdrehte, stieß er damit gegen den Schreibtisch. Der Inhalt des Papierkorbs verstreute sich über den Fußboden. Er hievte ihn auf den Schreibtisch, stand auf und holte ein Feuerzeug heraus. Mit einer Hand hielt er den Brief und zündete ihn an. Als er ordentlich brannte, ließ er ihn in den Papierkorb fallen und setzte sich wieder. Das Feuer hinterließ einen sauren, dunklen Geruch im Zimmer.

»Das war's Pete«, sagte er. »Du kannst jetzt gehen, falls das alles war, was dich hier gehalten hat. Ich hätte ihn niemals verwendet. Ich hätte ihn nie deiner Freundin geschickt. Es war ein Bluff. Nur ein Bluff. Das ist alles, was von mir übrig ist: ein Bluff.«

Er stand auf, drehte sich um und trat vor den Stuhl, auf dem er gesessen hatte. Der Stuhl stürzte um und knallte gegen die Wand. »Na los, mach, dass du rauskommst! Geh zurück zu deinem Mädchen, Pete. Halt dich an ihr fest. Halt dich an ihr fest, als hättest du noch nie im Leben was gehabt. Und das war auch so, bevor du sie getroffen hast.«

»Wenn ich gehe«, sagte ich, »wird dich jemand umbringen. Aber das passiert vielleicht so oder so.«

Einen Moment lang ließ er den Kopf hängen. »Ich weiß«, sagte er, als wäre es ihm in diesem Augenblick erst klar geworden.

»Du bist wirklich ein trauriger Anblick«, sagte ich. Ich wusste nicht, wieso ich plötzlich die Dinge aussprach, die sich in meinem Kopf angesammelt hatten. Ich wusste, dass es ihm jetzt nicht helfen würde, doch auf seine Weise war dieser Mann einst ein zweiter Vater für mich gewesen. »Jeder miese kleine Gauner in dieser Gegend langt dir in die

Taschen. Die Wölfe umkreisen dich, und Maxine führt das Rudel an. Und was zum Teufel machst du?« Er sah nur frustriert aus und ein bisschen bemitleidenswert.

»Wer kümmert sich eigentlich für dich um alles in der Stadt?«, sagte ich und versuchte, den richtigen Schalter zu drücken, um ihn zu einer Reaktion zu bewegen.

»Reavis«, sagte er. »Reavis kümmert sich um das meiste, was du früher erledigt hast. Taggart ist vor allem mit Herumfahren beschäftigt.«

»Wie macht Reavis seine Sache?«

»Lausig.«

»Nicht dass es mich interessiert, aber schmeiß ihn raus und such dir 'ne neue Truppe. Die Stützpfeiler sind verfault, Macy, und die ganze Konstruktion knallt dir früher oder später um die Ohren. Ich war nur einen Tag in der Stadt und kann's schon sehen.«

»Lass mich in Ruhe! Ich weiß es. Ich weiß.«

»Aber es interessiert dich einen Dreck.«

Er versuchte, meine Bemerkung zu parieren. Nichts kam. Er stopfte die Hände in die Taschen.

»Was ist denn mit dir los?«, fragte ich. »Das Kind? Aimee? Hat's damit angefangen? Oder bist du schon ins Schwimmen geraten, bevor sie aufgetaucht ist? Und jetzt jagt dir ein verrückter Killer Angst und Schrecken ein. Früher hattest du Wände aus Stahl um dich herum, doch als du mal nicht genau hingeschaut hast, hat jemand sie gestohlen, und jetzt ist nur noch ein Pappkarton übrig. Eine Handvoll Männer und ein Buchhalter sind alles, was du noch hast. Kein Wunder, dass du zitterst.«

»Pete! Lässt du's jetzt bitte gut sein, Pete? Ich hab dir einen Gefallen getan, was willst du noch? Lass es gut sein, Pete!« Ich weiß nicht, ob er es ernst meinte, doch er hatte die Automatik aus der Tasche gezogen und richtete sie auf mich.

»Nimm sie runter!«, sagte ich.

Ich war mir nicht sicher, wie locker der Finger am Abzug saß. Von meinem Gaumen breitete sich Kälte bis in die Brust aus.

Verwundert blickte er auf die Waffe. Er legte die andere Hand ans Kinn, und der Lauf der .45er senkte sich langsam, als hätten sich die Muskeln in seinem Handgelenk entspannt.

»Ich glaube, wir brauchen einen Drink«, sagte er schließlich.

»Ja, lass uns was trinken«, erwiderte ich atemlos.

Im Wohnzimmer gab es eine Bar mit einem kleinen Kühlschrank. Wir liefen hinüber. Er mixte uns starke Drinks. Wir setzten uns auf zwei elegante Sessel und blickten uns unsicher an. Macy erhob sein Glas.

»Du hast recht, Pete«, sagte er. »Ich weiß nicht, wann's angefangen hat. Vielleicht schon vor sechs Jahren. Es ist nicht plötzlich gekommen. Ein bisschen verlorenes Terrain hier und da, und nicht wieder zurückerobert. Die eine oder andere Mogelei nicht weiter beachtet, weil es zu der Zeit nicht so wichtig war. Die Dinge sind auseinandergefallen. Ich war nicht häufig genug in der Stadt. Hier war es viel besser. Letztes Jahr bin ich hergezogen. Jetzt bin ich die ganze Zeit hier. Mit Aimee.

Es ist mir nicht völlig entgangen, was passiert ist, Pete. Ich dachte, ich könnte jederzeit wieder eingreifen. Befehle erteilen. Aufräumen. Irgendwann war's dann zu spät. Es schien mir gar nicht so viel auszumachen. Da wusste ich, wie alt ich geworden war. Ich hab versucht, alles beim Alten zu halten. Hab versucht, mir einzureden, es wäre gar nicht so schlimm, wie's aussieht, niemand würde was merken. Aber alle wussten's. Meine eigenen Jungs wussten's als Erste. Ein paar von ihnen sind gegangen. Liefen zu Maxine über. Die anderen wurden nachlässig. Jetzt ist Maxine drauf und dran, nach der Macht zu greifen. Es lohnt sich nicht, zurückzuschlagen.«

»Was willst du tun, wenn's zur Entscheidungsschlacht kommt?«

»Es gibt keine Entscheidungsschlacht«, sagte er, konnte mir jedoch nicht in die Augen sehen. Er dachte an etwas Bestimmtes, war aber noch nicht bereit, darüber zu sprechen. »Erzähl mir, was heute passiert ist, Pete. Alles.«

Ich erzählte es ihm. »Gilmer und Carla Kennedy sind beide wichtig«, schloss ich. »Wenn ich einen von denen finde, weiß ich vielleicht, wer dir die Fanpost schickt.«

»Rudy schläft überhaupt nicht mehr«, sagte Macy nachdenklich. »Ich schau mir Rudy an und sag mir, dass es mich nicht weiter stört, doch das tut es.« Er schwenkte das Eis in seinem Glas, kippte den Rest des Whiskys runter. »Ich sollte dir eigentlich befehlen, nach Hause zu fahren, Pete«, sagte er, ohne sich dessen zu schämen, »aber ich habe Angst davor. Ich will dich in meiner Nähe haben.«

Er runzelte die Stirn, hörte dasselbe, was ich gehört hatte. Es war der grelle, hässliche Schrei einer Frau, vermischt mit den lauten, gebrüllten Flüchen einer männlichen Stimme. Macy richtete sich in seinem Stuhl auf. »Was zum Teufel ist das? Die wecken mir noch Aimee auf.« Er stürzte aus dem Wohnzimmer, und ich folgte ihm, zuckte zusammen unter dem glühenden und unkontrollierten Hass, der die Schreie begleitete.

Im Flügel des Hauses, wo mein Zimmer lag, sah ich Owen Barr, der wie ein Bär wirkte, mit einer Frau ringen. Es war Diane. Sie schlug ihm mit steifen, leicht gekrümmten Fingern ins Gesicht. Owen hatte ordentlich seine Mühe mit ihr. Er schleuderte sie gegen die Wand, und sie versuchte, ihm zwischen die Beine zu treten. Er senkte eine Schulter, rammte sie ihr in den Magen und riss sie wieder hoch, um sie ihr gegen eine Brust zu schmettern.

Diane spuckte ihn an. Sie spuckte, bis ihr Mund trocken war, dann zog sie ihm die Krallen über den Kopf. Die Haare hingen ihr ins Gesicht. Sie versuchte, ihm die Augen einzudrücken, doch er hielt den Kopf unten. Mit einem Fuß trat sie eine Scheibe der Terrassentür ein. Blut glänzte auf ihrem Knöchel. Die rohe, animalische Wut in ihrem Gesicht ließ mich für einen kurzen Moment langsamer werden. Speichel rann ihr aus dem Mund. Sie stieß heisere Schreie aus, wieder und immer wieder. Owen brummte kehlige Flüche.

Seine Hände schlossen sich über ihrer Bluse, und ein scharfes, reißendes Geräusch war zu hören. Diane war mit einem Mal still. Owen packte sie am Hals und zerrte sie in sein Zimmer. Als sie stolperte, fasste er sie am Handgelenk. Diane suchte nach dem Riss und entdeckte ihn unter ihrem Arm. Ein wenig Haut war durch den zerfransten Stoff unter ihrer Achselhöhle zu sehen. Sie versuchte, nach Owen zu treten, doch er wich ihr aus. Sie schrie nicht mehr, atmete jedoch mit leichtem Grollen, wie eine in die Enge getriebene Löwin. Ein kalter, stumpfer Blick lag in ihren Augen, als würde sie nichts wahrnehmen.

Macy ging ins Zimmer. Ich blieb an der Tür stehen.

»Schau dir das an!«, schrie Owen. »Schau's dir an. Du hast es zerstört! Schlampe. Du Schlampe!« Er warf sich nach vorn, und seine kleine, fette Hand schnellte in hohem Bogen durch die Luft und knallte ihr mit einem hässlichen, fleischigen Geräusch ins Gesicht. Ihr Kopf schlug ruckartig nach hinten, und sie wirbelte halb herum. Sie wäre gestürzt, wenn Owen sie nicht am Handgelenk festgehalten hätte. Blut trat aus seiner Unterlippe, in die er sich vor Wut gebissen hatte.

»Sie hat mein Bild aufgeschlitzt«, schluchzte Owen entrüstet und zerrte an der stöhnenden Diane. »Sie ...«

Ich hörte jemanden hinter mir, aber bevor ich mich rühren konnte, stieß mich eine große Hand durch die Tür. Ich stolperte ins Zimmer, und Taggart drängte sich an mir vorbei.

»Er hat sie geschlagen!«, grunzte er, packte Owen und schleuderte ihn an die Wand. Diane sank zu Boden. Taggart legte seine riesigen Pranken um Owens Kehle. Die Sehnen spannten sich wie Drahtseile, als seine Finger zudrückten. Ich sah hilflose Panik in Owens Augen, als sein Mund auseinanderklaffte.

Ich zwängte mich zwischen Owen und Taggart, schob seine kräftigen Arme nach oben auseinander, dann rammte ich ihm fest Nacken und Schultern gegen den Bauch und stützte mich mit einem Fuß an der Wand ab. Ich spürte, wie sich der Griff um Owens Kehle lockerte, und warf mich gegen Taggart. Wir stürzten beide zu Boden. Ich lag obenauf. Er stieß mich weg und kam langsam wieder hoch, mit einem Knie noch am Boden. Ich verpasste ihm einen Schlag in den Unterleib. Das hielt ihn vielleicht für zwei Sekunden auf. Dann rappelte er sich wieder hoch und ging wieder auf Owen los, der beim Herannahen des großen Mannes vor Angst bibberte.

»Er hat sie geschlagen«, sagte Taggart. »Ich bring ihn um!« Er hatte wieder eine Hand an Owens Kehle. Mit der anderen hielt er mich außer Reichweite.

»Hör auf«, sagte Macy. »Diane, sag ihm, er soll sofort aufhören!«

»Tag«, sagte Diane kraftlos. Es war ein schwacher Laut, doch er hörte ihn. Er nahm die Hand weg, und Owen glitt zu Boden. Mit gesenktem Kopf kroch er von uns weg in Richtung Korridor.

Taggart blickte mich für ein paar gespannte Sekunden an, dann machte er eine Geste, die zeigte, dass ich nichts zu befürchten hatte. Er schaute zu Diane. Ich dachte, er würde zu ihr gehen, doch er sah nur zu, wie sie sich aufrappelte.

»Was sollte das denn?«, fragte Macy. »Was zum Teufel ist hier passiert?«

Er blickte von Owen zu Diane.

Owen lehnte sich gegen den Türrahmen und schnappte

nach Luft. »Ich hab sie erwischt ... als sie aus meinem Zimmer kam«, sagte er. Er deutete auf eins der vielen Ölgemälde an der Wand. »Sie hat's ... aufgeschlitzt. Dieses verdammte dreckige Miststück hat mein ... Bild aufgeschlitzt.« Er fing an zu heulen.

Wir blickten zu dem Bild, das er gemeint hatte. Es war eine Seelandschaft. Jemand hatte es mit einem Messer oder einer Rasierklinge bearbeitet. Die Leinwand hing in Fetzen herab.

»Bist du hier reingegangen und hast das gemacht?«, fragte Macy drohend.

Diane drehte den Kopf herum, um das Bild anzusehen. Ihr Gesicht nahm wieder diesen glatten, reglosen Ausdruck an. Owens Ohrfeige hatte sie von irgendetwas abgebracht, das sich in ihr aufgestaut hatte. »Ich war hier. Ich wollte sie mir nur ansehen. Ich wollte nichts kaputt machen.«

»Sie hat's zerschnitten!«, blubberte Owen ekelerregend und klammerte sich an den Türrahmen.

Im Korridor hinter ihm sah ich Charley Rinke stehen, der das Geschehen mit einem seltsam faszinierten Ausdruck beobachtete.

»Ich hab dein Bild nicht angerührt«, sagte Diane mit einer Spur Verachtung. »Ich hab nichts, womit ich's aufschlitzen könnte.« Ihre Stimme klang fern. Sie blickte auf das Blut an ihrem Knöchel.

»Glaubt ihr das etwa? Ich hab sie rauskommen sehen! Sie hat's gemacht. Siewarssiewarssiewars ...«

Macy ging auf seinen Bruder zu und schlug ihm mit dem Handrücken ins Gesicht. Owen wurde still. In seinen Augen lag ein Ausdruck von Fassungslosigkeit. Er streckte tastend eine Hand aus.

»Macy ...«

»Halt die Klappe, du Idiot«, sagte Macy mit tödlich ruhiger Stimme.

Owens Gesichtsausdruck veränderte sich, erstarrte in tiefem, schmerzerfülltem Hass. Er richtete sich auf, und sein Atem wurde ruhiger. Er sah Macy mit kaltem Blick an. Es war ein Ausdruck, der sich aus der Erfahrung eines ganzen Lebens speisen musste, und in gewisser Weise war er furchterregend. Einen Teil davon hatte er für Diane aufgespart. Ohne mit der Wimper zu zucken, erwiderte sie seinen Blick. Owen drehte sich um und ging steif und mit leicht zitternden Beinen durch den Korridor. Er blickte starr geradeaus. Nach ein paar Sekunden fiel die Haustür ins Schloss, aber nicht laut.

Macys Blick wanderte zu dem ruinierten Bild, sein Mund wurde weicher. »Verdammter Spinner«, murmelte er beinahe zärtlich. »Okay«, sagte er und blickte sich um. »Was steht ihr hier alle noch rum zum Teufel? Raus mit euch! Taggart, verzieh dich! Rinke, zurück an die Bücher!«

Langsam kamen alle in Bewegung, und die verkrampfte Anspannung ließ nach. Diane rührte sich nicht, bevor alle anderen gegangen waren.

»Du verschwindest auch«, sagte Macy zu ihr. »Und wasch dich. Du siehst aus, als wärst du in 'ner Telefonzelle vergewaltigt worden.«

Diane blickte keinen von uns an. Sie ging raus, sichtlich darum bemüht, den verletzten Knöchel nicht zu sehr zu belasten. Der Schnitt schien nicht tief zu sein. Durch den Riss in ihrer Bluse konnte ich ihre Achselhöhle sehen. Sie hielt den Arm dicht am Körper.

Macy blickte wieder zu dem zerfetzten Bild. »Was ist bloß in diese Verrückte gefahren?«, sagte er.

»Denkst du, dass sie's war?«, fragte ich.

»Na klar denk ich, dass sie's war.« Er ballte eine Hand zur Faust und legte die andere Hand darüber. »Na, egal. Die sind sowieso nichts wert.«

»Owen schien sich ziemlich aufzuregen.«

»Mein kleiner Bruder«, sagte Macy spöttisch. »Ach, er wird's schon überleben. Ich geh jetzt besser mal rauf und seh nach, ob Aimee von dem Krach aufgewacht ist. Sie fühlt sich nicht besonders. Komm schon.«

17

Aimee lag wach im Bett, als wir reinkamen. Im plötzlichen Lichtschein musste sie blinzeln. Auf ihren Wangen trockneten Tränen. Das Bett war zerwühlt.

»Hat Diane geschrien?«, fragte sie und fing wieder an zu weinen. Macy hob sie hoch und hielt sie behutsam in den Armen.

»Es ist nichts passiert«, sagte er. »Diane geht's gut. Sie kommt bald rauf zu dir ins Bett.«

»Ich kann nicht schlafen«, stöhnte Aimee.

»Immer noch der verkorkste Magen?«

Aimee nickte. Sie kaute an den Knöcheln ihrer Faust.

Macy sah mich an. »Bringst du ihr bitte ein bisschen Wasser, Pete? Es liegen auch ein paar Kapseln da drinnen. Bring eine mit.«

Ich ging ins Badezimmer. Ich konnte hören, wie er beruhigend auf sie einsprach, mit einer Stimme, die ich nur selten von ihm gehört hatte. Ich ließ Wasser in ein Glas laufen und nahm eine der Kapseln mit.

Macy schob sie zwischen Aimees verkrampfte Lippen und gab ihr etwas Wasser. Sie schluckte gehorsam. »Das wird dir helfen«, sagte Macy aufmunternd. »Deinem Bauch geht's gleich viel besser.«

»Fahren wir morgen mit dem Boot raus, Daddy?«, jammerte Aimee.

»Na ja ... ich glaub nicht, mein Schatz. Daddy hat immer noch viel zu tun. Ich sag dir was: Eines Tages machen wir eine richtig lange Schiffsreise. Viele Monate lang. Würd dir das gefallen?«

Ich hoffte, dass die Schiffstour, die er da im Kopf hatte, nicht über den Styx führen würde.

Sie nickte begeistert. »Und wohin fahren wir?«

»Ich weiß noch nicht genau. Aber wir fahren bestimmt. Das verspreche ich dir. Wir werden Orte sehen, wo wir noch nie gewesen sind. Wir werden einen Heidenspaß zusammen haben.«

»Darf Diane auch mitkommen?«

»Aber sicher«, sagte Macy. »Diane darf mitkommen.«

Er legte Aimee zurück ins Bett und mummelte sie fest in die Bettdecke ein. Er nahm ein Buch vom Nachttisch und fing an, ihr vorzulesen. Er musste das Buch dicht vors Gesicht halten, damit er die Schrift entziffern konnte. Ich stand herum und fühlte mich überflüssig, bis Diane ins Zimmer kam. Sie hatte sich gewaschen und die Haare gekämmt, doch sie trug noch immer die zerrissene Bluse. Ihre Augen waren geschwollen. Sie nahm eine frische Bluse aus der Kommode und ging ins Badezimmer, um sich umzuziehen.

Aimee schlief während des Vorlesens ein, und widerstrebend legte Macy das Buch zurück; die Geschichte hatte ihm gefallen.

Wir liefen nach unten. »Lass uns mal zur Garage gehen«, sagte er, ohne zu zögern. »Da gibt's was, was du sehen solltest.«

Ich folgte ihm nach draußen zur Garage. Auf der Rückseite des Gebäudes deutete er auf eine große, etwa einen Meter zwanzig breite Holzkiste, die alte Reifen und irgendwelches Gerümpel enthielt.

»Zieh sie mal hier rüber«, sagte er. Ich legte die Hände auf die Kiste. Sie bewegte sich lautlos und mit erstaunlicher Leichtigkeit. Der Rahmen der Kiste war auf Rollen montiert. Darunter kam eine Treppe zum Vorschein. Zwei kleine viereckige Lampen an den Betonwänden der Treppe sorgten für Beleuchtung.

Wir stiegen nach unten. Ich ging vor. Macy langte nach oben und zog die Kiste wieder über den Eingang. Mit einem angenehm dumpfen Geräusch schlug sie leicht gegen die Rückwand der Garage. Ich zog den Kopf ein, um durch eine Tür am Fuß der Treppe zu treten, und fand mich einem recht großen Raum mit niedriger Decke wieder. Er war klimatisiert. Die Wände waren mit einer Art Schallschutzmaterial verkleidet und pastellgelb gestrichen. Fluoreszierende Lampen waren an die Decke geschraubt. Charley Rinke arbeitete mit aufgerollten Hemdsärmeln an einem langen Tisch. Er saß inmitten von aufgestapelten Geschäftsbüchern, mit Gummiband zusammengehaltenen Papieren, Kartons sowie einem Schubladenschrank für Aktenordner. Er sah abgespannt aus, schaute kurz zu uns auf, wandte sich dann wieder seiner Rechenmaschine zu. Der Fußboden war mit Papier übersät. Neben Rinkes Ellbogen standen ein voller Aschenbecher und ein Krug mit Wasser.

»Das hier könnte man als das Nervenzentrum bezeichnen, Pete«, sagte Macy ruhig. »Ich hasse diese ganze Buchhaltung, aber sie ist nötig.« Rasch lief er zu einem großen Safe mit einer massiven grauen Stahltür. Er war mit Beton in die hintere Wand des Raumes eingemauert. Macy ließ die Tür aufschwingen und deutete auf den Safe.

»Besser, das ganze Zeug hier zu haben als in der Stadt«, erklärte Macy. »Wenn's irgendwelchen Ärger am Tor gibt, kann ich den Raum mit ein paar Tonnen Betonbrocken versiegeln. Da wär dann wohl ein Dampfbagger nötig, um was zu finden. Falls sich überhaupt jemand die Mühe machen wollte, so 'n Ding hier rüberzuschippern.«

Rinke führte eine letzte Berechnung auf der Maschine durch, warf gähnend seinen Bleistift hin und stand auf, um zu uns zu kommen.

Im Safe lag eine solche Menge Bargeld, dass ich mich fragte, wie es wohl wäre, so viel auf einmal zu besitzen; wie es wäre, die hübschen Bündel zu nehmen, sie aufeinanderzustapeln und anzusehen.

»Wie viel?«, fragte ich.

»Ich bin nicht sicher«, erwiderte Macy. »Man bräuchte zwei große Koffer, um alles zu verstauen, und die meisten Scheine sind Hunderter. Ein paar Fünfziger und ein paar Zwanziger. Alles zusammen ungefähr eine Dreiviertelmillion Dollar. Ich hab natürlich noch mehr. Auf drei Banken verteilt. Das Geld, das ich versteuere.«

Er schloss den Safe, indem er mit beiden Händen die Tür zudrückte.

»Er gibt alles auf«, sagte Rinke mit hoher, nervöser Stimme. Er räusperte sich. »Er gibt alles Maxine. Alles.«

»Stimmt genau«, sagte Macy, ohne Rinke anzublicken.

Rinke sah mich vorsichtig an und fragte sich wohl, was ich davon hielt. Seine Lippen waren ganz schmal vor Zorn.

»Maxine kommt morgen Abend her«, sagte Macy leichthin. »Dann werd ich's ihm sagen.« Er schaute sich um. »Ich will's nicht mehr. Nichts davon. Ich nehm mir so viel Geld, wie ich tragen kann, und verlasse das Land.«

»Macy ...«, warf Rinke hartnäckig ein, als wollte er eine Auseinandersetzung wiederaufnehmen, die seit Tagen geführt wurde.

»Ich will nichts mehr hören«, sagte Macy. »Du hast deine Arbeit zu erledigen. Tu's einfach und geh mir nicht auf die Nerven. Versuch bloß nicht, mich aufzumuntern. Versuch nicht, mich zu was zu überreden, was ich nicht will. Ich hab ganz einfach genug. Das ist alles.«

Rinke zog ein Päckchen Zigaretten aus der Hemdtasche. Er zündete eine an und versuchte seine zitternde Hand zu beruhigen. »In Ordnung, Macy«, sagte er. »Okay, ich sag kein Wort mehr.« Er ging zu seinem Tisch, drehte sich dann plötzlich um, deutete mit der Zigarette auf Macy und stieß seine Worte hervor.

»Aber er kommt her. Er kommt morgen Abend hierher und liefert sich uns direkt aus. Zwei oder drei Männer, mehr wird er nicht mitbringen. Verstehst du nicht? Es wäre so einfach, ihn loszuwerden ...«

»Sei still!«, krächzte Macy. Und dann, viel ruhiger: »Sei still, Charley. Versuch nicht, mir was einzureden, was ich nicht hören will.« Er schnaubte. »Charley, manchmal hab ich den Eindruck, du willst den Laden übernehmen.«

Rinke wandte sich ab und drückte auf ein paar Tasten der Rechenmaschine. »Okay«, sagte er resigniert. »Vergiss es.« Ich spürte wieder diesen schweigenden Appell, den seine starrend geweiteten Augen an mich richteten. Als ich nicht reagierte, setzte er sich und machte sich beharrlich wieder an die Arbeit, blätterte mit geübten Fingern durch die steifen Seiten eines Hauptbuchs und machte Notizen mit seinem Bleistift. Ich fragte mich, ob er tief in seinem Innern, wo sie dem präzisen Klicken der Zahlen nicht im Weg standen, immer noch die rebellischen Gedanken hegte.

18

Später in der Nacht erwachte ich mit verspannten Muskeln aufrecht im Bett sitzend. Ein paar Sekunden lang hatte ich keine Ahnung, wo ich war. Ich spürte einen Anflug von Furcht, als ob ich aus der schwarzen Dunkelheit heraus beobachtet würde. Ich atmete tief ein und verdrängte die tief sitzende Panik aus meiner Kehle. Ich stand auf, ging zum Fenster und sah hinaus. Es war nach eins.

Ich zog mich an, zog das Schulterholster über mein Hemd und lief in den Korridor. Die Tür zu Owens Zimmer stand offen, aber er war nicht da. Ich lief nach oben. Dort brannte kein Licht, doch der Mondschein durchdrang die Dunkelheit. Ich klopfte leise an Macys Zimmertür. Er antwortete nicht. Ich presste mein Ohr an die Tür und konnte hören, wie er im Schlaf atmete.

Am Ende des Korridors stand eine weitere Tür offen, und ich sah Mrs. Rinke im Zimmer vor dem Fenster stehen und aufs Meer hinausblicken. Sie war im Bett gewesen. Das andere Bett war unberührt. Anscheinend arbeitete Rinke noch.

Als ich mich umdrehte, um zurückzugehen, stieß ich mit dem Schuh an den Türrahmen. Es war ein leises Geräusch, doch Evelyn Rinke wandte sich um. Sie hatte eine Hand an den Hals gelegt, ein erstickter Schrei lag auf ihren Lippen.

Ich betrat das Schlafzimmer, damit sie mich erkennen konnte. Sie trug dasselbe Nachthemd wie in der Nacht zuvor.

»Pete?«

»Ja.«

»Sie ... haben mich erschreckt.« Ich sah, wie sich die Muskeln in ihrer Kehle bewegten.

»Ich hab nur mal nach dem Rechten gesehen«, sagte ich. »Tut mir leid.«

»Gehen Sie nicht«, sagte sie schnell. »Bitte gehen Sie nicht, Pete.«

»Es ist vielleicht besser, wenn ich wieder gehe.«

»Nein ... ich möchte gern mit jemandem reden. Ich kann nicht schlafen. Es hat keinen Sinn, es mit Schlafen zu versuchen. Bitte, Pete ... eine Zigarette?«

Ich nahm das Päckchen aus meiner Hemdtasche und schüttelte eine Zigarette heraus. Ich gab ihr Feuer.

»Danke, Pete.« Sie drehte sich wieder zum Fenster, ihre Wangen fielen ein, als sie an der Zigarette zog. Dunkle Linien der Müdigkeit lagen unter ihren Augen. »Ich habe einen weiteren Tag überstanden«, sagte sie mit einem verwunderten Unterton. »Jetzt steht mir der nächste bevor. Sagen Sie, Pete, war's bei Ihnen auch so? Konnten Sie es auch nicht ertragen, wenn sich der nächste Tag ankündigte?«

»Normalerweise.« Meine Stimme klang rau, doch ich konnte eine gewisse Sympathie nicht verbergen.

»Ich habe heute Morgen geschlafen«, sagte sie. »Zwei ganze Stunden. Das ist wirklich ... ein Triumph, wissen Sie. Den restlichen Tag hab ich dagesessen und meinen Nerven freien Lauf gelassen. Ich habe mich gefragt, wie es wäre, mich umzubringen. Ob ich es in der letzten Zehntelsekunde wohl bereuen würde.«

»Wie lange geht das schon so mit Ihnen?«

»Ungefähr fünf Jahre. Es kam nicht alles auf einmal. Eher wie eine langsame Verschlimmerung. Tage, an denen ich mich nicht richtig wohlfühlte. Dann schien es eines Tages, als hätte mich eine riesige Faust getroffen. Ein paar Nerven hatten verrückt gespielt. Gerade jetzt ist da einer, der sich an meiner Seite nach unten verdreht, bis ich denke, ich werde verrückt.«

Sie legte eine Hand an ihre Seite, ihre Gesichtszüge verkrampften sich, als wollte sie anfangen zu weinen. Sie streckte die Arme aus, ihre Finger berührten die metallenen Lamellen der Jalousie. Ihre Brüste hoben sich unruhig unter der zarten Hülle.

»Ich hab darüber nachgedacht, Pete«, sagte sie. »Ich hatte ausreichend Gelegenheit, darüber nachzudenken, wieso es mir so geht. Wieso nur?«

Die Zigarette hatte jetzt keine Wirkung mehr. Sie wandte sich vom Fenster ab, um sie in einen Aschenbecher zu legen, und kam dann zurück.

»Charley hat mich geliebt«, sagte sie leise. »Früher mal. Charley war ein brillanter Kopf. Das ist er immer noch. Aber da ist irgendetwas in ihm. Irgendetwas Obszönes. Es macht ihm Spaß, sich mit der falschen Art von Männern einzulassen und ihre Geheimnisse zu teilen. Wir sind in dieses Leben hineingeraten. Er ist schnell hängen geblieben, hat einen gut bezahlten Job aufgegeben. Jetzt ist es zu spät zur Umkehr. Alles, was gut war, ist jetzt vorbei. Ich kann direkt das Böse riechen, das durch seine Haut dringt, wenn er mit Leuten zusammen ist wie ... Macy Barr. Für mich gibt es keine Möglichkeit, zu entkommen. Ich glaube, er würde mich umbringen, wenn ich es jetzt versuchen würde. Hingabe hat sich in Besitzanspruch verwandelt, Zärtlichkeit in pure Lust. Und da habe ich dann gemerkt, wie diese Faust anfing, auf mich einzuhämmern.«

»Das tut mir leid«, sagte ich und merkte, wie unzureichend es klang.

»Pete«, sagte sie mit einem erstickten Schluchzen, »ich kann nicht mal mehr weinen. Ich bin nur noch der verrückte Abklatsch einer Frau. Ich verabscheue den Mann, von dem ich nicht loskomme. Die Leute um mich herum ekeln mich an.

Meine Nerven foltern mich die ganze Zeit.« Ihr Mund war zu einer gereizten Grimasse verzogen. Sie legte ihre Hände flach auf den Bauch, zog das Nachthemd straff über ihre Haut und schob die Hände bis zu ihren runden Oberschenkeln. »Ich habe seit Monaten nicht mit ihm geschlafen. Allein bei dem Gedanken, dass er mich berührt, muss ich würgen.« Jetzt flüsterte sie. »Ich hab's mit anderen probiert. Sie ... haben mich behandelt, als wäre ich ein gewöhnliches Straßenmädchen. Das war nicht gut ... überhaupt nicht gut.«

Sie griff nach meiner Hand und legte sie auf ihre Seite. »Können Sie's spüren? Es zuckt und dreht und stößt, überall Knoten und Verspannungen, die sich hin und her bewegen ...« Sie ließ meine Hand los. Sie fasste ihr Nachthemd mit beiden Händen, wickelte es um die Finger und zupfte daran herum. Ein verzweifelter Ausdruck lag auf ihrem glänzenden Gesicht. Das Nachthemd war eingerissen, und ein Fetzen Stoff hing von ihrem schlanken Körper herab. Sie ließ sich auf mich fallen, küsste mich überall, wo ihre Lippen meine Haut berühren konnten. Ihre Wangen waren heiß und feucht. »Hilf mir«, sagte sie mit Nachdruck. »Erlöse mich, Pete. Du kannst es. Tu's ... tu's.«

Ich hätte sie wegstoßen sollen, doch ich zögerte einen Moment, und als der Moment vorbei war, war es zu spät.

Sie war aufgedreht bis an die Grenze zur Hysterie, und ich hatte Angst davor, was geschehen würde, wenn ich sie jetzt allein ließe.

»Ich bin nicht die Lösung«, flüsterte ich, während ich sie aufs Bett legte. »Für eine Weile vielleicht, aber mehr auch nicht.« Dann konnte ich nichts mehr sagen. Sie stöhnte einmal und hielt mich mit all ihrer Kraft fest, fest, fest.

Als ich wegging, war sie eingeschlafen. Selbst im Schlaf hatte ihre Anspannung nicht nachgelassen. Ich wünschte, ich hätte ihr helfen können. Aber ich konnte nichts tun. Es war ein einsamer Kampf, den sie nur allein gewinnen konnte oder allein verlieren.

Ich ging die Treppe hinunter zu meinem Zimmer. Hinter der Terrassentür sah ich einen Mann auf der Veranda stehen. Der Größe nach zu urteilen, musste es Taggart sein. Eine halbe Minute lang stand er regungslos da und rauchte langsam. Dann warf er die Zigarette weg und lief über die Terrasse hinunter zur Bucht.

Ich öffnete die Tür und ging hinaus. Taggart hatte den Strand erreicht. Seine Gestalt zeichnete sich gegen das Mondlicht auf dem Wasser ab. Er lief am Rand der Brandung entlang und blickte über die Bucht, als würde er jemanden suchen. Ein großes Handtuch lag über seinem Arm.

Als er hinter einem Vorsprung der Insel verschwand, lief ich vom Haus auf eine kleine Baumgruppe an der nördlichen Inselspitze zu. Das meiste des wirren Gestrüpps zwischen den Palmen war gerodet worden, und winterfestes Gras bedeckte die felsige Landspitze bis fast hinunter zu den sich brechenden Wellen. Durch die gekrümmten, dunklen Stämme mit ihrem Dach aus gezackten Palmblättern konnte ich Taggart wieder ausmachen. Dieses Mal war er nicht allein. In einer geschützten kleinen Bucht reichte er der nackten und tropfnassen Diane das Handtuch. Ihr Haar leuchtete silbern im Mondlicht, die Bewegung ihres Arms war fließend. Taggart konnte seinen Blick nicht abwenden, während sie sich abtrocknete, das Handtuch wie einen breiten Schal über den Rücken legte und ihm erst den einen und dann den anderen Fuß entgegenhob. Als sie fertig war, breitete sie das Handtuch über den leicht vom Wind aufgewirbelten Sand und legte sich darauf.

Taggart wandte den Kopf und folgte ihren Bewegungen, als sie sich auf das Handtuch legte. Ohne große Eile hob er die Hände zur Brust und knöpfte sein Hemd auf, zog es aus, faltete es zusammen und legte es neben das Handtuch. Dann öffnete er den Gürtel seiner Hose und stieg raus. Als er sich fertig ausgezogen hatte, legte er sich zu ihr.

Ich war gerade dabei, wieder zum Haus zurückzustapfen, als ich hinter einem Baum, keine zehn Meter von der Stelle entfernt, wo Taggart und die blonde Diane sich umarmten, eine Bewegung wahrnahm. Es war ein Mann, der langsam sein Gewicht verlagerte, um besser sehen zu können, und dabei darauf achtete, nicht gehört zu werden. Ich legte eine Hand auf den eckigen Schaft der .38er, entspannte mich aber gleich wieder. Der Zuschauer hatte sich gerade so weit zu mir umgedreht, dass ich ihn erkennen konnte. Es war Owen Barr. Angestrengt schaute ich zu dem Baum, hinter dem er sich versteckt hatte, konnte ihn aber nicht mehr sehen.

Ich war ein wenig erstaunt über die Bereitwilligkeit, mit der sich Diane mit dem riesigen und etwas begriffsstutzigen Gangster einließ. Ich hatte das sichere Gefühl, dass es sich dabei nur um eine Wiederholung früherer Begegnungen handelte. Ich grinste ein bisschen ironisch, als mir klar wurde, dass es keinen Unterschied machte, und ging zurück in mein Zimmer.

Als ich ankam, hatte ich das Gefühl, ich könnte 'nen Drink vertragen, und ging ins Wohnzimmer, um mich aus der Bar dort mit einer Flasche gutem Scotch zu versorgen. Ich nahm die Flasche und ein Glas mit Eis und vier Fingerbreit Soda mit in mein Zimmer, warf mich aufs Bett und trank langsam und genüsslich im Dunkeln.

Ich dachte an die seltsame Truppe, die sich im Haus versammelt hatte. Sie machte mir Kopfschmerzen. Wie eine Lawine rollte der Schlaf über mich hinweg. Bevor sie mich unter sich begrub, sah ich ein warmes, klares Licht, das durch die Düsterkeit zerfaserter, verkorkster Leben hindurchschien. Elaine. Ich streckte die Arme nach ihr aus und vergaß alles andere.

Ich weiß nicht, wie lange ich schlief. Als ich aufwachte, starrte ich in die Dunkelheit, als hätte ich überhaupt nicht geschlafen, sondern nur gedöst. Ich hörte ein Kratzen wie von einer Ratte und lokalisierte die Quelle des Geräuschs nahe der Kommode. Ich glaubte, jemanden atmen zu hören. Ohne mich auf dem Bett zu bewegen, nahm ich die .38er vom Nachttisch und ließ sie vorsichtig in die linke Hand gleiten. Ich langte nach oben, fand den Lichtschalter und knipste die Lampe an.

Owen Barr zuckte von der Kommode zurück und drehte sich mit einem dämlichen Grinsen zu mir. Er nahm die Hand aus der oberen Schublade, hielt sie aber an die Kommode gedrückt, um sich abzustützen.

»Hoppla«, sagte er.

Seine Lippen hingen herab, mit fieberhaft um Jovialität bemühten Augen sah er mich an. »Bin ich wohl im falschen Zimmer? Hä?«

»Scheint so.« Ich hielt die Automatik auf ihn gerichtet.

Er gestikulierte fahrig mit der freien Hand und schwankte heftig. Ich fragte mich, ob er wirklich so betrunken war, wie er vorzugeben versuchte.

»Oh, ’tschuldigung«, sagte Owen mit feuchtem Schniefen. Er kam einen Schritt vor, musste aber wieder zurücktreten, um nicht umzufallen. »Hab nach Whisky gesucht, weißte? Dachte, das wär mein Zimmer oder so.«

»Na klar.«

Er machte eine Geste mit der Hand. »Du hass nicht zufällig Whisky hier?«

»Meinst du nicht, du hast schon genug?«

Er blinzelte. Dann grinste er wissend. »Whisky hab ich nie genug.«

Ohne ihn aus dem Blick zu lassen, legte ich meine Finger um die Flasche und warf sie unverhofft in seine Richtung. Er fing sie mit erstaunlichem Geschick auf.

»Gut«, sagte er und leckte sich über die Lippen. »Gut, danke.«

»Ich schätze, den kannst du auch woanders trinken.«

»Klar, sicher«, sagte er lässig. Er legte beide Hände um die Flasche und nahm Kurs auf die Tür, wobei er einmal haltmachte, um sich gegen die Wand zu lehnen. Dann war er verschwunden, und ich hörte ihn im Korridor vor sich hin murmeln. Seine Zimmertür schloss sich mit einem Klicken.

Ich stand auf und schaute in den Korridor. Er war fort, alles klar. Ich schloss meine Tür und untersuchte die Schublade, die Owen durchwühlt hatte. Bis auf den großen Umschlag mit den Zeitungsausschnitten, den ich von Macy hatte, war sie leer. Der Umschlag war geöffnet worden. Ein paar der Ausschnitte lagen lose in der Schublade. Ich suchte alle zusammen und zählte. Es waren nur drei Berichte über das Feuer übrig geblieben. Ich fragte mich, was Owen mit dem anderen vorhatte. Doch eigentlich war es mir egal.

19

Früh am nächsten Morgen kamen vom Atlantik Wolken herangesegelt, und es regnete bis kurz nach Mittag. Dann klarte es auf.

Am Nachmittag zogen sich einige von uns, einschließlich Macy und Evelyn Rinke, Badekleidung über und gingen schwimmen. Taggart, Diane und Charley Rinke waren nicht dabei. Sie saßen zusammen auf der Terrasse und tranken Planter's Punch und Salty Dogs. Dianes Gesicht war ausdruckslos wie immer. Sie kümmerte sich nicht um Taggart. Ab und zu schaute er über sein erhobenes Glas zu ihr hinüber, wobei sich eine Spur von Lust in seinen Augen spiegelte. Rinke lümmelte sich auf einer Chaiselongue herum, als sei er erschöpft von den langen Stunden im verborgenen Raum der Garage. Gleichwohl zeichneten sich die Linien seines heruntergezogenen Mundes scharf auf seinem Gesicht ab. Er wirkte, als ob er leise und geschickt Gedankenspiele durchspielte. Wie Stahlsplitter konnten sie potenziell gefährlich werden, wenn er nicht sehr vorsichtig mit ihnen jonglierte. Doch er schien ein Mann zu sein, der Vorsicht walten ließ.

»Ich dachte, du schwimmst gern«, sagte ich zu Diane, als ich zum Strand hinunterging.

»Viel zu windig«, erwiderte sie mit gleichgültigem Lächeln. »Ich hab nicht gern Salzwasser in der Kehle.« Sie trug Shorts und einen ihrer farbenfrohen kurzärmeligen Pullover, diesmal einen limonengrünen. Ich schüttelte den Kopf, als sie mir einen Drink anbot, und lief weiter zum Strand runter.

Aimee trug Schwimmflossen und eine Schwimmbrille. Sie und Macy tauchten etwa sechs Meter vom Strand entfernt nach Muscheln. Trotz seines Übergewichts war Macy ein guter Schwimmer, doch seine Lungen waren der ganzen Belastung nicht gewachsen. Nach ein paar Minuten musste er rauskommen und sich ausruhen. Sein Gesicht wirkte müde. Aimee zischte anmutig durchs Wasser und tauchte mit einem Schlag ihrer keilförmigen Flossen tief auf den Grund.

Evelyn Rinke saß am Rand des Wassers, wo ihre Füße bei jedem kleinen Wellenschlag überspült wurden. Sie hatte die Haare gekämmt und ein wenig Lippenstift aufgelegt.

Ich kniete mich neben sie. »Geht's besser heute?«

Sie nickte. »Äh-hmm. Einigermaßen. Die Sonne tut gut, nicht wahr?«

»Waren Sie schon im Wasser?«

»Nein. Es wirkt etwas kalt. Ich weiß nicht, ob mir das gefällt. Ich war lange nicht mehr schwimmen. Die meiste Zeit bleibe ich nah beim Haus ...«

Ich reichte ihr die Hand. »Versuchen Sie's.«

Sie lächelte matt. »Na ja ...« Ihre harten Finger schlossen sich um meine Hand. »In Ordnung. Ich werd's mal probieren.« Wir gingen zusammen ins Wasser. Sie japste vor Schreck. »O Pete!«

»Springen Sie rein. Sie werden sich schon daran gewöhnen.« Sie spritzte mich nass, als sie mit nach vorn aneinandergelegten Armen abtauchte. Ich folgte ihr. Zu Beginn schwamm sie zaghaft, dann wurde sie sicherer. Aimee trat in unserer Nähe Wasser und beobachtete uns.

»Gar nicht so übel, oder?«, fragte ich und holte zu Evelyn auf. Sie lächelte breit, ihr Gesicht strahlte. »Es ist schrecklich kalt«, sagte sie, »aber es gefällt mir.« Plötzlich stürzte sie sich auf mich, streckte die Arme aus und drückte meinen Kopf unter Wasser. Ich tauchte in das blassgrüne Wasser ab, packte sie an den Knöcheln und zog sie auf den Grund.

Ihr Haar schwebte locker hinter ihr her, und ein oder zwei Bläschen entwischten ihren Lippen. Sie versuchte mich zu packen, doch ich wich aus. Sie tauchte auf, um Luft zu holen.

»Das ist nicht fair«, beschwerte sie sich lachend. »Ich bin solche Anstrengungen nicht gewohnt.« Mit geschlossenen Augen und entspanntem Gesicht ließ sie sich eine Weile auf dem Rücken treiben.

Aimees Kopf tauchte in der Nähe aus dem Wasser. Sie schob ihre Brille zurück. »Wollen wir nach Seemuscheln tauchen?«, fragte sie schüchtern. Also tauchten wir nach Seemuscheln. Nach einer Weile schloss sich Evelyn an. Wir krochen dicht am Meeresboden herum und durchwühlten mit den Fingern den Sand, bis wir nichts mehr sehen konnten und auftauchen und abwarten mussten, dass sich das Wasser wieder klärte. Einmal entdeckte Aimee einen kleinen Fisch und jagte ihm nach, drehte sich schnell im Wasser herum, während sie versuchte, den feinen Flossenschlag des silbrigen Fisches zu imitieren.

Wir waren ungefähr eine Stunde im Wasser gewesen, als Macy brüllte: »Aimee! Diane sagt, du kommst jetzt besser raus.« Wir gingen alle aus dem Wasser. Während wir über den Strand stapften, lief Evelyn dicht neben mir und stolperte gegen mich, als ihre Füße auf dem unebenen Sand ausrutschten. Dann blieb sie stehen und hielt mein Handgelenk fest, sodass ich ebenfalls stehen bleiben musste.

»Pete«, sagte sie, »es hat wirklich Spaß gemacht. Zum ersten Mal seit Langem. Ich dachte nicht, dass mir noch irgendwas Spaß machen könnte.«

Ich lächelte sie an. »Geben Sie sich einfach ab und zu eine Chance.«

Sie erschauerte und verschränkte die Arme über der Brust. Es war kühl, wenn man das Wasser verlassen hatte, und eine steife Brise wehte herein. »Hier?«, fragte sie und schaute zum Haus hinüber, wo sich ihr Mann auf der Chaiselongue breitmachte. Der alte Schmerz schien ein wenig zu ihr zurückzukehren. »Na, wie dem auch sei. Für ein Weilchen war es sehr schön. Danke, Pete. Ich glaube, ich versuche jetzt ein bisschen zu schlafen.« Sie lief ein paar Schritte weiter, wobei ihre Füße durch das seichte Wasser platschten. Dann drehte sie sich wieder um und sah mich wortlos an. Ich schloss zu ihr auf, und gemeinsam liefen wir an dem trinkenden Grüppchen auf der Veranda vorbei zum Haus.

Nachdem ich geduscht und mich angezogen hatte, war es Viertel vor fünf. Ich war hungrig, doch da ich zum Abendessen nicht da sein würde, ging ich in die Küche, wo mir einer der Boys ein Steak aus dem Kühlschrank zubereitete. Nachdem ich gegessen hatte, lief ich nach oben und hoffte, Macy in seinem Zimmer anzutreffen. Er war nicht da. Ich lief durch den Korridor, blieb dann aber stehen, weil ich ein seltsames Geräusch aus dem Schlafzimmer der Rinkes hörte. Ich wartete darauf, dass es sich wiederholte, lief dann näher auf die angelehnte Tür zu. Es hatte sich angehört wie ein Mensch ohne Stimme, der zu schreien versuchte.

Als ich näher kam, hörte ich Rinke leise sprechen. Während er sprach, ertönte das Geräusch unablässig weiter. Ich schaute durch den Spalt zwischen Tür und Rahmen. Als Erstes sah ich das Gesicht von Evelyn Rinke. Es war kreidebleich. Sie saß da, als wären ihre Knochen aus Glas. Ihre Augen waren fast völlig zugekniffen. Ihr Mund war verzerrt und stand offen, in einem Schrei erstarrt, der aus ihrer Kehle drang und sich anhörte, als würde Metall zersägt.

Charley Rinke hielt etwa zehn Zentimeter vor ihrem Gesicht ein Feuerzeug hoch. Er bewegte es sehr langsam hin und her, während er mit seiner tiefen, ruhigen Stimme auf sie einredete. Ihre Augen beobachteten angsterfüllt die Flamme.

»Ich weiß, dass du Angst davor hast, Evelyn«, sagte er

sanft. »Ich nehme es gleich wieder weg. Ich weiß, wie viel Angst du vor Verbrennungen hast. Dieses Mal werde ich dir nichts tun. Aber ich will, dass du eins verstehst. Halt dich von Pete Mallory fern. Hörst du? Ich hab euch beide heute im Wasser rumspielen sehen. Es hat Spaß gemacht mit ihm, stimmt's? Aber halt dich von ihm fern. Ich weiß, was du zu Mallory aufzubauen versuchst. Aber denk dran, wer du bist. Du bist Mrs. Rinke. Du bist meine Frau. Du gehörst zu mir ins Bett und nicht zu einem, der dir grade mal so gefällt.«

In einem Anfall explodierender Wut wäre ich am liebsten reingegangen und hätte ihm mit den Fäusten die Fresse eingeschlagen. Evelyn Rinke hob die Hände und streckte sie flehend vor sich aus.

»Nimm das ... nimm das ... weg«, stöhnte sie.

Rinke klappte mit dem Daumen den Feuerzeugdeckel zu, und die kleine Flamme war verschwunden. Er kam so schnell aus dem Zimmer, dass ich mich gerade noch verdrücken und im Nebenzimmer verstecken konnte. Ich hörte, wie er schnell durch den Korridor weglief.

Als ich ihr Zimmer betrat, saß Evelyn Rinke noch immer in derselben Haltung und hatte die Hände vors Gesicht geschlagen. Sie musste gehört haben, dass ich hereinkam.

»Geh weg«, sagte sie. »Geh weg.«

»Ich bin's, Pete.«

Ohne merkliche Bewegung begann sie, seitwärts von ihrem Stuhl herunterzurutschen. Ich fing sie auf und trug sie zum Bett.

»Warum hat er das getan?«, fragte ich.

Ihre Zähne waren fest zusammengebissen. »Er ... erträgt es nicht, wenn ich ein bisschen Spaß habe. Nicht mit jemand anderem.«

»Warum haben Sie solche Angst vor Feuer?«

Ihre Augen öffneten sich weit. »Feuer?«

»Sie haben wie gelähmt auf das Feuerzeug gestarrt.«

»Ich weiß nicht, wieso. Die Flamme lässt mich einfach nur erstarren. Das war schon immer so.«

Ich sah sie einen Augenblick genauer an. Das Grauen lag noch in ihrem Blick. Sie berührte meine Hand. »Bleiben Sie bei mir, Pete.«

»Besser nicht«, erwiderte ich. »Wenn er zurückkommt, bring ich ihn am Ende noch um.«

Ich machte kehrt, verließ das Zimmer und lief die Treppe hinunter. Mir war vor Zorn die Brust ganz eng und zusammengepresst. Ich verließ das Haus und lief in Richtung der Baumgruppe am nördlichen Ende der Insel. Ich achtete nicht darauf, wohin ich ging. Ich musste nur laufen, bis sich der gefährliche Anfall von Hass auf Charley Rinke wieder legte.

Im Westen verblasste die Sonne hinter langen Wolkenstreifen. In dem kleinen Palmenhain fand ich Diane, die auf ein paar dünnen Kissen saß, mit dem Rücken ans untere Ende eines Baumstamms gelehnt. Ein Buch lag umgedreht in ihrem Schoß, und sie blickte unverwandt über die milchig weiße Bucht.

Ich blieb neben ihr stehen und legte eine Hand an den Baum. Sie sagte nichts. Sie hob nicht den Kopf.

»Wo ist Aimee?«, fragte ich, um sie aus ihrer konzentrierten Haltung aufzurütteln.

»Schläft vor dem Abendessen«, erwiderte Diane reglos. »Was ist los, Pete?«

»Was soll denn los sein?«

»Ich hab's an deinem Gang gemerkt. An deinem schnellen Atem.« Sie sah mich an. »Fährst du in die Stadt?«

»Bald.«

Diane seufzte. Steif erhob sie sich von ihren Kissen. »Zu dunkel zum Lesen«, sagte sie. »Ich denke, ich geh jetzt.« Sie blickte wieder auf die Bucht. »Es ist wirklich schön hier. Ich komme gerne her und sitze einfach nur da. Um von den Dingen loszukommen, die nicht so schön sind.« Sie sah ein wenig schwermütig aus. »Es wird wohl nicht mehr lange dauern, bis wir hier endgültig wegziehen.«

»Wie kommst du darauf?«, fragte ich.

»Ich ... es ist nur so ein Gefühl.«

»Und was machst du dann?«

»Ich schätze, ich geh dahin, wo Aimee hingeht«, sagte sie gleichgültig. »Das ist nicht so wichtig.«

»Gefällt dir dein Leben hier?«, fragte ich sie. »Die Leute, mit denen du zusammen bist?«

Sie wandte den Blick ab und bückte sich, um die Kissen aufzuheben. »Ich denke, wir sind in der Rattenallee«, sagte sie fast unhörbar, »wo die Toten ihre Knochen ließen.«

Das seltsame Zitat kam mir bekannt vor, und ich blickte sie nachdenklich an. »Woher hast du das?«

Sie zuckte mit den Schultern. »Das kenn ich seit Jahren. Das Gedicht hat mir schon immer gefallen, es kommt mir vor, als hätte er's für mich geschrieben. Ich bin das Mädchen, das in den Spiegel schaut und sich fragt, wo der Unterschied ist.«

Ich hätte ihr gern weiter zugehört, doch sie war plötzlich still, als hätte sie zu viel von einem Selbst gezeigt, das sie für gewöhnlich gut verbarg und vor der Neugier Fremder schützte.

Ich nahm ihr die Kissen ab und klemmte sie unter den Arm. Ohne etwas zu sagen, gingen wir zusammen zum Haus zurück. Sie presste ihre Kiefer fest zusammen, und ein melancholischer Ausdruck lag in ihren Augen, als ob sie sich an eine andere Zeit erinnerte, die mehr Hoffnung versprochen hatte als die jetzige.

Auf der Veranda angekommen, ließ ich sie allein, ging zur Garage und suchte mir einen Wagen für die Fahrt in die Stadt aus.

20

Um sieben Uhr rief ich an. Ich lauschte lange dem Klingeln am anderen Ende der Leitung. Schließlich nahm sie ab. »Ja?«

»Sie hatten gesagt, ich soll anrufen«, sagte ich.

»Ah, ja. Wissen Sie, wo die Railroad Avenue ist?«

»Ich werd sie schon finden.«

»Gehen Sie zu einem Mann namens Harry Small. Er wohnt Railroad Avenue neunzehn.«

»Weshalb?«

»Er hat Carla Kennedy aufgezogen«, antwortete sie. »Er weiß, wo sie jetzt ist.« Die Verbindung wurde mit einem dumpfen Klicken unterbrochen.

Ich schrieb mir die Adresse auf und verließ das *Coral Gardens Hotel*. Im Auto faltete ich meinen Stadtplan auseinander und suchte die Railroad Avenue. Es war eine zwei Blocks lange Straße, die nicht weit von der Bucht diagonal an die Seabord's Moreland Yards grenzte.

Ich fand die Straße ohne große Probleme. Sie war kaum breiter als eine Hauseinfahrt und von schiefen grauen Mietshäusern und schmalen Backsteingebäuden gesäumt. Ich parkte an der Einfahrt zur Railroad Avenue neben einer zugemüllten Böschung, die an das Eisenbahngelände grenzte. Als ich aus dem Buick stieg, rumpelte im Hintergrund ein langer dieselbetriebener Güterzug über das Gleis.

Nummer neunzehn lag einen halben Block von den glänzenden Schienensträngen entfernt. Im Schein einer Straßenlaterne an der Ecke entdeckte ich die Hausnummer, die über der Tür angebracht war. Es handelte sich um einen leer stehenden Laden. Die Fenster waren übermalt worden, und an der Tür hing ein großes, rostiges Vorhängeschloss. Wahrscheinlich war es seit Jahren nicht mehr geöffnet worden. Irgendjemand hatte neben dem Schlüsselloch ein groteskes Gesicht in die abblätternde Farbe geritzt.

Ich war nicht begeistert. Ich hatte zwanzig Dollar für nichts ausgegeben. Ich schaute über die dunkle Straße. Hier und da brannten Lichter hinter den hohen Fenstern, doch da waren keine Gesichter, keine Menschen, die mir auf dem schmalen Gehsteig begegneten. Langsam ging ich an dem Laden vorbei zur Rückseite, blieb dann stehen. Zwischen zwei Gebäuden war eine Lücke, kaum breiter als einen Meter. Ein Dutzend Stufen führten in diese Backsteinschlucht hinunter, wo schwach ein kleines gelbes Licht leuchtete und lange, kriechende Schatten warf. Unterhalb des Lichts war eine Tür.

Vom Güterbahnhof hörte ich das Geräusch aneinanderstoßender Waggons und das schwere Schnaufen einer alten Lokomotive. Ich ging durch die Gasse, in der Müll um meine Füße schepperte. Ein pelziger Schatten flitzte aus einem kleinen Pappkarton über mir und schoss in die Schwärze außerhalb des Lichtkegels.

Niemand reagierte auf mein Klopfen. Ich blickte auf den Türknauf aus Messing. Er glänzte matt. Kein Rost. Ich berührte ihn. Meine Fingerspitze blieb sauber.

Ich legte die Hand um den Türknauf und drehte ihn langsam. Der Riegel klickte, die Tür löste sich vom Pfosten. Ich schob sie auf.

Die Luft drinnen war stickig. Das einzige Fenster war geschlossen, die Jalousie unten. Licht kam nur von einer verbeulten metallenen Tischlampe in der Mitte des Raumes. Neben dem Tisch saß ein Mann aufrecht in seinem Rollstuhl. Es war ein kleiner Mann mit Glatze und kräftigen Arm- und Schultermuskeln. Seine Hände baumelten neben den Speichen der großen Räder. Er trug ein T-Shirt, eine graue Hose, Hosenträger. Sein Gesicht war gelblich und trocken, die leichten Glupschaugen standen halb offen. Seine Lippen waren krampfhaft verzerrt. Er grinste mich lüstern an. Er meinte es nicht persönlich. Er hätte jeden angegrinst, der durch diese Tür gekommen wäre, selbst die Cops, die ihn früher oder später gefunden hätten, wenn ich ihnen nicht zuvorgekommen wäre.

Ich trat näher auf ihn zu, versuchte den Tod in dem überhitzten Raum zu riechen. Doch er war noch nicht so lange tot. Ich entdeckte, was ihn so steif und aufrecht hielt. Ein Messer war durch den Leinwandrücken des Rollstuhls gestoßen worden und hatte ihn gleich neben dem linken Schulterblatt erwischt. Der Größe des Griffs nach zu urteilen, war es ein recht großes Messer. Die Klinge war leicht nach unten gerichtet. Wahrscheinlich war sie ins Herz oder eine der lebenswichtigen Arterien gedrungen. Jetzt war er nur noch ein großer Sack voll Blut. Ein wenig war auf der Rückseite seines T-Shirts runtergelaufen und trocknete in dunklen Tropfen.

Es hatte sicher eines kräftigen Mannes bedurft, um ihm das Messer durch die von der jahrelangen Fortbewegung im Rollstuhl gestählten Muskeln zu rammen. Das Profil der Gummireifen auf den Rädern war fast abgefahren.

Ein Stapel aktueller Zeitungen und Illustrierten mit fehlenden Titelseiten ließ vermuten, dass er seinen Lebensunterhalt als Zeitungshändler bestritt. Der Raum musste mal gründlich gereinigt werden. Er hatte nicht genug Regale für seine ganzen Bücher. Sie stapelten sich auf der Fensterbank, auf dem Fußboden, unter einem Stockbett. Eins lag, ungefähr in der Mitte aufgeschlagen, auf dem Tisch neben dem Rollstuhl. Ich schaute auf den Buchdeckel. Es war eine Gedichtsammlung von Robert Browning.

Neben dem Browning-Band stand ein Telefon. Ein kleines Notizbuch steckte halb darunter. Ich zog es raus und untersuchte es. Das kleine Buch war nicht neu, aber es stand nur eine einzige Notiz drin, eine Telefonnummer in Bayview. Ich nahm den Hörer ab und wählte. Es klingelte sechs Mal, dann ein Geräusch, als ob jemand durchgestellt hätte.

»Stan's Restaurant«, trällerte eine weibliche Stimme.

Ich legte auf und sah noch mal auf die Nummer. Ich riss die Seite aus dem Notizbuch und legte es zurück unters Telefon. Anscheinend hatte Harry Small Stans private Nummer im Restaurant gehabt. Sie klinkten sich von irgendwo ein, wenn er nicht antwortete.

Das Echo meiner eigenen Gedanken in dem stillen Raum machte mich nervös. Schweiß lief mir übers Gesicht. Für einen Moment beneidete ich ihn fast um seine trockene Haut.

Ich lief um den Tisch herum, wobei ich mit dem Fuß gegen ein Stück zerbrochenes Porzellan stieß. Ich blickte hinunter und sah eine kleine glasierte Figur, ein napoleonischer Soldat in Habachtstellung. Seine Füße und sein Gewehr waren abgebrochen, und von seinem Gesicht verlief ein langer Sprung hinunter zur weißen, quer über der Brust angebrachten Munitionstasche. Ohne nach dem verlorenen Fuß zu sehen, wickelte ich ihn in mein Taschentuch und legte die zerbrochene Figur in meine Jackentasche.

Es war fast unmöglich, etwas in dem vollgestopften Zimmer zu finden, doch ich versuchte es und stöberte an den infrage kommenden Stellen nach Fotos. Ich fand nichts. Keine verblassten Schnappschüsse der kleinen Carla Kennedy. Überhaupt keine Spur von dem Mädchen. Aber Harry Small hatte sie angeblich aufgezogen.

Ich war bereit zu gehen. Ich war schon viel zu lange hier. Dennoch ging ich ans Telefon und wählte eine andere Nummer. Die Nummer, die mir die alte Frau gegeben hatte. Es klingelte ewig. Ich wartete darauf, dass sie abnahm, doch nichts geschah. Ich legte auf und wischte das Telefon mit einem Handtuch aus dem Spülbecken ab. Ich erwog, das Licht über der Tür auszuschalten und durch die Gasse auf der Rückseite zu verschwinden. Doch ich hätte mir wahrscheinlich noch größeren Ärger eingehandelt, wenn ich nicht auf dem Weg rausging, auf dem ich reingekommen war. Ich verließ Harry Small und verschmierte beim Rausgehen den Türknauf mit der Handfläche. Soweit ich es beurteilen konnte, verfolgten mich keine neugierigen Augen auf dem Weg zur Railroad Avenue, wo ich den Buick geparkt hatte.

21

Um Viertel nach acht stellte ich den Buick an einer Parkuhr auf dem Kelvin Boulevard ab und lief einen halben Block zur Monessen. Am anderen Ende der Straße, nahe dem Mietshaus, in dem Victor Clare gewohnt hatte, hatten sich ein paar Kinder unter einer Straßenlaterne versammelt. Dieses Ende der Monessen war menschenleer.

In der trostlosen Backsteinfestung des Secondhand-Möbelladens brannte kein Licht. Ich legte die Hände ringförmig an die Fensterscheibe der Eingangstür und schaute hinein. Es dauerte ein paar Sekunden, bis ich den Lichtspalt zwischen den Vorhängen im hinteren Teil des Ladens bemerkte. Ich beobachtete ihn, streckte die Faust aus und klopfte laut. Keine Reaktion. Ich klopfte erneut. Plötzlich ging das Licht aus.

Ich überlegte. Dann drehte ich mich um, überquerte die Straße und blieb halb verdeckt hinter einem schiefen Baum stehen, um zu sehen, ob sich jemand heraustraute. Es schien mir, als würde ich stundenlang rumstehen. Ich kam zu dem Schluss, dass es die Sache nicht wert war, blieb aber trotzdem. Dann sah ich eine Zigarettenspitze in der Gasse neben dem Laden glühen. Sonst nichts. Nur die Zigarette, die mir verriet, dass ich nicht der Einzige war, der hier wartete.

Nach ein, zwei Minuten wurde die Zigarette in Richtung Gehsteig weggeschnippt. Ich behielt die Gasse im Auge. Ich zählte die Schritte, die der Unbekannte vielleicht gehen würde. Dann fiel ein Strahl trübes, blasses Licht über die Seite des Möbelladens, als die Tür geöffnet wurde. Ich glaubte zu sehen, dass jemand hineinging, war mir aber nicht sicher. Es war ziemlich weit entfernt. Das Licht verschwand, als die Tür wieder geschlossen wurde.

Ich gähnte, um die fast frühlingsartige Spannung zu lösen, und schob die Hand in die Jackentasche, um die Automatik im Holster zu lockern. Beiläufig überquerte ich die Straße, wobei unter meinen Schuhen die kleinen, trockenen Blasen aufplatzten, die sich an diesem Tag durch die Hitze der Sonne auf dem Asphalt gebildet hatten. Unten am anderen Ende der Straße spielten die Kinder im kreisförmigen Licht der Straßenlaterne. Eine Stimme rief: »Zehn ... zwanzig ... dreißig ...«, und das trappelnde Geräusch schneller Schritte war zu hören, als die Mitspieler zu ihren Lieblingsverstecken rannten. Schon bald würde es hier lange Momente atemloser Suche, freudige Aufschreie beim Entdecken, ein wildes Zurückstürzen in den Kreis aus Licht geben. Frei.

Ich lief in die Gasse.

»Siebzig ... achtzig ...«

Ich zog die schwere Automatik aus dem Holster und ließ die Fingerspitzen an dem glatten, leicht öligen Verschluss entlangfahren. Ich legte den Daumen auf den geriffelten Oberteil des Hammers und zog ihn zurück. Ich ging sehr langsam. Nach jedem Schritt wartete ich eine halbe Ewigkeit. Der Lärm der Kinder war verebbt, er gehörte zu einer anderen Welt jenseits der Mündung dieser pechschwarzen Gasse.

Jetzt gab es für mich nur diese Welt. Eine Welt der Stille, in der man, schnell und ohne zu zögern, mit einem Schuss auf jeden Fehltritt, jedes versehentlich-fatale Geräusch reagierte. Das Schaben eines Schuhs am unerwarteten Riss im Pflaster, das flüsternde Rascheln von Stoff an einer Backsteinmauer.

Ich erkannte die Tür an einer Vertiefung in der Außenwand. Wieder blieb ich stehen. Vielleicht war er noch nicht reingegangen. Oder womöglich wartete ein paar Schritte weiter unten in der Gasse ein zweiter Mann. Vielleicht zielte er mit einer Kanone auf die Tür, wartete darauf, dass ich mich im trüben Licht zu erkennen gab. Wenn es eine Schrotflinte war, würde sie mich zerfetzen.

Meine Finger berührten den Türknauf. Er ließ sich problemlos drehen.

Falls jemand auf mich wartete, war er sicher genauso nervös und angespannt wie ich und suchte nur nach einem Vorwand, irgendeinem, um loszuballern.

Ich steckte die Automatik fürs Erste zurück ins Schulterholster und pellte mich aus meiner Jacke. Es war ein armseliger Köder. Vielleicht würde es nicht funktionieren. Doch wenn es klappte, wäre es wie beim Taubenschießen im Park ... Das heißt, falls dort wirklich einer wartete.

Ich hielt die Jacke am Kragen und drehte den Türknauf ganz um. Mit der anderen Hand hob ich die Automatik und stützte sie am Bauch ab. Ich stieß die Tür auf und schleuderte die Jacke in hohem Bogen in den Eingang, sodass sie sich aufblähte und die Ärmel runterhingen.

Nichts passierte. Die Jacke landete drinnen mit einem leisen Plumpsen. Ich trat schnell durch die Tür und drehte mich an dem Pfosten vorbei an die Wand. Eine einzelne nackte Glühbirne, die an einem verschlissenen Kabel von der Decke hing, spendete etwas Licht. Auch hier war niemand. Ein Haufen Kisten und zerbrochene Möbelstücke lagen rum. So viel Staub, dass man eine Schaufel gebraucht hätte.

Im Staub auf dem Boden waren frische Fußspuren. Ungefähr Größe einundvierzig. Kein sehr großer Kerl. Die Spuren endeten an einer anderen Tür gegenüber. Sie stand etwa fünf Zentimeter offen, und im Raum dahinter gab es mehr Licht. Und Stimmen.

Vorsichtig schloss ich die Tür zu der Gasse, hob meine Jacke auf und zog sie an.

Ich folgte den Schritten bis zu der anderen Tür. Nur *ein*

Mensch redete. Er sprach mit einem leichten Nuscheln. Er redete fast unaufhörlich, und im Hintergrund hörte man eine Frau. Sie sagte nichts. Sie stöhnte nur vor Schmerz und Schrecken. Es schien den Redner nicht zu stören. Er redete immer weiter. Ich ging ganz dicht ran an die Tür und blieb stehen. Ich konnte reinsehen. Es war der Raum, wo die Frau ihre Figuren modelliert hatte. Der Ventilator lief immer noch. Ich konnte ihn hinter dem verängstigten Schluchzen und dem rauen, redseligen Genuschel hören.

»Na, Muttchen, hast du ihm gesagt, wo Carla Kennedy ist? Hast du, Muttchen?«, fragte er.

»Er ... ist zu Harry Small gegangen. Harry ... hat gesagt ...«

»Nee, Muttchen. Harry Small hat ihm gar nichts gesagt. Das konnte er gar nicht, Harry Small ist nämlich tot.«

Ich konnte nicht ausmachen, wo im Raum sich der Mann befand. Die sanft dahinfließende Stimme war verwirrend, die Akustik war schlecht. Es war natürlich Winkie Gilmer. Es musste Winkie Gilmer sein. Ich war sehr dankbar, dass es Winkie Gilmer war.

»Ich will wissen, was du ihm erzählt hast, Muttchen. Eh ich dir auch noch die andere Backe aufschlitze.«

Ich kickte die Tür weit auf, trat in den Raum und wusste im gleichen Moment, dass ich verarscht worden war, dass Winkie Gilmer mich erwartet hatte, dass er mich mit seinem leiernden Tonfall angelockt hatte, während er nur drauf wartete, dass ich reinkam. Ich wusste, dass er dicht in meiner Nähe stand, als plötzlich etwas auf mein Handgelenk knallte und mir die Automatik aus der Hand flog. Es fühlte sich an, als hätte ich ein Stromkabel angefasst. Ich tat das einzig Mögliche. Ich wich der Stoßrichtung des Angriffs aus und ließ mich fallen, wobei ein Teil meiner sich dabei aufblähenden Jacke sauber und geräuschlos von der Klinge aufgeschlitzt wurde.

Ich fiel nicht zu Boden, sondern wurde unbequem zwischen einer alten Kommode und einem abgewetzten Sessel eingeklemmt. Ich sah zu Gilmer. Er rappelte sich katzengleich wieder auf, senkte mit einer schnellen Bewegung die Klinge und kam mit kleinen, geduckten Schritten auf mich zu. Ich musste auf die Klinge achtgeben. Sie war scharf geschliffen, dünn, ungefähr fünfzehn Zentimeter lang. Alles geschah in Sekundenbruchteilen. Ich merkte, dass es keinen Sinn hatte, mich aus dem Klammergriff der Möbel befreien zu wollen. Hart und schnell trat ich nach ihm, versuchte mit der Schuhspitze seinen Ellbogen zu treffen. Ich verfehlte ihn und glitt an seinem Unterarm ab, doch sein Arm fuhr hoch, und für ein paar Sekunden war er aus dem Konzept gebracht. Ich fiel nach hinten, die Schultern am Boden, der Kopf gegen die Wand verdreht, die Beine nach oben gestreckt, und ein Bein landete auf der Armlehne des ausgeleierten Sessels. Ich hätte nicht hilfloser sein können.

Doch Gilmer zögerte aus Unsicherheit noch eine Sekunde, bevor er sich entschied, sich über den Sessel zu beugen, meinen Beinen auszuweichen und außer Reichweite meiner Arme mit der Klinge zuzustoßen, um mir mit einem einzigen ruckartigen Stoß Unterleib und Gedärme und Lungen zu zerfetzen. Es war genau die Sekunde, die ich brauchte, um mich zur Seite zu drehen, einen Arm unter den Stuhl und einen dahinterzulegen und unter Einsatz sämtlicher Arm- und Schultermuskeln den Stuhl so weit nach vorn zu schieben, dass er exakt in dem Moment, als Gilmer sich auf mich warf, umstürzte und ihn genau über dem rechten Knie traf. Ich kroch dem Stuhl hinterher und schob ihn wie einen Blockschlitten beim Football über den Boden, wodurch Gilmer ein ganzes Stück zurückgedrängt wurde und der Länge nach hinfiel.

Gilmer und der Stuhl knallten gegen ein Regal, aus dem kleine modellierte Figuren herunterregneten. Gilmer hatte kräftige Beine. Er saß unter dem Regal auf seinem Hintern, wuchtete jedoch mit einem Tritt den schweren Sessel aus meinem Griff und stieß ihn von uns weg. Er rappelte sich auf, sein Gesicht lief rot an, seine Faust hielt das Messer immer noch fest umklammert. Er war ein untersetzter kleiner Kerl mit dem Gesicht eines College-Cheerleaders. Ein freundlich aussehender Mann, der mir die Gedärme rausreißen wollte.

Ich war nur ein bisschen aus dem Gleichgewicht geraten. Der menschliche Körper ist immer aus dem Gleichgewicht, es sei denn, man steht mit beiden Beinen fest auf dem Boden. Die alten tibetanischen Mönche, die die Kunst des Jiu-Jitsu und Bar-Jitsu entwickelten, wussten das. Es gibt Möglichkeiten, ein mit aufgerichteter Klinge zustoßendes Messer abzuwehren. Bei den Bar-Jitsu-Jungs sieht so was ganz einfach aus. Zwei Klapse mit jeder Hand. Ein getroffener Nerv an der Daumenwurzel, auf dem Handrücken. Das Messer fliegt weg, es bleibt nur ein Schmerz im Unterarm. So was müsste man können. Ich wünschte, ich hätte es gekonnt. Ich konnte mich nur unter dem Messer, das er in Bauchhöhe hielt, wegducken und nach vorn stoßen, sodass er aus dem Gleichgewicht geriet und das Messer nicht herumreißen und an meinen Hals setzen konnte. Ich schubste ihn nach hinten, richtete mich auf, umklammerte ihn mit den Armen und riss seinen starken rechten Arm in die Höhe, sodass er ihn drehen musste, um die Klinge zu führen. Ich hielt seinen Arm fest, und als der sich reflexartig versteifte, benutzte ich ihn als Hebel, um Gilmer halb durch den Raum zu schleudern. Er segelte in einem flachen Bogen auf den Tisch zu, an dem die Frau ihre Figuren hergestellt hatte. Er knallte mit dem Rücken auf den Tisch und prallte leicht ab, sodass er fast zum Sitzen kam, als er vom Schwung auf die andere Seite des Tisches geschleudert wurde. Er flog vom Tisch und landete mit dem Gesicht voraus in einem weiteren Regal mit Figuren. Er riss einen

Arm hoch, um den Aufprall abzufedern. Die kleinen Püppchen purzelten vom Regal und fielen auf den Beton.

Winkie wirbelte herum. Das Messer war verschwunden. Sein anderer Arm, den er nicht vors Gesicht gehoben hatte, holte aus und leerte schwungvoll ein Regalbrett mit Flaschen. Er wäre gefallen, doch seine Finger krallten sich an der Kante des Regals fest, und er hielt sich oben. Ein zerbrochener Krug mit etwas, das nach Leinöl aussah, entleerte sich über sein Gesicht und die Vorderseite seines Hemds. Er griff nach oben und packte mit einer Hand den Hals einer zerbrochenen Flasche, während ich ihm über den Tisch hinweg nachsetzte. Ich wollte mich mit den Fäusten auf ihn stürzen, überlegte es mir auf halbem Weg jedoch anders und trat ihm mit beiden Füßen in den Bauch, direkt über dem Gürtel. Die zerbrochene Flasche flog davon. Winkies Beine schossen unter ihm weg. Seine Hände bremsten den Sturz.

Gilmer rappelte sich auf die Knie hoch. Nach dem Tritt war ich auf dem Fußboden gelandet, und einer meiner Ellbogen war taub. Ich fürchtete, er war gebrochen. Auf dem Boden drehte ich mich um, um einen Angriff seinerseits abzuwehren. Nicht ganz einfach mit nur einem Arm. Doch anscheinend hatte Gilmer nicht kapiert, dass ich verletzt war. Er sah schnell von mir weg und verzog entsetzt das Gesicht. Ich blickte unter den Tisch und sah neben der Tür auf Händen und Knien die Frau, die meine Automatik aufhob. Ich hatte sie bis jetzt überhaupt nicht beachtet. Blut tropfte langsam von ihrem Gesicht. Die Waffe war schussbereit ... die Frau musste nur etwas finden, worauf sie schießen konnte.

Winkies Blick richtete sich auf ein Fenster. Er ging darauf zu und griff sich unterwegs einen Stuhl. In der Zeit, die ich brauchte, um mich aufzurichten, schlug er das Fenster ein und sprang mit den Füßen voran hinaus.

Ich folgte ihm, ohne mich um meine Waffe zu kümmern. Winkie war jetzt ein flinker Schatten, der mit dreißig Schritten Vorsprung durch die Hinterhöfe rannte. Ein Zaun hielt ihn auf und gab mir die Gelegenheit, den Abstand zu verringern. Er blickte sich um. Er hatte kein Messer und keine Pistole. Ich war größer als er. Gilmer war sicher nicht glücklich. Er rannte an dem Zaun entlang und stolperte in eine Gasse. Er rannte mit aller Kraft, schwang die Arme und ließ die Beine wirbeln. Ich rannte geschmeidiger, mit großen Schritten, verbrauchte nicht so viel Kraft. Die Angst trieb ihn an. Er hielt die dreißig Schritte Abstand. Die Zäune ließen ihm nur eine Richtung.

An der ersten Straße, die die Gasse kreuzte, schlug Gilmer einen Haken und rannte auf das kantige Skelett eines vierstöckigen Rohbaus zu. Stapel aus Betonblöcken und Bauholz lagen herum. Ich sprintete schneller, schloss zu ihm auf. Er stolperte, kämpfte sich durch einen Haufen Sägespäne. Ich lief um den Haufen rum. Er flüchtete ins Innere des Gebäudes. Die Stützwände und Fußböden waren bereits gegossen, und drei der vier Außenwände im Erdgeschoss waren fertig. Winkie blieb stehen, merkte, dass er in eine Falle geraten war, und kletterte eine Leiter in den ersten Stock hinauf. Treppen gab es noch keine. Ich folgte ihm. Über mir hörte ich ihn keuchend schnaufen. Er war mir nur drei Sprossen voraus.

Im ersten Stock machte er nicht halt, sondern kletterte weiter. Doch auch im zweiten Stock gab es kein Versteck. Wir wurden beide müde, unser Klettertempo ließ nach. Meine Lungen waren wie mit heißen Drähten umwickelt. Wir erreichten die letzte Leiter. Winkie rutschte einmal aus, hing nur noch an den Händen. Ich kam nahe genug ran, um nach seinem Fuß zu langen. Er zog das Bein an, kraxelte die letzten Sprossen hoch. Inzwischen gab er schrille Angstgeräusche von sich.

Im obersten Stock fiel ihm ein Stück Rohrleitung in die Hände, als er von der Bodenöffnung wegkroch. Als ich mich hochzog, sah ich, wie er sich damit umdrehte. Irgendwo flackerte ein Licht, und ich konnte den glücklichen Ausdruck seiner Augen erkennen, als er herumwirbelte und das Rohr in die Höhe hob.

»Jetzt bist du erledigt«, keuchte er. Ich zog die Knie über den Rand der Bodenöffnung und hob einen Arm. Der Schlag warf mich flach auf den Rücken. Hätte das Rohr meinen Unterarm getroffen, hätte es den Knochen zerschmettert. Die Muskelstränge meines Oberarms hatten den Schlag abgefangen. Er stürzte mir nach, um mir mit dem Rohr den Kopf einzuschlagen. Ich rollte mich schnell ab. Irgendwo in der Nähe roch es nach Öl. Ich sah Gilmer über mir aufragen, Gesicht und Haare mit Schweiß und Leinöl bedeckt. Es tropfte von seinem Kinn. Sägespäne klebten an dem Ölfilm.

Meine tastende Hand fand die Quelle des Rauchs und des flackernden Lichts. Meine Finger schabten über aushärtenden Beton. Ich hielt den Blick auf Winkie gerichtet. Das Rohr schwang nach hinten. Er konzentrierte sich darauf, meinen Kopf zu treffen, war auf jedes Ausweichmanöver gefasst. Ich griff nach dem runden, flammenden Kerosintopf, der vor der trocknenden Zementfläche warnen sollte, und schleuderte ihn mit einer schwungvollen Armbewegung auf Winkie. Ich hatte auf seine Brust gezielt. Der kleine schwarze Topf prallte ab, doch die Flamme hatte an den mit Leinöl durchtränkten Kleidern geleckt, und eine helle, zuckende Fackel umrahmte Winkies verdattertes Gesicht eine Sekunde lang, bevor sich die Flammenfaust gänzlich um ihn schloss, die Haarstoppeln auf seinem Kopf verkohlte, seine Haut versengte und ihn blendete. Er schrie. Seine Hände ließen das Rohr fallen und krallten sich in sein brennendes Gesicht. Er taumelte drei Schritte zurück und heulte auf, als die Flammen jeglichen Ausdruck verschlangen und die Luft mit dem Gestank verkohlten Fleisches verpesteten.

Dann war Winkie plötzlich verschwunden. Ich kroch zum Rand der viereckigen Bodenöffnung, wo irgendwann mal die

Treppe verlaufen sollte, und sah, wie er vier Stock tiefer auf dem Sandboden aufschlug. Er landete auf dem Rücken. Das Feuer auf seiner Brust und seinem Kopf loderte für einen Moment heller auf und fraß sich schließlich lautlos weiter durch seine Kleider.

In meiner Nähe lag ein kleiner Sandhaufen. Mit den Händen schaufelte ich ein wenig Sand in die Öffnung, er rauschte hinunter und rieselte auf den brennenden Körper. Nachdem schließlich genügend Sand runtergefallen war, erloschen die Flammen.

Äußerst vorsichtig kletterte ich die Leitern hinunter, jeder einzelne Muskel zitterte. Auf jeder Etage musste ich stehen bleiben und mich ausruhen. Unten warf ich einen raschen Blick auf den Revolvermann. Er war halb verkohlt. Der Sturz hatte ihn wohl ohnehin getötet. Der Gestank war ekelerregend. Ich verspürte ein leichtes Bedauern über seinen Tod. Jetzt würde ich keine Antworten auf meine Fragen bekommen.

Ich machte, dass ich wegkam, lief durch die Gasse zurück zum Möbelladen und kletterte durch das zerbrochene Fenster. Mit einem Fuß drinnen hielt ich inne. Die Frau saß am Tisch und hielt die Waffe in ihren fetten Händen. Sie hatte einen irren Ausdruck in den Augen. Ihr ursprünglich sorgfältig gelocktes Haar stand nach allen Seiten vom Kopf ab. Jeder Atemzug klang wie ein Würgen. Auf einer ihrer Wangen war eine lange klaffende Wunde, die durch das Fett bis auf den festen Wangenknochen gedrungen war. Ihr Gesicht und die Hände waren mit Blut aus der Wunde beschmiert.

»Ganz ruhig«, sagte ich, ohne mich zu bewegen. Ich war mir nicht sicher, ob sie mich erkannte.

»Wo ist er?«, fragte sie mit fester Stimme.

»Dort hinten.« Ich deutete über meine Schulter hinweg.

»Haben Sie ihn umgebracht?«

»Er ist tot.«

Ihre Finger lockerten sich, und die Waffe polterte auf den Tisch. Ich zog das andere Bein durchs Fenster.

»Schauen Sie nur, was er mit mir gemacht hat«, sagte sie. »Oh, dieses miese Schwein! Er hat auf mich eingestochen. Das hätte er doch gar nicht tun müssen. Das war doch gar nicht nötig.«

»Soll ich einen Arzt rufen?«

»Ja. Ja.«

»Gleich bekommen Sie Ihren Arzt. Aber reden Sie zuerst mit mir. Wo ist Carla Kennedy?«

Sie kramte ein Taschentuch heraus und drückte es fest auf die Wunde. Die Blutung hatte fast aufgehört. »Das hab ich Ihnen doch gesagt. Ich hab Ihnen gesagt, wo sie ist.«

»Ich hab nur Harry Small gefunden. Tot. Jemand hat ihn erstochen, wahrscheinlich jemand, der ihn kannte oder den er erwartet hat. Ich hab mich in seiner Wohnung umgesehen. Keine Spur von dem Mädchen.«

»Dann ... hat sie wohl alles mitgenommen.«

»Sie wissen nicht, wo ich sie finden könnte?«

»Nein. Das hab ich Ihnen doch gesagt.«

»Dieser Gilmer. Was wollte er von Ihnen?«

»Er wollte ... wissen, was ich Ihnen gesagt hab. Wie hat er bloß rausgefunden, dass ich Ihnen was gesagt hab?«

»Ich fürchte, einige Leute haben gewusst, dass ich hier war. Hat Gilmer gesagt oder angedeutet, dass er Harry Small umgebracht hat?«

»Nein. Er hat bloß gesagt, dass Harry tot ist.«

»Womit hat dieser Harry Small sein Geld verdient?«

»Mit 'nem Zeitungsstand. Oben auf der Rosamorada, beim Strip in der Nähe. Hat früher Zeitungen an 'ner Ecke in der Innenstadt verkauft. Er bekam seinen Stand vor ein paar Jahren.«

»Wissen Sie vielleicht irgendwas über Carla Kennedy, was mir helfen könnte? Ich muss sie finden.«

»Ich weiß überhaupt nichts. Ich weiß nur, dass Harry Small sie aufgenommen hatte. Ich weiß nicht mal, wie sie aussieht.«

Ich erinnerte mich plötzlich an etwas in meiner Jackentasche und holte es heraus. Der kleine Soldat war inzwischen in den Falten meines Taschentuchs zu einem Nimmerwiedersehen zerbrochen. Ich wickelte die Teile aus und legte sie vor ihr hin. Sie berührte sie liebevoll. Eines ihrer Kinder war heimgekehrt.

»Das hab ich in Harry Smalls Zimmer gefunden.«

»Eine von meinen Figuren.« Sie sah zu mir auf. »Allerdings habe ich zwei davon gemacht, beide genau gleich.«

»Zwei? Was ist mit der anderen passiert?«

»Harry hatte beide.« Ich dachte an meinen Besuch zurück, versuchte mich an eine weitere Figur im Zimmer zu erinnern. Wenn sie nicht versteckt worden war, war da keine gewesen.

»Das Mädchen muss die andere haben«, sagte sie, meine Gedanken lesend. Sie stöhnte auf. »Bitte. Rufen Sie einen Arzt.«

»In Ordnung, aber hören Sie zu. Wenn man Gilmers Leiche findet, dann wimmelt es im ganzen Viertel nur so von Polizei. Sie werden Fragen stellen. Irgendwelche Leute werden sich sicher erinnern, dass wir durch ihre Hinterhöfe und die Gasse gerannt sind. Die Cops wollen bestimmt wissen, was mit dem Fenster passiert ist und wie Sie an den Schnitt in Ihrer Wange gekommen sind. Es wäre wohl besser, wenn Sie denen nicht alles erzählen. An der Ecke lauert schon der nächste Gilmer, nur noch schlimmer. Er hat schon ein paar Menschen auf dem Gewissen. Wenn Sie nicht den Mund halten, bringt er Sie um, nur weil Sie mich kennen.«

Der Schrecken, der in ihren Augen aufblitzte, war Antwort genug. Ich ging zum Telefon, das neben den Gardinen an der Wand hing. Mein Fuß stieß gegen etwas. Ich bückte mich und hob einen hellblauen Hut mit weißem Hutband vom Boden auf. Ich warf ihn auf den Tisch.

»Den verbrennen Sie besser auch in Ihrem Ofen«, sagte ich. Ich machte zwei Anrufe. Erst rief ich die Polizei an, um ihnen von Harry Small zu berichten. Dann rief ich einen Arzt, dessen Namen sie mir nannte.

22

Reavis hatte Dienst im Pförtnerhaus, als ich zurück zur Insel fuhr. Er kam zum Wagen herüber, sobald ich das Tor durchquert hatte.

»Wir haben Gäste«, sagte er und legte eine Hand auf den Türrahmen. »Maxine und drei von seinen Jungs. Auch das Mädchen, mit dem er zusammenwohnt.«

Ich nickte und fuhr den Hügel rauf. Da Maxines Wagen, ein glänzender schwarzer Lincoln, im Weg stand, kam ich nicht in die Garage. Ich ließ den Buick in der Einfahrt stehen und ging zum Haus.

»Mallory!«, hörte ich jemanden rufen. Ich drehte mich von der Tür weg und wartete. Charley Rinke kam über den vorderen Rasen auf mich zugelaufen.

»Sie sind hier«, flüsterte er, als er glaubte, nahe genug zu sein. »Ich weiß«, erwiderte ich knapp.

Er zog nervös an einer Zigarette. »Mallory ... Pete, das ist unsere Chance. Die große Chance für uns beide. Macy ist am Ende. Aber die Organisation ist noch nicht total am Boden. Es fehlt nur jemand, der einsteigt und die Kontrolle übernimmt. Zwei zusammen könnten es machen. Sie und ich. Ich kenne die Bücher. Sie haben die Kontakte. Sie könnten die Männer zusammentrommeln. In ein paar Tagen könnten wir jeden Widerstand brechen. Der wär sowieso nicht groß, wenn Maxine tot ist.«

Ich wandte mich von ihm ab. Seine Hand packte meinen Arm.

»Warten Sie, Pete, warten Sie.« Seine Stimme klang angespannt. »Hören Sie zu. Ich hab mir alles genau überlegt. Wir könnten es durchziehen. Denken Sie drüber nach, Pete. Sie haben doch das Geld im Safe gesehen. Es gibt noch Millionen, die nur drauf warten, dass wir sie uns nehmen.«

»Lassen Sie mich los«, sagte ich.

Seine Hand löste sich wieder. »Aber was ist denn? Ich ... ich dachte ...«

»Ich weiß nicht, was Sie gedacht haben«, erwiderte ich. »Ich weiß auch nicht, welche Pläne Sie geschmiedet haben. Aber Sie vergessen das Ganze besser, Rinke. Sie ahnen ja nicht mal, worauf Sie sich da einlassen. Mit 'nem toten Maxine und 'nem kaltgestellten Macy wäre das Territorium hier völlig offen. Jeder ausrangierte Syndikatsgangster von Seattle bis Newark würde den ersten Zug hier runter nehmen. Ich könnte das Gebiet nicht einmal mit 'nem Bataillon Marines halten. Man braucht Zeit, um gute Leute anzuheuern. Sie können nicht einfach 'nen x-beliebigen miesen Revolverhelden anheuern, nur weil er 'ne Waffe hat und bereit ist, zu schießen. Sie brauchen ein paar helle Köpfe in der Mannschaft, um so ein Spiel zu spielen. Und in der Zwischenzeit wäre Ihr Leben von einer Sekunde zur andern in Gefahr. Ich weiß gar nicht, warum ich hier rumstehe und Ihnen das erkläre. Ich sollte Sie versuchen lassen, Maxine auf eigene Faust zu erledigen. Vorausgesetzt, Sie hätten den Mumm dazu. Aber ich glaub nicht, dass Sie den haben. Ihre großartige Idee besteht darin, dass ich die Kugeln abfange und Sie in den Büchern herummalen, sich zurücklehnen und sich in der Rolle des hiesigen Gangsterbosses gefallen. Sie würden keine Woche überleben. Und wenn Sie dann draufgehen, sterben Sie voller Angst und auf die hässliche Tour.«

Er starrte mich an, seine dünnen Lippen klafften. Ein Ausdruck kindlicher Frustration lag auf seinem Gesicht.

»Ich hab 'nen guten Rat für Sie«, sagte ich. »Sobald Maxine hier übernommen hat, packen Sie Ihren Kram zusammen und verschwinden. Fahren Sie so weit weg wie möglich. Vielleicht ändern Sie auch Ihren Namen. Sie wissen zu viel, um noch in der Stadt rumzuhängen, wenn Maxine der Oberboss ist. Er wird vielleicht nach einer Weile nervös und beauftragt jemanden, der Sie kaltmachen soll. Warum suchen Sie sich nicht einen ehrlichen Job und geben Ihrer Frau zur Abwechslung mal 'ne Chance?« Es erschöpfte mich, ihm so viel zu sagen.

Er blickte mich höhnisch an. »Mit Evelyn komm ich schon zurecht«, sagte er.

»Das hab ich gemerkt«, erwiderte ich. »Lassen Sie mich in Ruhe, Rinke. Sonst komm ich noch auf den Gedanken, Ihnen die tollen Ideen aus dem Leib zu prügeln. Wahrscheinlich würde Ihnen das guttun.«

Rinke wandte sich hastig von mir ab. »Ich hab Sie für clever gehalten. Ich dachte, ich könnte mit Ihnen reden.«

»Sie können nicht mit mir reden«, sagte ich. »Sie haben nichts, was mich interessiert. Das Einzige, was mich interessiert, ist, tausend Meilen weit weg von hier zu sein.«

Ich ging auf ihn zu und stieß ihn weg. Hart. Er fiel beinahe hin und wich vor mir zurück. Ich hätte es nicht tun müssen. Es gab keinen Grund dazu. Ich drehte mich um und lief erschöpft ins Haus. Ich hielt meine Hände ausgestreckt ein wenig vor mir, als hätte ich sie mit irgendwelchem Dreck beschmiert. Ich hatte mich selbst satt. Hatte es satt, den harten Burschen zu geben. Ich war nicht hart. Ich war nicht einer von diesen gemieteten Gorillas, die einem das Gesicht einschlagen oder einen erschießen konnten, ohne mit der Wimper zu zucken. Ich war auf Härte konditioniert, mehr nicht. Ich war an plötzliche Gewaltausbrüche gewöhnt und konnte auf mich selbst aufpassen. Doch ab und an brach der Schutzwall zusammen, und ich fing an zu zittern. Die einzigen wirklich harten Typen sind die kräftigen Burschen mit 'nem IQ von knapp über sechzig, die nicht mal über das Denkvermögen eines Flohs verfügen, die nicht sehen können, was eines Tages mit ihnen geschehen wird. Und die sowieso drauf scheißen.

Im hell erleuchteten Wohnzimmer saß Gerry allein an der kleinen geschwungenen Bar und trank irgendeinen blassen Rachenputzer aus einem hohen, gravierten Glas. Sie trug einen grauen Rock und eine langärmelige Bluse mit breiten roten Streifen. Ihre Haut wirkte so frisch wie flüssige Sahne. Sie sah sehr jung und sehr reizend aus.

»Hallo«, sagte sie und rutschte an den Rand des Barhockers. Ihre Lippen umschlossen einen Strohhalm. »Was ist denn mit Ihnen passiert?«

Ich blickte an mir runter. Ich sah aus, als wäre ich gerade aus einem eingestürzten Haus ausgegraben worden. Meine Hände zitterten. Eine Handfläche war eingeschnitten. Der Arm, der das Rohr abbekommen hatte, schmerzte. Ich konnte ihn kaum mehr als ein paar Zentimeter anheben. Ich zog ein Taschentuch heraus und wischte mir durchs Gesicht. Eine Menge Schmutz blieb daran kleben. Mallory, heimgekehrt aus dem Krieg, um seine Orden zu zählen.

»Was trinken Sie da?«, fragte ich. »Ginger Ale?«

»Seien Sie nicht albern. Das ist irgendwas mit Rum. Stan hat mir gezeigt, wie man das mixt. Soll ich Ihnen auch einen machen?«

»Bemühen Sie sich nicht. Ein Schluck, und Sie können mich zum Leichenbestatter bringen.« Ich setzte mich auf einen Stuhl aus geschwungenen Aluminiumröhren. »Wo ist die Bande?«

»Die sind alle irgendwo anders und reden übers Geschäft«, erwiderte Gerry. »Zumindest Stan und Macy.« Sie trank den Rest ihres Rumgemischs und stellte das Glas ab. »Sie haben nicht zufällig Owen gesehen?«

»Honey, ich bin eben erst reingekommen.« Mir kam ein Gedanke. Die müden Rädchen griffen ineinander. »Vielleicht wär's besser, Sie sehen Owen nicht, solange Sie hier sind«, sagte ich geduldig. »Sie wollen doch nicht, dass es Ärger gibt, oder?«

Sie kicherte. Sie langte nach einer viereckigen Flasche mit Rum, schnupperte daran und goss etwas über das Eis in ihrem Glas. Das Kichern ließ erahnen, dass sie und der Rum sich schon ein wenig zu lange Gesellschaft geleistet hatten.

»Nein, ich fang schon keinen Ärger an«, sagte sie. »Ich hab hier mal gewohnt. Das haben Sie nicht gewusst, oder? Macy hat viel von mir gehalten, bevor dieses Kind auftauchte.« Für einen Augenblick lag eine Spur Bitterkeit in ihren Augen. »Der gute alte Macy«, sagte sie ironisch. Gerry drehte sich leicht auf ihrem Hocker. »Selbst wenn ich Owen besuchen würde«, sagte sie, »würde Stan mich nicht wegschicken. Er sagt mir immer, dass er ohne mich nicht leben kann.«

Ich saß da und versuchte, genügend Kraft aufzubringen, um von meinem Stuhl hochzukommen.

Sie leckte sich den Rum von den Lippen. »Wobei«, fuhr sie geheimnisvoll fort, »er sowieso nicht mehr lange lebt.«

»Hä?«

Sie kicherte wieder. »Sollte ich Ihnen gar nicht erzählen.« Eine lose Haarsträhne fiel ihr in die Stirn und verlieh ihr ein spitzbübisches Aussehen. Sie lächelte, hielt das Glas an die Lippen gedrückt. Ihre Zähne stießen dagegen.

»Was sollten Sie mir nicht erzählen?«

Sie zuckte gleichgültig mit den Schultern. »Ach. Dass Stan ständig zum Arzt geht. Manchmal geht er dreimal die Woche. Er müsste eigentlich operiert werden, aber ich glaub, er hat Angst davor. Er nimmt diese Pillen. Phen... Pheno...«

»Phenobarbital?«

»Ich glaub, das ist es. Manchmal liegt er nachts wach im Bett und stöhnt.« Sie drückte ihre Lippen wieder an das Glas und küsste es. Ihre Unterlippe sah heiß und weich aus. Sie war 'ne Mordsbiene. Irgendwie konnte ich verstehen, dass Stan an ihr hing.

»Es wird immer schlimmer«, sagte sie verdrießlich. »Ich kann nicht schlafen.«

Ihre Augen waren nachdenklich verträumt. »Ich glaube«, sagte sie, »dass ich eines Abends nicht mehr da bin, wenn er nach Hause kommt.«

Ich blickte sie an. »Sie meinen, Sie lassen ihn sitzen?«

»Genau.« Ihr Kopf hüpfte enthusiastisch auf und ab. »Sitzen lassen. Zeit, dass Gerry weiterzieht. Ich hab da so einen Mann kennengelernt. Er ist ein Graf oder so was. Ich bin ihm begegnet, als Stan mit mir nach Boca Raton gefahren ist. Er ist sehr nett. Er wollte, dass ich mit ihm komme. Aber ich hab ihm gesagt, ich müsste drüber nachdenken.«

Schwungvoll stellte sie das Glas ab und glitt von ihrem Hocker. Sie reckte sich bis auf die Zehenspitzen. Der Rock unterstrich die Rundung ihrer Beine. »Jetzt hab ich drüber nachgedacht«, sagte sie träge und sah mich lange an. Sie kickte ihre Schuhe weg. »Finden Sie mich nicht hübsch?«

»Sie sind ein Schatz«, gab ich zurück. »Königin des Abschlussballs. Alle Mützenträger sind verrückt nach Ihnen.«

»Das ist nicht witzig«, sagte sie.

Ich wandte den Kopf zu ihr um. »Nein, ist es nicht, oder doch? Ich muss mir wohl mal 'n paar neue Witze einfallen lassen. Ich schätze, ich nehm ein heißes Bad, während ich darüber nachdenke. Ich werd das Wasser bis zur Oberlippe in die Wanne fließen lassen und dann kleine Wellen machen. Dauert doch bestimmt 'ne Weile, bis man ertrinkt, oder?«

Sie sah mich ernst an, dann ließ sie die Unterlippe fallen und lachte. »Sie sind verrückt«, sagte sie.

Ich erhob mich von meinem Stuhl. »Hier in der Gegend«, sagte ich, »ist das 'ne Tugend.« Ich verließ das Wohnzimmer und ging zu meinem Bereich im hinteren Flügel. Auf dem

Weg sah ich im Fernsehzimmer drei von Maxines Jungs Poker spielen. Der Ire war auch dabei. Er sah aus, als hätte er 'ne Aubergine unter der Nase.

Ich streckte meinen Kopf zur Tür rein. »Na«, sagte ich, »wenn das nicht Bushy, Bagot und Green sind. Und wie geht's dem King heute Abend?«

Drei Kinnladen klappten runter. Der, der die Karten ausgab, vermischte sich, und eine Karte flatterte zu Boden.

»Mach, dass du rauskommst«, sagte der Ire mit steifen Lippen.

Sein Kiefer sah schlimm aus. Ich schleppte mich durch den Korridor zu meinem Zimmer, als hinge mir ein Grabstein am Hintern.

23

Ich hatte ausgiebig gebadet, meinen verletzten Arm mit einer Wundsalbe behandelt und wollte gerade ins Bett gehen, als hinter mir die Tür vorsichtig aufgestoßen wurde. Ich schaute über die Schulter. Da war ein Gesicht, ungefähr einen Meter zwanzig über dem Boden. Ernste braune Augen musterten mich.

»Hallo, Aimee«, sagte ich.

Die Tür öffnete sich ein Stückchen weiter.

Aimee trug einen blauen Pyjama und hatte Pantoffeln mit Fellbesatz an den Füßen. Ihr glattes schwarzes Haar war gebürstet und glänzte.

»Ich suche Diane«, sagte sie ängstlich.

»Und wie kommst du darauf, dass sie hier ist?«, fragte ich sie.

Aimee zuckte mit den Schultern und kam ins Zimmer geschlichen und schaute sich um. Vielleicht fühlte sie sich einsam. Sie blieb am Fußende des Betts stehen und blickte mich erwartungsvoll an.

»Diane ist nicht oben, oder?«

Sie schüttelte den Kopf. »Nein, sie ist weggegangen, als sie dachte, ich wäre eingeschlafen.«

»Aber das warst du nicht?«

»Nein.« Sie drehte sich um, hievte ihren Hintern auf die Bettkante und blieb mit gefalteten Händen dort sitzen. »Sie ist zur Garage gegangen.«

»Woher weißt du das?«

Sie sah mich verschwörerisch an. »Weil ich ihr nachgegangen bin.«

»Was wollte sie denn in der Garage?«

Aimee schüttelte wieder den Kopf. »Sie ist nicht reingegangen.« Sie kratzte sich an der Nase und dachte nach. »Sie ist zu einem Auto gegangen. Einem schwarzen. Sie hat ein Paket rausgenommen.«

»Ein Paket? Was für ein Paket?«

Sie hielt ihre Hände etwa dreißig Zentimeter auseinander, um es mir zu zeigen. »Ungefähr so. Ich hab nicht genau drauf geachtet. Ich bin wieder raufgegangen und hab mich ins Bett gelegt, bevor Diane zurückkam.«

»Und dann hat sie sich auch hingelegt?«, fragte ich ermunternd.

»Nein. Sie hat ihren Badeanzug geholt und ihn angezogen. Sie ist im Badeanzug runtergegangen und hat das Paket mitgenommen. Ich glaub, es war eine Schachtel oder so.«

»Wie lange ist das her?«

Aimee schüttelte den Kopf. »Ich weiß nicht.« Sie blieb still sitzen, hatte die Hände gefaltet und sah mich nicht an. Ich schaute auf die Uhr. Es war zwanzig nach zwölf.

»Hast du eine Freundin?«, fragte Aimee plötzlich.

»Ja.«

Aimee seufzte. »Wenn du keine Freundin hättest, dann könntest du doch Diane heiraten, oder?«

Ich runzelte diskret die Stirn. »Na ja ... eigentlich nicht so direkt ...«

»Diane sollte jemanden heiraten«, sagte Aimee besorgt. »Magst du sie nicht?«

»Doch, irgendwie schon«, erwiderte ich.

»Ich glaube, Diane könnte auch Daddy heiraten«, sagte Aimee. »Aber das ... das will sie nicht. Manchmal denke ich, sie hat Daddy nicht lieb.« Sie zog ihre Beine aufs Bett und kreuzte sie. »Diane ist hübsch«, sagte sie schmeichelnd. »Ich weiß, dass sie dich auch gut leiden kann. Hat sie gesagt. Und sie ist nicht halb so schlimm, wie sie sich benimmt. Glaub ich wenigstens.«

»Du meinst, wenn sie sich manchmal ein bisschen komisch benimmt?«

»Nein. Diane benimmt sich nicht komisch. Nicht verrückt, meine ich. Ich rede von ...« Ihr Blick schien plötzlich stumpf und ausdruckslos zu werden. »Aber sie hat gesagt, dass ich nie was darüber sagen darf.«

»Worüber?«

Doch Aimee sagte nichts. Ihre Lippen waren fest zusammengepresst. »Nie«, sagte sie entschieden.

»Okay«, gab ich zurück. »Meinst du nicht, dass du jetzt mal wieder in dein Zimmer gehen solltest?«

»Ich will nicht, wenn Diane nicht da ist.«

»Wenn sie nur schwimmen gegangen ist, dann kommt sie bestimmt bald zurück. Du könntest ins Bett gehen und das Licht für sie anlassen.«

Aimee blickte sich scheu im Zimmer um. »Kann ich nicht ein bisschen hierbleiben?«

»Das wär keine gute Idee. Ich wollte gerade selbst ins Bett gehen.«

Aimee zögerte einen Moment lang, dann rutschte sie vom Bett runter.

»Ich bring dich rauf«, sagte ich. Ich nahm sie bei der Hand, und wir gingen zusammen die Treppe hinauf. Ich dachte über Aimee nach. Als sie bei mir im Zimmer gewesen war, hatte sie etwas sehr Sanftes ausgestrahlt, wie ein zarter Trieb, der nach einem Platz zum Wurzelfassen sucht. Es war etwas Zerbrechliches an ihr, das seltsam anziehend wirkte.

In ihrem Zimmer legte sie sich ordentlich ins Bett und bedankte sich bei mir. Dann sagte sie: »Ich hab Teddy vergessen.«

»Was?«

»Mein Teddy«, erwiderte sie mit schläfriger Geduld. »Ich hab ihn wohl unten im Korridor fallen lassen.«

»Ich hol ihn dir«, sagte ich. Ich lief wieder nach unten und suchte, bis ich das Stofftier gefunden hatte. Ich hob es auf und ging zurück zu ihrem Zimmer. Als ich eintrat, sah ich, dass das Badezimmerlicht eingeschaltet war und die Tür offen stand. Aimee war eingeschlafen.

Plötzlich erschien Diane in der Tür zum Bad. Sie trocknete gerade ihre Brüste mit einem Handtuch ab. Als sie mich sah, erstarrte sie kurz. Dann fragte sie: »Pete?« Ich konnte den Ausdruck ihrer Augen nicht erkennen.

»Ja«, sagte ich nüchtern. Ich konnte den Blick nicht von ihr abwenden. Sie sah noch besser aus, als ich es mir in der ersten Nacht am Strand vorgestellt hatte. Und mit dem Badezimmerlicht hinter ihr gab es nichts, was ich nicht sehen konnte.

Für einen Augenblick sah sie mich ruhig an und machte keine Anstalten, sich hinter dem Handtuch zu verstecken.

»Warum kommst du nicht näher?«, fragte sie. Sie ließ das Handtuch fallen und stieß es mit dem Fuß zur Seite. Sie hatte sich nicht bewegt, blickte mich weiter offen an.

Ich ging auf sie zu, warf den Teddybär auf ihr Bett. Ich konnte sehen, wie ihre Augen jetzt funkelten, sah das Glänzen ihrer Zähne hinter den geöffneten Lippen.

Als ich die Hand nach ihr ausstreckte, knipste sie das Licht aus und überließ uns der Dunkelheit. Ihre Hände umfassten meine Handgelenke, zogen mich an sie. Ihr Liebesspiel mit Lippen, Zunge, den festen Spitzen ihrer Brüste und den Bewegungen ihrer Hüfte trieb mich an den Rand des Wahnsinns. Als sich ihre Lippen von meinen lösten, hatte ich Blut geleckt. In mir hatte sich ein Druck aufgestaut, der mir die Ohren klingeln ließ.

»In Ordnung«, sagte ich aufgewühlt, »lass es uns zu Ende bringen.«

»Es ist zu Ende«, sagte sie fast träumerisch. »Das ist alles, Pete. Du kannst jetzt gehen.« Sie ließ mich los und trat zurück, verschwand im Badezimmer und schloss die Tür ab, ehe ich sie erreichen konnte.

Ich grummelte etwas in mich hinein und hätte am liebsten die Schulter gegen die Tür gerammt und sie da rausgezerrt. Doch dann fiel mir das schlafende Kind wieder ein und die hässliche kleine Szene zwischen Diane und Owen Barr. Ich holte tief Luft und ging zurück in mein Zimmer. Es dauerte lange, bis ich einschlafen konnte.

24

Das Besäufnis begann früh am nächsten Tag, und gegen zwei Uhr wimmelte die Veranda von Leuten, die sich nach dem Mittagessen eine Erfrischung genehmigten. Als ich nach draußen kam, hatte sich Owen Barr schon ordentlich einen hinter die Binde gekippt, oder zumindest schien es so. Maxine trank nichts.

Er lag mit karierten Shorts entspannt in der Sonne und setzte die freundlichste Miene auf, die er auf Lager hatte. Die Dinge liefen reibungslos für Stan. Die erste Konferenz hatte offensichtlich den Weg geebnet. Weitere Konferenzen mit Anwälten auf beiden Seiten und mit Unterstützung von außerhalb der Hierarchie würden folgen. Doch Stan war auf dem Weg nach oben.

Gerry saß neben ihm und trug einen reizenden Hauch von Badeanzug, mit dem man nicht mal einen wehen Daumen hätte verbinden können. Sie hatte für Stan das Trinken übernommen, und sie hielten Händchen. Owen Barr hielt sich von ihr fern, blickte jedoch gelegentlich verbittert in Maxines Richtung. Wenn er sein Glas ausgetrunken hatte, hielt er es lässig hoch, und ein Hausdiener riss es ihm aus der Hand, um mit einer ruckartigen Bewegung einen weiteren Schuss auf das verbliebene Eis zu gießen.

Charley Rinke und seine Frau spielten an einem kleinen Tisch im Schatten eines pinkfarbenen Sonnenschirms Canasta. Keiner von beiden zeigte das geringste Interesse an dem Spiel. Mechanisch ordneten ihre Finger die Karten. Evelyn

Rinke trug eine große Sonnenbrille, die jeglichen Ausdruck verbarg, doch ihr Teint sah ungesund aus.

Auf dem kleinen Pier, der in die Bucht ragte, warteten Aimee, Diane und Macy, während Rudy damit beschäftigt war, ein elegantes neues Schnellboot aufzutanken. Rudy trug eine Badehose und wirkte munterer, auch wenn er immer noch qualvoll hinkte. Macy hielt Aimee fest an der Hand und war anscheinend nicht begeistert von der Aussicht, in dem Schnellboot durch die Bucht zu donnern. Aimee steckte in einer orangefarbenen Rettungsweste.

Es wurde nicht viel geredet, weder auf der Veranda noch auf dem Pier, und selbst Aimee schien die unterschwellige Spannung zu spüren und schwatzte nur wenig.

Ich schüttelte den Kopf, als mir ein Hausdiener ein Tablett mit Highballs anbot, und lief auf die Terrasse zu. Taggart lehnte an der die Veranda umgebenden Felsmauer und trug Shorts und ein T-Shirt, unter dem sich seine Muskeln eindrucksvoll abzeichneten. Er musterte mich lange, als ich vorbeiging.

Auf der Veranda hinter mir erhob sich jemand ruckartig von einem der Stühle, der metallisch über den Boden schrammte. Ich blickte mich um. Owen Barr war mir auf den Fersen und grinste betrunken. Er hatte ein halb geleertes Glas in der Hand.

»Mal'ry«, nuschelte er. »Oller Pete Mal'ry. Willste kein' Drink, Kumpel?« Als er mich eingeholt hatte, legte er mir schwer den Arm um die Schulter und lehnte sich gegen mich, sodass ich stehen bleiben oder ihn umfallen lassen musste.

»Hier«, sagte er und streckte mir sein Glas entgegen. »Du nimms meins. Du nimms mein' klein' Drinky, Pete, und ich hol mir 'n Neuen.« Er sprach laut und atmete mir ins Gesicht. Er roch nicht besonders stark nach Alkohol. Ich runzelte die Stirn.

Er brachte sein gerötetes Gesicht an mein Ohr und wandte sich dann zur Bucht hin. »Ich wäre *schrecklich* beleidigt, wenn du nichts mit mir trinkst, Kumpel.« Mit veränderter Stimme, ruhig und leise, sagte er hastig: »Ich muss mit dir reden, Pete. Später. Mehr kann ich nicht sagen. Ich werd beobachtet. Komm in mein Zimmer.« Er brach in krächzendes, betrunkenes Gelächter aus.

Ich stieß ihn weg. »Pass auf, was du machst«, sagte ich. »Du hast mich bekleckert. Hau bloß ab. Wenn ich 'nen Drink will, dann geh ich und hol mir selber einen.«

Er machte ein gekränktes Gesicht. Er stand mit dämlich offener Klappe da und hielt sein Glas schräg in der Hand. Ich sah schnell zu den anderen auf der Veranda rüber. Niemand schenkte uns Beachtung.

»Also, ich will dir doch ... nur helfen. Das is alles, Pete.« Er zuckte mit den Schultern und ging in Schlangenlinien zurück zur Veranda, plumpste auf einen Stuhl und sah niemanden an. Ich lief weiter zum Pier runter.

Rudy hatte den großen roten Kanister verschlossen und stellte ihn auf dem Pier ab. Dann kletterte er auf den Fahrersitz und ließ den Motor an. Aimee hüpfte von einem Bein aufs andere und konnte es kaum abwarten. Diane sah teilnahmslos zu.

Der Motor stotterte ein paarmal. Rudy trat aufs Gaspedal. Die Muskeln auf seinem blassen Rücken zitterten, als er probeweise am Steuer drehte. Der Motor tuckerte im Leerlauf. Rudy blickte über die Schulter zu uns rüber.

»Ich dreh am besten erst mal eine Runde durch die Bucht und lass den Motor rundlaufen«, sagte er zu Macy. »Das Boot ist lange nicht benutzt worden.« Macy entließ ihn mit einem Winken. Er schien mit etwas anderem beschäftigt. Aimee blickte enttäuscht zu ihm hoch, sagte aber nichts.

Diane sah zu Macy herüber. Er befahl ihr, die Leinen loszumachen.

»Warum fährst du nicht einfach mit?«, fragte sie.

»Ich wart solange ab, bis Rudy den Motor klargekriegt hat«, erwiderte er. »Mach ihn los.«

Diane kniete sich hin, löste das Tau und warf es achtern auf das Schnellboot. Rudy legte vom Pier ab und erhöhte schrittweise das Tempo.

»Ich fahr mal rum und hol euch dann gleich ab«, rief er über die Schulter. Der Bug des Bootes hob sich aus dem Wasser und hinterließ eine aufspritzende, brodelnde Gischt. Sechzig Meter vom Pier entfernt drosselte Rudy das Tempo. In diesem Moment flog das glänzende Schnellboot ohne Vorwarnung in die Luft. Es gab einen gedämpften Knall und eine Wasserfontäne, gemischt mit den Splittern des Rumpfes und aufsteigendem schmutzigen Rauch. Alles passierte mit der Geschwindigkeit eines Taschenspielertricks. Während die Bootstrümmer aufs Wasser regneten und das Echo der Explosion über die Bucht rollte, standen wir wie angewurzelt da. Ich glaubte zu sehen, wie Rudy aus dem Wrack geschleudert wurde, war mir aber nicht ganz sicher. Ich sah den brodelnden, seifigen Schaum an der Stelle, wo das Boot explodiert war. Dann machte ich einen Kopfsprung vom Pier ins Wasser, sah unterwegs das schockierte Gesicht Dianes, hörte Aimees gellenden Schrei, als sie begriff, dass etwas Schlimmes passiert war, ohne genau zu wissen, wie schlimm es war.

Ich tauchte auf und schwamm mühsam zu den tänzelnden Trümmern im aufgewühlten Wasser. Ich hatte wenig Hoffnung, Rudy zu finden, dachte aber nicht weiter darüber nach. Ich versuchte, so viel Kraft wie möglich für den Rückweg zu sparen, aber mit meinem steifen, schmerzenden Arm schwamm ich schwerfällig. Jeder Zug bereitete mir heftige Schmerzen. Ich hob den Kopf erst, als ich an einem Teil der Bootsverkleidung entlangschrammte. Dann hörte ich auf zu schwimmen, trat im Wasser auf der Stelle und suchte nach einem Zeichen von Rudy. Knapp zwanzig Meter entfernt erhaschte ich einen Blick auf seinen Kopf, dann seinen Rücken, der auf die Oberfläche zugetrieben kam und für einen Moment bewegungslos in den Wellen trieb. Als er ins Wasser gefallen war, mussten seine Lungen fast komplett voll mit Luft gewesen sein.

Ich machte ein paar schnelle Züge und tauchte an ungefähr der Stelle, wo ich ihn gesehen hatte. Drei Meter tief im dämmrigen Wasser erwischte ich einen Arm und zog Rudy nach oben, meine Lungen waren zusammengedrückt und brannten. Ich hielt nicht inne, um nachzusehen, in welcher Verfassung er war. Ich legte eine Hand unter sein Kinn und schleppte den aufgedunsenen, bleischweren Körper hinter mir her. Ich konnte nicht richtig sehen. Salz stach mir in die Augen. Ich machte den Pier aus und schwamm auf ihn zu. Ich kam nur sehr langsam voran. An den Fingern, mit denen ich Rudys Kinn hielt, klebte irgendwas. Ich verschwendete weder Zeit noch Kraft, um nach ihm zu sehen.

Als ich dachte, ich müsste ihn loslassen, um meine eigene Haut zu retten, tauchte ein Kopf vor mir auf, und ein muskulöser Arm griff nach Rudy. Es war Taggart.

»Ich nehme ihn«, sagte er. Dankbar überließ ich ihm die Last und schwamm mit trägen Planschbewegungen auf den Pier zu. Die Muskeln in meinen Armen zitterten. Mein Atem ging stoßweise. Vom Pier wurden mir Hände entgegengestreckt, um mir aus dem Wasser zu helfen. Ich legte mich mit dem Rücken auf den rauen Boden, ich atmete schwer, die Beinmuskeln zuckten. Ich war zu erledigt, um auch nur einen Finger zu rühren. Verschwommen hörte ich, wie Befehle gerufen wurden. Irgendjemand wies die Frauen an, zu verschwinden. Jemand anders sagte schüchtern: »O mein Gott, seht euch *das* an.« Der dumpfe Klang einer Reihe von matten Flüchen war zu hören. Noch immer keuchend, drehte ich mich auf den Bauch.

Sie zogen Rudy über den Rand des Piers – oder das, was von ihm übrig geblieben war. Das Blut seines zerfleischten und zerschmetterten Körpers war fortgespült worden. Ein Arm und ein Teil seines Kopfes fehlten. Aus einer klaffenden Wunde an seiner Seite, der armlosen Seite, sah ich Rippen blinken. Die Explosion hatte ihn an der rechten Körperseite erwischt. Ich wandte den Blick ab und setzte mich auf. Ich sah auf meine Hand hinunter, diejenige, mit der ich Rudy geschleppt hatte. Rote Klumpen waren zwischen den Fingern. Ich beugte mich über den Rand des Piers und wusch meine Hand hastig im Wasser der Bucht.

Es war jetzt seltsam ruhig. Sechs Männer waren auf dem Pier. Niemand sagte etwas. Taggart hatte die Arme um seine angezogenen Beine geschlungen und hielt das Gesicht auf die Knie gelegt. Er atmete heftig. Das nasse T-Shirt klebte an ihm, seine braune Haut schien durch. Auf dem T-Shirt waren rote Flecken.

In der Hoffnung, meine Beine könnten mich tragen, stand ich auf und machte einen schwankenden Schritt, um mich aufrecht zu halten. Ich sah die Frauen, die sich auf der Veranda drängten und zu uns rüberschauten. Eine von ihnen – es schien Evelyn Rinke zu sein – hielt Aimee in den Armen.

Macy stand neben dem zerfetzten Körper von Rudy – dem Letzten, dem Letzten aus der alten Gang. Er ließ die Schultern hängen. Seine Finger zuckten wie Schlangen kurz vor dem Zustoßen. Lange Zeit schaute er Rudy mit versteinertem Gesicht an. Er hob den Kopf und sah auf die Bucht hinaus. Dann drehte er sich steif und unbeholfen um. Mit düsteren, zornigen Augen sah er jeden von uns an.

»Ich hätte in dem Boot sitzen sollen, stimmt's?«, sagte er. Seine Stimme war nicht mehr als ein verängstigtes Zischen. »Ich und Aimee.« Ein plötzlicher Windstoß fuhr ihm durch die Haare. Einen Moment lang herrschte tödliche Stille. Plötzlich riss Macy drohend einen Arm in die Höhe.

»Raus!«, schrie er. Seine Stimme klang wie ein lang gezogener Peitschenschlag, den man wahrscheinlich noch auf der Veranda hörte. »Ich will, dass alle von hier verschwinden! Sofort! Runter von der Insel! Packt zusammen und haut ab!« Sein ganzer Körper bebte von der Wucht des Wutanfalls. Charley Rinke schob nervös die Füße hin und her. Maxines Männer sahen Stan fragend an. Stan nickte mit dem Kopf in Richtung Haus, sein Mund war verbissen. Nach einem kurzen Blick auf ihn dachte ich, dass Rudys plötzlicher Tod ihn ebenso erschüttert hatte wie alle anderen. Die Männer drängten sich vom Pier und stapften zum Haus. Owen Barr folgte ihnen torkelnd durch den Sand.

Taggart erhob sich von der Stelle, an der er gesessen hatte. Sein Gesicht ließ keinen Schock erkennen. »Was machen wir mit ihm?«, fragte er, Rudy betreffend.

»Begrabt ihn«, sagte Macy. »Du, Pete und Reavis. Begrabt ihn. Und dann verschwindet ihr auch.« Macy schob sich an uns vorbei und verließ den Pier, seine Augen waren feucht vor Trauer, die vielleicht etwas mit Rudy zu tun hatte, vielleicht auch nicht.

Er hastete schwerfällig über den Strand und die Terrasse. Die kleine Gruppe aus Männern und Frauen teilte sich, um ihn durchzulassen. Macy gestikulierte wild. Von ganz weit weg, als käme es von einem Ort hinter der Sonne, hörte ich Aimees schrilles, katzenartiges Jammern.

25

Reavis brachte eine alte Plane und zwei Schaufeln aus der Garage und warf sie auf den Pier. Beim Anblick von Rudy machte sich ein leichtes Zittern seiner Lippen bemerkbar. Die Leiche beunruhigte ihn nicht. Leichen hatte er schon viele gesehen. Doch er hatte es immer anderen überlassen, sie zu begraben.

Taggart und ich falteten die Plane einmal zusammen, legten sie flach neben die Leiche und rollten Rudy darauf. Dann trugen wir ihn in dieser Trage weg. Taggart ging leicht stolpernd durch den Sand voran. Reavis folgte mit den Schaufeln, die beim Gehen gelegentlich aneinanderschlugen. Die Sonne war verschwunden, und der Himmel wurde grau.

In der kleinen Bucht, wo ich Diane und Taggart vor zwei Nächten gesehen hatte, setzten wir die Plane ab und begannen, ein paar Meter oberhalb der Wasserlinie bei Flut am Fuß eines Felsgrats zu graben. Ein leichter Wind war aufgekommen, und die Palmwedel schlugen mit trockenem Rascheln gegeneinander. Niemand sagte ein Wort. Nur das scharrende Geräusch der Schaufeln war noch zu hören, während wir im lockeren, sandigen Boden gruben.

Als wir ein etwa einen Meter zwanzig tiefes, halbwegs viereckiges Loch ausgehoben hatten, hielten wir inne. Ein tieferes Loch hätte sich womöglich mit Wasser gefüllt. Wir wandten uns wieder der bauchigen Plane zu und warfen sie in das frische Grab. Ich achtete darauf, dass sie Rudys sterbliche Überreste ordentlich umschloss. Das erschien mir als angemessene Geste. Taggart stützte sich auf seine Schaufel und schaute mit harten, zusammengekniffenen Augen. Reavis fuhr sich mit der Hand durchs Haar und war anscheinend darauf bedacht, bald zu verschwinden.

»Dem ist's egal, ob er ordentlich zugedeckt ist oder nicht«, sagte Taggart. »Schaufeln wir das Grab zu, und dann nichts wie weg.«

»Wollen wir nicht irgendwas sagen?«, fragte Reavis.

Taggart wandte den Kopf. »Und was?«

»Ich weiß nicht. Normalerweise sagt man was, wenn man jemanden begräbt. Ich weiß nicht, was man sagt. Ich bin ja kein Pfarrer.«

Taggarts Lippen verzogen sich. »Er ist kein Pfarrer«, sagte er trocken und humorlos zu mir. »Weißt du nicht 'n paar Worte, die seine Seele retten könnten?«

»Falls er je eine hatte«, erwiderte ich, »vermute ich mal, dass er die schon längst gegen 'ne Flasche Whisky eingetauscht hat.«

Taggart blickte wieder zu Reavis. »Wenn du noch was zu sagen hast, dann tu's jetzt.«

»Ich hab nichts zu sagen«, murmelte Reavis, als sei es ihm peinlich, davon angefangen zu haben.

Taggart richtete sich auf. »Aber ich«, sagte er. Er nahm eine Schaufel voll Erde und ließ sie mit einer Drehung des Handgelenks auf die Plane regnen. »Mach's gut, Rudy. Du hast bestimmt gewusst, dass es dich irgendwann erwischt.« Er drehte sich um und warf Reavis die Schaufel zu. »Du hilfst Mallory, ihn zu begraben. Ich geh zurück zum Haus.«

»Fährst du sofort los?«, fragte Reavis.

»Nein, nicht sofort. Ich bleib noch 'ne Weile.«

»Sobald ich gepackt habe, verschwinde ich«, sagte Reavis. »Autos gibt's ja jede Menge.«

»Aber nimm nicht den blauen, der unten am Pförtnerhaus parkt«, sagte Taggart, als er den kleinen Abhang hinaufrannte. »Der gehört mir.« Ich sah zu, wie er mit langen Schritten zwischen den Bäumen durchlief und hinter dem Hügel in Richtung Haus verschwand.

Reavis trat mit seiner Schaufel vor und stieß sie beinahe brutal in den Erdhaufen. Wir arbeiteten fünf Minuten angestrengt, schaufelten und scharrten den Aushub über Rudys Leiche und häuften einen langen Erdwall auf. Als wir fertig waren, blickten wir uns an, dann machten wir kehrt und ließen die Grabstelle hinter uns.

»Ich bin froh, dass ich hier wegkomme«, sagte Reavis. Er sah mich von der Seite an. »Irgendwer muss das Boot präpariert haben«, sagte er, als sei ihm eine plötzliche Vision zuteilgeworden.

»Ich weiß.«

»Ich hab keine Lust, hierzubleiben, wo's mich vielleicht auch noch zufällig erwischt«, sagte er.

Als wir beim Haus ankamen, lief Reavis weiter zum Pförtnerhaus hinunter, um zu packen. Ich sah, wie Stans Leute den Kofferraum seines Wagens mit großen Kartons beluden, die anscheinend die Akten aus dem Raum hinter der Garage enthielten. Maxine trug einen hellbraunen Anzug und hatte die Haare ordentlich gekämmt. Mit einem bissigen Lächeln stand er neben dem Wagen und beaufsichtigte das Einladen. Als die Kofferraumklappe zu war, legte er eine Hand an die Tür und blickte zum Haus. In einem Monat würde es ihm wohl auch gehören. Gerry saß auf dem Beifahrersitz und sah ihn an, als könnte sie es nicht abwarten, endlich loszufahren.

Ich konnte Stan nicht ziehen lassen, ohne mich zu verabschieden. Ich ging auf den niedrigen schwarzen Lincoln zu und rief seinen Namen. Seine Jungs hatten sich auf die Rückbank gezwängt, und Stan stand neben der geöffneten Fahrertür. Er drehte sich zu mir, wobei sein Lächeln sich langsam veränderte und zu einem selbstsicheren Grinsen wurde.

»Ich nehme an, du hast's schon gehört«, sagte er. »Ich übernehme jetzt hier.«

»Glückwunsch«, sagte ich. Gerry starrte mich aus dem Wagen heraus an, und ich winkte ihr beiläufig zu. »Wie geht's dem Grafen?«, fragte ich sie. Betreten wandte sie das Gesicht ab.

Ich streckte Maxine die Hand entgegen. Er griff danach, doch ich schob die Hand an seiner vorbei und gab ihm einen Klaps auf den Bauch. Er machte einen Schritt rückwärts auf den Wagen zu, krümmte sich etwas, mit einer Andeutung von Schmerz im Gesicht. Seine gelassene Fassade bekam leichte Risse.

»Hast du den Arzt gefragt, wie viel Zeit dir noch bleibt?«, fragte ich ihn.

Er starrte mich an.

»Oder hast du Angst davor?«, fügte ich hinzu.

»Verzieh dich!«, erwiderte er giftig.

Ich schenkte ihm ein breites, herzliches Lächeln. »Schon okay, Stan«, sagte ich. »Aber ab jetzt passt du besser gut auf dich auf. Du bist jetzt dick im Geschäft. Du weißt, wie das ist. Irgendwo gibt's immer 'nen kleinen Gauner, der denkt, deine Schuhe könnten ihm passen.«

Er schluckte, und seine Wangen wurden rot wie Tomaten. Er kam einen Schritt auf mich zu, dann drehte er sich um, sprang in den Wagen und knallte die Tür zu. Sie schloss sich mit der Endgültigkeit eines zufallenden Sargdeckels. Ich dachte an Rudy und Stan. Stan würde sicher was Schickeres als 'ne farbverschmierte Plane bekommen. Auf leisen schwarzen Reifen würde er langsam zu einem Rasenplätzchen gefahren werden, über das sanft der Wind wehte. Doch am Ende der Reise wäre da auch nur ein Loch, genauso eins, wie Rudy es bekommen hatte ... wie jeder es bekommt. Egal, wie weit der Weg zum Friedhof auch ist, am Ende der Reise bekommen alle das Gleiche.

Die Reifen drehten durch und quietschten, als Stan zu viel Gas gab. Schließlich bewegte sich der Lincoln sanft vorwärts und ließ das Haus zurück.

Hinter mir wurde ein weiterer Motor angelassen. Ich warf einen Blick ins Auto, als es vorbeikam. Charley Rinke fuhr langsam hinter Stan her, so langsam, dass ich den Anflug eines Lächelns in seinem Mundwinkel, den zufrieden geneigten Kopf erkennen konnte. Ich hatte den Eindruck, dass Rinke kurz vor Toresschluss noch einen Deal gemacht hatte und sich sein Leben durch Macys Abgang nicht sonderlich verändern würde. Sein Wagen folgte ergeben Maxines Auto durchs Tor.

Mrs. Rinke saß neben ihrem Gatten. Ich konnte ihr Gesicht nicht sehen. Sie hatte fest die Hände davorgeschlagen, so als wollte sie sie lange dort behalten, als fürchtete sie sich davor, die Welt und die albtraumhaften Schatten zu erblicken, die darin aufgetaucht waren.

Der Wind war jetzt stärker geworden. Er kam von der nördlichen Inselspitze herein und schäumte die Oberfläche der Meeresbucht auf. Der Wind hatte nichts Sanftes oder Weiches mehr. Er passte zur Farbe des Himmels und war schneidend. Ich spürte ihn heftig im Gesicht.

Reavis war mit einem Koffer aus dem Pförtnerhaus gekommen. Gleich vor dem Tor standen zwei Autos am Straßenrand, und er lief auf eines zu, nachdem er gewohnheitsmäßig das Tor verschlossen hatte. Es gab keinen Grund mehr, das Tor zu verschließen. Hier wollte niemand mehr rein. Den Strom im Zaun konnte man ebenfalls abschalten. In einer Woche wäre er von Kletterpflanzen überwuchert.

Ich drehte mich um und lief auf das Haus zu. In meinem Zimmer suchte ich ein paar Sachen zusammen und packte sie in einen Koffer, den einer der Hausdiener aus einem Schrank gekramt hatte. Die Angestellten waren ebenfalls abfahrbereit. Macy hatte sie ausbezahlt. Sie schienen sich zu freuen und machten sich für den langen Fußmarsch zum Highway fertig, wo sie einen Bus nehmen konnten.

Ich wollte schon mein Schulterholster mit der Automatik auch in den Koffer werfen, überlegte es mir dann aber anders und zog es über. Man konnte nie wissen, vielleicht war ich hier noch nicht ganz fertig.

Macy kam herein, während ich die Schubladen durchforstete, um nachzusehen, ob ich alles eingepackt hatte. Er sah so verschlampt aus wie an dem Abend, als ich angekommen war. Er hatte sich schnell angezogen und in der Eile ein Knopfloch übersehen. Eine Seite seines Hemds hing höher als die andere. Er schleppte einen großen Koffer und stellte ihn mitten in der Tür ab.

»Ich hab den Flugplatz angerufen«, sagte er fast keuchend. »Das Flugzeug wartet auf mich. Keine Zeit, das jetzt alles vernünftig zu regeln. Wir wollten eigentlich mit dem Schiff fahren. Jetzt fliegen wir in die Karibik runter. Da gibt es auf 'ner Insel, die ich kenne, 'ne Landebahn, die nicht überwacht wird. Bleib bei mir, bis ich im Flugzeug bin, ja, Pete?« Ein leichtes Flehen klang in seiner Stimme mit. Die Angst war ihm in die Knochen gefahren. Die .45er steckte in der großen Gesäßtasche seiner dunkelblauen Hose.

»Ich fahr dich«, erwiderte ich. »Was ist in dem Koffer? Hast du den Safe ausgeräumt?«

Er nickte nervös. »Ich hab fast 'ne halbe Million eingesteckt. Der Rest kann erst mal dableiben.«

»Wer kommt mit dir?«

»Diane und Aimee. Sie haben Pässe und alles. Sie reisen ganz legal. Ich nicht. Aber ist auch egal.« Er blickte über die Schulter. »Sind alle weg?«

»Maxine und seine Gang sind vor Kurzem gefahren. Die Rinkes auch. Und Reavis hab ich ebenfalls abfahren sehen.«

»Pass bitte auf den Koffer auf, Pete. Ich geh rauf und pack ein paar Sachen zusammen. Diane und Aimee machen sich auch reisefertig. Wir schließen das Haus ab und verziehen uns.«

Er drehte sich um und war verschwunden, bevor ich etwas sagen konnte. Ich schaute auf den Koffer und stellte meinen eigenen daneben. Ein plötzlicher Windstoß rüttelte am Fenster. Draußen wurde es dunkel. Bald würde es Sturm geben.

Ich lief hinaus auf den Korridor und hörte, wie die Terrassentüren klapperten. Ich schloss sie und schob den Riegel vor. Draußen wurden die Palmen durchgeschüttelt, beugten sich im Griff des Windes wie Hexen, die Zaubersprüche rufen. Von irgendwo in der Nähe glaubte ich ein dumpfes Poltern zu hören, das ich nicht einordnen konnte.

Die Tür zu Owen Barrs Schlafzimmer stand offen. Ich erinnerte mich, dass er nach der Explosion des Schnellboots im plötzlichen verängstigten Durcheinander verschwunden war. Das letzte Mal hatte ich ihn gesehen, als er auf die Veranda zugetorkelt war, nachdem er mir einen Drink angeboten hatte, den ich nicht wollte.

Danach ...

Ich betrat rasch sein Zimmer und erinnerte mich an die kühle Ruhe seiner Stimme, als er eindringlich auf mich eingeredet hatte. Er hatte gesagt, er werde beobachtet. Vielleicht hatte er es sich nur eingebildet. Doch vielleicht gab es auch einen guten Grund für seine Angst.

Er war nicht in seinem Zimmer. Einige der Bilder waren von den Wänden genommen worden und lagen aufgestapelt auf dem Bett. Es war das einzige Anzeichen, dass der Bewohner ausziehen wollte.

Ich hörte ein weiteres Poltern. Diesmal verstand ich. Es kam aus dem Badezimmer. Es klang wie ein Schuh, der gegen den Rand der Badewanne schlug.

Ich öffnete die Tür zum Badezimmer und trat ein. Owen Barr lag halb in der Badewanne. Ich sah seinen gekrümmten Rücken über den Wannenrand hängen, und ich sah den hervorstehenden gerippten Griff eines Schnappmessers. Sein Fuß bewegte sich ganz leicht gegen den Rand der Wanne, und wieder war das polternde Geräusch zu hören. Mit jedem Mal wurde es schwächer. Ich beugte mich über die Wanne und legte die Hand auf seine Schulter. Ich konnte sein Gesicht halb sehen. Blut tropfte aus seinem Mund in den Abfluss, ein winziger roter Strom in einer weißen Einöde. Seine Augen waren halb geöffnet und sahen aus wie die eines chloroformierten Froschs. Ich glaubte zu sehen, dass seine Unterlippe leicht zuckte.

»Wer war das?«, fragte ich. »Wer hat dich abgestochen, Owen?« Vielleicht war es zu spät. Vielleicht war sein Sprechapparat schon zum Teufel. Doch er versuchte zu sprechen, und ich konnte die große Anstrengung erkennen, auch wenn sich sein Gesicht kaum veränderte.

Es war ein winziges, gurgelndes Flüstern. »Nicht gesehen ...« Doch das war nicht alles, er hatte mir noch mehr zu sagen. Einer seiner Finger krümmte sich. Ich wagte nicht, ihn aus seiner misslichen Lage zu befreien.

»Carla ... Kennedy. Ich hab sie gesehen. Verbrannter Rücken. Sei vorsichtig, Pete ...«

Ich ging mit dem Gesicht näher an seins. »Wer ist Carla Kennedy, Owen?«

Ich weiß nicht, ob er mich hörte. Er stand nur wenige Sekunden vor dem Sterben und versuchte angestrengt, seine Gedanken in Worte zu pressen.

»Sie hat ... Schachtel aus ... Auto... in die Bucht ... geworfen ... ich hab sie. Ver... versteckt in ... Fla...«

Das letzte Wort blieb stecken, und er sollte es nie aussprechen. Er starb ganz ruhig, mit einem letzten winzigen Zittern des Atems. Das Blut, das aus seinem Mund tropfte, schimmerte metallisch.

Ich stand langsam auf, versuchte seine wenigen Worte zu bewahren, als seien sie etwas ganz Zartes und Leichtes, das sich in Luft auflöste und für immer verschwand, wenn ich nicht ganz vorsichtig war. In meinem Gehirn klingelte eine Alarmglocke, doch ich war zu sehr mit etwas anderem beschäftigt, um darauf zu hören. Owen hatte den Inhalt der Schachtel versteckt. Ich lief in Owens Schlafzimmer zurück, während ich bereits begann, die Antwort zu erahnen, die ich bekommen würde. Doch ich musste es genau wissen.

Das Schlafzimmer unterschied sich nicht von den anderen im Haus. Ich nahm mir zuerst den Wandschrank vor, durchsuchte ihn eilig. Hier gab es keinen Platz für ein Versteck. Ich ging zur Kommode. Die oberste Schublade war vollgestopft mit teurer Unterwäsche, Socken und diversen Accessoires. Ich holte alles aus der Schublade und warf es aufs Bett. Unter Owens Sachen fand ich sechs eingewickelte Flaschen Whisky, die nebeneinander aufgereiht waren wie Bomben in einem Arsenal.

Ich wickelte rasch eine nach der anderen aus und hielt inne. Eine der verpackten Flaschen war viel leichter als die anderen, und es bewegte sich auch keine Flüssigkeit darin, als ich sie anhob. Ich riss die Verpackung von der Flasche. Der obere Teil der Flasche war abgebrochen und dann unbeholfen wieder angeklebt worden. Ich umfasste Hals und Unterteil der Flasche und zerbrach sie erneut. Der Inhalt der Flasche rieselte in die Schublade.

Ich sah mir die einzelnen Stücke an. Zwei ordentliche Zeitungsausschnitte über das Feuer, in dem vor mehr als zwanzig Jahren die Familie von Carla Kennedy verbrannt war. Die kleine Figur eines napoleonischen Soldaten, schlank und aufrecht, Gewehr über der Schulter, der Waffenrock ein Tupfer hellen Rots. Das Medaillon eines Kindes mit der Gravierung *Für Carla von Paps*. Es war ein altes Medaillon, das an einigen Stellen schwarz angelaufen war. Meine Finger kramten durch ein paar Schnappschüsse, manche davon alt und vergilbt. Ein Familienporträt. Noch ein Bild von einem etwa dreizehnjährigen Mädchen, das neben einem Mann im Rollstuhl stand. Das neueste Bild zeigte den jetzt älteren Invaliden neben einem Zeitungsstand auf der Straße. Er lächelte stolz. Er war ganz allein. Der Zeitungsstand war mit fröhlichen Luftschlangen geschmückt. Es war der Eröffnungstag. Carla war bestimmt dabei gewesen. Doch dieses Mal wollte sie nicht fotografiert werden. Sie wollte nicht, dass irgendjemand, außer vielleicht Stan Maxine, von ihrer Verbindung zu dem verkrüppelten Zeitungshändler im Rollstuhl wusste.

Ich hatte Carla Kennedy gefunden. Wie so viele Dinge, die man im Laufe des Lebens findet, war sie zu spät gefunden worden.

»Dreh dich um, Mallory«, hörte ich hinter mir eine harte, ruhige Stimme sagen.

26

Ich fühlte, wie eine knochige Hand über meinen Nacken strich. Jetzt war es zu spät, um an Sicherheitsmaßnahmen zu denken. Mit der zerbrochenen Flasche in der Hand drehte ich mich ganz langsam um.

Taggart hatte sich stadtfein gemacht. Er trug einen neuen blauen Anzug und eine schüchterne kleine Fliege und hielt einen kleinen Revolver in seiner Riesenpranke. Er zielte genau auf meinen Bauch. Sein Gesicht war ausdruckslos wie ein Strandkiesel.

»Wo ist sie?«, wollte ich von ihm wissen. Ich fragte mich, wie schnell er abdrücken würde. Es konnte ganz ohne Vorwarnung geschehen, ohne dass sich seine Lippen kräuselten oder die Augenfältchen verzogen. Doch vielleicht empfand er auch genügend Abneigung gegen mich, um abzuwarten und die Tatsache, dass er mich umbringen würde, in mein Bewusstsein sickern zu lassen. Das verhieß Hoffnung.

Seine starren Lippen bewegten sich einen Zehntelzentimeter zu einem verschlagenen Lächeln.

»Wen meinst du?«

»Du weißt, wen ich meine«, sagte ich. »Diane. Carla Kennedy. Unter welchem Namen kennst du sie?«

Er ignorierte meine Frage. Seine Augen fingen die Bewegung der zerbrochenen Flasche in meiner Hand auf. »Fallen lassen«, sagte er. Ich ließ sie aus der Hand auf den Teppich rutschen.

»Sie ist unten am Pförtnerhaus«, sagte Taggart. »Zusammen mit Aimee. Wartet darauf, dass Macy kommt und sich um Aimee kümmert.«

Seine großen Quadratlatschen bewegten sich etwas unsicher, so als sei ihm gerade klar geworden, dass er zu viel Zeit mit mir verschwendete. »Sie wird ihn selbst erledigen. Ich kümmere mich um dich.«

»So, wie du dich um die andern gekümmert hast?« Meine Lippen fühlten sich dick und taub an. Ich bemühte mich, zu reden. Ich fühlte Angst in mir aufsteigen, die Sorte Angst, bei der man völlig erstarrt. Von meinen Beinen kroch sie gemächlich nach oben. Die ganze Zeit dachte ich an die Kanone unter meinem Arm. Doch angesichts des kleinen Revolvers, den Taggart auf meinen Bauch gerichtet hielt, hätte sie genauso gut ungeladen im Schrank hängen können.

»Genau«, erwiderte Taggart. Auf eigenartige Weise schien ihn die Unterhaltung mit mir zu amüsieren. Selbst seine Gesichtsmuskeln lockerten sich etwas.

»Du warst der Mann für die Reisen«, sagte ich und versuchte, meine Stimme sanft und gleichmäßig klingen zu lassen, ohne plötzliche Pausen, die meine Panik verraten hätten. »Du hattest Gelegenheit, die alte Gang ausfindig zu machen und einem nach dem andern die Kehle durchzuschneiden. Nach und nach bist du im ganzen Gebiet rumgekommen, ohne dass jemand Verdacht geschöpft hat. Nur der gute alte Taggart, der seinen Job erledigt. Hast du dasselbe Messer benutzt, das jetzt im Rücken von Owen steckt?«

Er antwortete nicht. In seinem flotten blauen Anzug sah er richtig cool und geschäftsmännisch aus. Das war doch was für so 'n Muttersöhnchen. Der hatte sie wohl nicht mehr alle.

»Was war mit Harry Small? Was hat Diane empfunden, als du ihn abgestochen hast? Oder ist es ihre Idee gewesen?« Red einfach immer weiter, Mallory. Mach weiter und gib dem Spatzenhirn was zu kauen, damit es seinen Job vergisst.

»Diane hat gesagt, es müsste sein«, gab er zu. »Sie hat gemeint, dass du ihn bestimmt findest und dass er von ihr erzählt. Sie hat's nicht gern getan.«

»Aber ich war nicht so leicht umzubringen, und da hatte sie keine andere Wahl. Du hast es zwei Mal probiert. Ich schätze, du warst mit Winkie zusammen, als er uns aus dem Hinterhalt beschossen hat. Das würde dir ähnlich sehen. Hast du auch am Buick herumgedoktert, als er auf der Monessen stand?«

»Ja.« Er schaute leicht verdutzt. »Wie hast du das rausgefunden? Niemand hat mich gesehen.«

»Nur 'n kleiner Junge, der nicht so aussah, als ob er schon sprechen könnte. Der sollte am besten ganz schnell groß werden und dann den Job von J. Edgar übernehmen. Verdient hätte er's.«

Irgendwas ging plötzlich in Taggart vor. Ich konnte spüren, wie's passierte. Ich konnte spüren, wie die schwerfälligen, langsamen Gedanken zu seinem momentanen Problem umschwenkten: meinem Tod.

»Wie hat Diane dich dazu überredet?«, fragte ich. »Mit ihren leidenschaftlichen Umarmungen auf dem mitternächtlichen Strand? Hat sie gesagt, dass sie dich liebt?«

Er trat einen vollen Schritt auf mich zu, als hätte ich in einen Nerv geschnitten. Sein Mund öffnete sich. »Diane liebt mich, und ich liebe sie.« Ein kläglicher, trauriger Ton kam aus seiner Kehle. »Hast du schon mal ihren Rücken gesehen? Sie ist schön. Aber ihr Rücken ... der ist hässlich. Macy Barr hat ihr das angetan.« Er hielt seine Kanone ein Stückchen höher. »Ich liebe sie. Ich tu alles für sie, alles, was sie von mir verlangt. Wir werden zusammen fortgehen. Mich hat noch nie jemand geliebt. Ich bin immer nur rumgestoßen worden, weil ich ein Bastard war. Alle haben mich gehasst. Sie haben mich mit Hass in den Augen angeschaut und sich gewünscht, ich würde weglaufen. Diane hasst mich nicht.«

Über dem Geräusch des Windes hörte ich draußen zwei Schüsse, scharfe Laute im Abstand von einer Sekunde. Und ein Kind begann vor Angst zu schreien, als hätten die Schüsse einen verborgenen Ort in seinem Innern aufgeschlossen und alte Albträume kämen herausgekullert und wälzten sich durch sein Bewusstsein.

Taggart zog mit dem Daumen den Hahn zurück. Ich würde trotzdem nach meiner Kanone greifen. Es hatte zwar keinen Sinn – meine Finger würden sie nie berühren – aber einfach dazustehen und zu sterben hatte auch keinen Sinn. Eine Sekunde bevor ich die Hand in Richtung des Kolbens der .38er schob, erklang ein weiterer Schuss, doch anders als die vorherigen. Schwerer. Das ferne Wummern einer .45er. Ich wusste, dass Macy es irgendwie geschafft hatte, an die Automatik in seiner Gesäßtasche zu kommen. Taggart hatte es ebenfalls kapiert. Das Geräusch hatte ihn aus dem Konzept gebracht. Für eine volle Sekunde war der langsame Denkprozess von mir abgelenkt.

Ehe er handeln konnte, zog ich meine Waffe und schoss ihm zweimal in die Brust. Der heftige Einschlag der schweren .38er-Kugeln hätte jeden gewöhnlichen Mann glatt umgehauen, aber er war nicht gewöhnlich. Zwei weitere Schüsse erklangen und vermischten sich zu einem scharfen, ohrenbetäubenden Dröhnen. Einen davon hatte er abgefeuert. Ich spürte, wie mich die Kugel wie ein Mast mit dem stumpfen Ende voran in den Bauch traf. Vor dem dritten Schuss hatte ich den Lauf der .38er um einen Zentimeter angehoben. Die beiden ersten hatten dazu geführt, dass er sich aufrichtete und den Kopf dabei leicht zur Seite drehte. Die dritte Kugel riss ihm die Kehle raus und fuhr ihm schräg am Kieferknochen entlang in den Kopf. Er wurde noch ein Stückchen rumgeworfen, seine Augen wurden glasig, dann knickten ihm die Beine weg, und er fiel Blut spuckend um.

Ich wich vor der Sauerei zurück, mir war übel. Ich musste

mich an die Kommode lehnen. Die Automatik war fast zu schwer für meine Hand, doch ich hielt sie fest. Ohne hinzusehen, wusste ich, dass die Verletzung übel war. Ich spürte, wie mir innen an einem Bein das Blut runterrann.

Ich langte nach unten, fand das Loch und presste die Handwurzel dagegen. Wie ein Clown stolperte ich aus dem Zimmer. Ich lehnte die Schulter an die Wand und schlitterte daran entlang, schob mich verbissen in Richtung Wohnzimmer. Es tat nicht besonders weh. Es war mehr der Gedanke, verwundet zu sein, der mir Angst machte. Mir wurde wahnsinnig schwindlig. Ich hätte mich besser hingesetzt, aber ich musste raus. Wenn sie noch lebte, musste ich sie aufhalten. Aimees schriller Schrei fiel mir wieder ein. Jetzt hörte ich kein Geräusch mehr, bis auf das trügerische Heulen des Windes.

Die Haustür stand offen. Ich legte die Finger um den Türknauf des Fliegengitters, doch er ließ sich nur schwer drehen, da ich auch noch die Waffe in der Hand hielt. Schließlich kriegte ich ihn auf, hatte mich jedoch zu stark dagegengelehnt, sodass ich mit der Tür nach draußen fiel und die Treppe runterrollte, deren stumpfe Kanten ich an Rücken, Armen und Schultern spürte. Es war ein Schmerz, als würde mir jemand mit den Händen die Gedärme rausreißen.

Ich hob den Kopf und schaute die geschwungene Auffahrt zum Pförtnerhaus hinunter. Über mir grollte der Donner. Schwere Wolken wirbelten tief über die Insel hinweg.

Nahe der Auffahrt lag Aimee mit ausgebreiteten Armen reglos auf dem Rücken, ein Knie ragte nach oben. Diane ging langsam an dem Kind vorbei, ohne es zu beachten. Sie hatte eine Pistole. Sie beobachtete Macy, der ein Dutzend Schritte vom Pförtnerhaus entfernt auf dem Bauch lag. Macy rührte sich nicht. Etwas lag neben ihm, vielleicht die .45er.

Diane zielte sorgsam auf Macy. Im selben Moment schien er sich zu rühren, bewegte schwach einen Arm. Er war noch nicht tot. Ich hob meine Kanone, nahm mir dabei nur Zeit, die grobe Richtung anzuvisieren. Ich hatte wenig Hoffnung, sie zu treffen.

Ich feuerte die restlichen Schüsse aus dem Magazin. Die schwere Automatik zuckte in meiner Hand, der Lärm war ohrenbetäubend. Ein plötzlicher Krampf schwächte mich. Mein Gesicht war eiskalt, und der Schweiß lief mir in die Augen. Ich ließ die Pistole fallen und wischte ihn weg. Komisch, dass sie nicht zurückgeschossen hatte. Ich blickte erneut in ihre Richtung, rappelte mich auf die Knie hoch. Für einen langen Moment konnte ich mit äußerster Klarheit sehen.

Diane war nahe dem Tor hingefallen. Als ich geschossen hatte, war sie anscheinend in Panik geraten und hatte versucht wegzurennen. Das Tor schien verschlossen zu sein. Sie krallte ihre Finger in die starren Drähte, zog sich auf die Füße und lehnte sich einen Moment gegen das Tor, als wollte sie versuchen, es aufzustoßen. Auf der anderen Seite stand ein Wagen, die Frontseite zum Fahrdamm gerichtet.

Irgendetwas war mit ihrem Knöchel. Sie musste sich ihn beim Hinfallen verrenkt haben. Sie schaute hoch, streckte dann die Arme über den Kopf und begann mühsam, am Drahtgitter des Tores hochzuklettern. Es war zweieinhalb Meter hoch. Sie würde nur ein paar Sekunden brauchen, um sich über den oberen Rand zu wälzen und den Wagen auf der anderen Seite zu erreichen.

Ich versuchte aufzustehen, fiel jedoch, von einem plötzlichen heftigen Schmerz durchzuckt, stöhnend zurück. Ich konnte ihr lediglich zuschauen. Sie schien irgendwelche Schwierigkeiten zu haben. Dann wurde mir bewusst, dass noch jemand sie beobachtete. Macy Barr.

Er hatte den Kopf nicht mehr als einen Zentimeter vom Boden gehoben. Er sah ein paar Sekunden in ihre Richtung und fing dann an, vorwärtszukriechen. Ich begriff, wo er hinwollte. Nicht zu Diane, sondern zur Tür des Pförtnerhauses.

Einmal stoppte er, und ich dachte, er sei erledigt. Doch mit einem unbeholfenen Ruck kam er auf die Füße, stolperte auf die Türöffnung zu und beugte sich rein.

Diane sah ihn. Sie hatte die obere Querstange des Tores erreicht und war kurz davor, erst ein Bein und dann das andere über den Rand zu schwingen und sich auf den Boden fallen zu lassen. Doch die Angst ließ sie für genau die eine Sekunde erstarren, die sie gebraucht hätte, um in Sicherheit zu springen. Mit Entsetzen in den Augen starrte sie Macy an. Über das anschwellende Brausen des Sturms hinweg konnte ich ihren Schrei hören. Er mischte sich mit dem scharfen Heulen des Windes, der ihre Haare peitschte.

»Nein, Macy! Nicht ...«

Sie schrie immer noch, als Macy im Pförtnerhaus den Hebel umlegte und gnadenlos den tödlichen Schlag durch sie hindurchschickte, während sich ihr geschundener Körper im aussichtslosen Versuch, den durchdringenden Stromstößen zu entkommen, wild zuckend hin und her warf.

Ich wartete mit hängendem Kopf. Ich wusste, dass es eine Weile dauern würde, bis ich genügend Kraft aufbrachte, um dort runterzugehen. Geduldig wartete ich ab, kam schließlich auf die Füße und taumelte durch einen dunklen Tunnel aus peitschendem Regen zum Pförtnerhaus, wo ich den toten Macy am Boden fand. Ich schaltete den Strom ab. Dann lief ich an Macy vorbei und blickte zum Telefon. Ich nahm ab und wählte unbeholfen mit einem Finger, der mir so dick wie eine Banane vorkam, die Nummer, die mir Hilfe bringen würde. Dann setzte ich mich auf die Kante des Betts und versuchte, meine schwindenden Kräfte zusammenzuhalten. Aimee stolperte bestimmt verloren und verängstigt durch den Regen – falls sie überhaupt noch lebte. Ich hielt es für möglich. Diane hätte sie bestimmt nicht erschossen.

Alles war vorbei. Doch ich musste mit einem Loch im Bauch dasitzen und abwarten. Manchmal kriegten sie es hin und manchmal nicht. Ich hatte nur ein wenig aus dem Mund geblutet, was wohl von dem ganzen Gerenne kam. Das machte mir Mut. Aber man kann ja nie wissen.

Ich hoffte, dass Elaine schnell zu mir kommen könnte. Dann hätte ich nicht mehr so viel Angst.

27

Zunächst war da nur das Krankenhaus. Die ersten Eindrücke waren sporadisch, lebhaft, unkoordiniert. Bunte Glasstücke in einem klaren Gefäß. Augenblicke schneidenden Schmerzes. Die mit dem Kopf nach unten hängende Flasche und ein langer Schlauch an meinem Arm. Ein Sauerstoffzelt. Ein schwirrender Wirbel aus frischem, sauberem Weiß. Und Gesichter natürlich. Mienen voll kaschierter Unsicherheit und professionellem Optimismus.

Und Angst. Elaine war die, die sich fürchtete. Sie hielt meine Hand fest umklammert, während ich in weiten schwungvollen Kreisen durch Licht und Dunkelheit schaukelte und den Flügelschlag des Schmerzes im Bauch spürte. Dann war die Hand verschwunden, und die Gesichter wurden zu besorgten kleinen Masken, bis es nichts mehr als starrende Augen und wohldosierte Tropfen Chloroform auf einem Wattebausch über meiner Nase gab. Nichts kümmerte mich sonderlich. Ich konnte mich kaum erinnern, warum ich hier war. Es schien keine Rolle zu spielen, nur dass ich anscheinend krank war. Nein, nicht krank. Plötzlich fiel es mir wieder ein. Angeschossen. Vielleicht war es ernst. Doch es war nicht die Zeit, mir Gedanken zu machen. Es gab keine Zeit.

Danach spannte sich ein strammer Verband über meinen Leib. Ich durfte nichts essen. Schläuche in meinen Adern führten mir Nahrung zu. Elaines Gesicht war jetzt fröhlicher. Die Gesichter von denen mit den Dienstmarken nicht. Die waren müde und gereizt wegen der Überstunden. Sie bemühten sich sehr um Höflichkeit, doch eigentlich war ich ihnen egal. Ein paar von ihnen kamen von der Regierung. Ich erzählte ihnen alles, was ich sagen konnte, ohne mich selbst zu gefährden. In Anwesenheit eines Arztes erzählte ich es ungefähr neunzehn Mal an aufeinanderfolgenden Tagen, und nach einer Weile verschwanden sie mit müden Seufzern. Die Zeitungen hatten nicht viel darüber gebracht, erzählte Elaine später.

Ich wurde kräftiger. Während ich im Bett lag, versuchte ich an nichts zu denken. Ein Typ mit Dienstmarke – einer goldverzierten – kam noch mal zurück. Er war gut angezogen und hatte ein rosiges Gesicht. Er unterhielt sich lange mit mir, allein. Danach war ich aus dem Schneider. Dreimal wurde er wütend auf mich, weil ich ihm nicht alles verriet, was er wissen wollte. Er versuchte mich zu überzeugen, dass ich genügend Informationen besäße, um das organisierte Verbrechen in der Region zu vernichten. Ich erwiderte, dass das keine sechs Monate so bleiben würde und in der Zwischenzeit hätte ich mir ein Loch im Kopf eingehandelt. Er akzeptierte meinen Standpunkt. Dann unterschrieb er irgendein Entlassungspapier, und die vom Krankenhaus sagten, ich könne nach Hause. Mein Arzt aus Orange Bay kam, untersuchte mich misstrauisch und verfrachtete mich in einen rotschwarz lackierten Krankenwagen.

Zwei Tage später kam Elaine mit der Morgenzeitung in mein Zimmer in der Rehaklinik.

»Guten Morgen«, sagte sie. »Wie haben wir letzte Nacht geschlafen?«

»Besser«, gähnte ich. »Hab immer noch diese komische Phase mitten in der Nacht. Ich wach auf und will nach ’ner Kanone greifen, die gar nicht da ist. Und dann lieg ich wach, als wär ich überhaupt nicht eingeschlafen und würd’s auch nie wieder können.«

Sie stellte das Tablett mit dem unberührten Frühstück zur

Seite und setzte sich mit im Schoß gefalteten Händen auf die Bettkante.

»Du hast versprochen, mir alles zu erzählen, wenn du so weit bist«, sagte sie.

Ich seufzte, schob Steve Canyon und die anderen Bewohner der Cartoon-Seite weg und setzte zu der langen Geschichte von Hass und Vergeltung an. Ich erzählte ihr von dem Feuer vor langer Zeit und seinem einzigen Überlebenden, dem kleinen Waisenkind Carla Kennedy, das zu einer schönen Frau herangewachsen war, die jedoch die schrecklichen Narben des Brandes auf ihrem Rücken und die vielleicht noch schrecklicheren Narben des schwelenden Hasses in ihrer Seele zurückbehalten hatte. Ich erzählte alles – wie sie den begriffsstutzigen Riesen Taggart als Todesboten benutzt hatte; wie sie alle Hindernisse zur Durchführung ihres kranken Plans skrupellos aus dem Weg geräumt hatte – den nichtsnutzigen Trinker Owen Barr; den verkrüppelten Zeitungshändler, der wie ein Vater zu ihr gewesen war; mich, als ich der Wahrheit zu nahe gekommen war. Nur dass es ihr drei Mal nicht gelungen war, mich zu erledigen.

Elaines Gesicht erstarrte, als ich von Taggarts letztem und beinahe erfolgreichem Anschlag auf mich berichtete. Ihre Hände ballten sich zur Faust, als ich den Schusswechsel und den langen, qualvollen Weg nach draußen beschrieb – zu spät, um den Job zu erledigen, für den Macy mich zurückgerufen hatte.

Ich erzählte von Macys letzter Anstrengung, um das Pförtnerhaus und den todbringenden Hebel zu erreichen, doch Elaine schloss die Augen und legte mir die Hand auf die Lippen. »Das reicht«, sagte sie. »Es ist ... entsetzlich. Ich möchte nicht ... dass du es jemals wieder erwähnst, Pete. Nie wieder. Es ist ein Wunder, dass du noch lebst. Ich will alles vergessen, was geschehen ist.«

Ich nahm ihre Hand und küsste sie. Sie blickte zur Tür

und lehnte sich dann neben mich auf die Kissen. Ich legte ihr einen Arm um die Schultern. »Wenn es mir erst mal so gut geht, dass ich hier rauskomme, dann heiraten wir. Und dann machen wir eine lange Reise. Havanna, oder vielleicht Nassau. Es war wirklich nett von den Cops, dass sie mir den Umschlag gegeben haben, der in Macys Tasche war – und nur, weil mein Name daraufstand. Fünftausend Dollar. Ein bisschen davon geben wir aus, weil ich's mir nämlich, glaub ich, verdient habe. Der Rest gehört Aimee.«

Ich fühlte, wie Elaine leicht erstarrte, doch ihre Augen blieben geschlossen. »Wie geht's ihr?«, fragte ich.

Elaine lächelte bekümmert. »Sie isst. Sie schläft, ein bisschen zumindest. Aber sie reagiert weder auf mich noch auf sonst jemanden. Sie ... sitzt nur da und starrt mit ihren großen, verschreckten Augen umher. Doktor Richmann meint, dass sie aus diesem Zustand wahrscheinlich wieder herauskommt.«

»Wir werden tun, was wir können«, sagte ich.

»Ja, Pete«, gab sie ergeben zurück.

»Du warst nicht gerade begeistert, als ich sie hab hierher bringen lassen, oder?«, fragte ich nach einer kurzen Pause.

»Wir müssen jetzt nicht darüber reden, Pete.«

»Ach, komm schon«, sagte ich, »lass uns das klären.«

Sie wand sich ein bisschen unentschieden. »Sie gehört nicht richtig zu uns, Pete. Sie ... wird niemals ganz reinpassen. Wir wissen nichts über sie, außer dass sie wahrscheinlich unehelich ist. Wir haben von dem Elend und Schmutz erfahren, aus dem sie stammt. Sie war einmal ziemlich wild. Das könnte wieder passieren. Vielleicht wächst sie auf und fühlt nur Kummer und Schmerz. Eine ... vollbusige, mürrische kleine Herumtreiberin und eine leichte Beute für jeden Jungen in der Stadt. Sie ... wird uns Probleme machen, Pete. Probleme, die uns eigentlich nichts angehen. Wir werden uns um unsere eigenen Kinder kümmern müssen.«

Ich versuchte ihr zu sagen, wie ich dabei fühlte, doch ich wusste, dass ich es nicht erklären konnte. Noch nicht. Es war etwas, woran sie sich nach und nach gewöhnen musste, und vielleicht hatte sie ja recht, und ich lag falsch. Doch ich musste es auf diese Weise tun, und da Elaine an mich glaubte, würde sie es mittragen. Widerwillig zwar, doch sie würde sich Mühe geben.

»Vielleicht stellt sich heraus, dass sie uns nur Ärger einbringt«, sagte ich offen. »Aber ich denke, dass sie eine Chance verdient. Macy hat mir sogar mal mehr als das gegeben. Ich ... ich weiß nicht, was ich noch sagen soll.«

Elaine stand auf. Ein warmes Lächeln lag in ihren Augen. Sie beugte sich über mich und küsste mich auf die Stirn. »Ist schon gut, Pete. Wirklich. Wir werden unser Bestes tun. Und es wird sich schon alles regeln. Hab bitte ... ein bisschen Geduld mit mir, Darling. Du musst mich verstehen. Ich schätze, ich bin einfach als Snob geboren, das ist alles.«

Ich hielt sie einen Moment lang fest. »Mit dir als Vorbild wird sich Aimee sicher perfekt entwickeln.« Ihre Lippen streiften wieder mein Gesicht, dann stand sie schnell auf. Sie schniefte ein wenig und schien etwas ins Auge bekommen zu haben. Sie schlüpfte durch die Tür, ein sanftes Klicken ertönte. Ich lächelte und drehte mich auf die Seite, damit mir die Sonne warm aufs Gesicht fiel. Ich wartete auf ihre Rückkehr.

THE END

HARD CASE CRIME
ROTBUCH KRIMI
»So scharf, dass allein beim Umblättern Verletzungsgefahr besteht.« Playboy
LIEDER der UNSCHULD
Richard Aleas
Lieder der Unschuld
HCC-012
288 Seiten, Rotbuch Taschenbuch
ISBN 978-3-86789-078-6 | 9,90 €
SHOOTING STAR
Robert Bloch
Shooting Star
HCC-013
192 Seiten, Rotbuch Taschenbuch
ISBN 978-3-86789-080-9 | 9,90 €
MAX ALLAN COLLINS
DER LETZTE QUARRY
»Vollendete Pulp-Fiction.«
USA Today
Max Allan Collins
Der letzte Quarry
HCC-014
192 Seiten, Rotbuch Taschenbuch
ISBN 978-3-86789-084-7 | 9,90 €
www.hardcasecrime.de